漆黒の異境

暗殺者メギド

渡辺裕之

角川文庫 17035

目次

プロローグ

黒ミサを司るバフォメットは山羊《やぎ》の頭を持つ悪魔とされている。

山羊が悪しきものとして聖書に登場するのは古代宗教の影響と言われる。極地の氷のように色素が薄く、瞼《まぶた》を細めるように瞳孔《どうこう》が横に収縮する山羊の不気味な眼差《まなざ》しに、魔王サタンに仕える異形の悪魔を人々がイメージしたとしても頷《うなず》ける。

肌にまとわりつく濃厚な湿気と獣臭のする淀《よど》んだ空気。天井からは時折、雨漏りのようにしずくが垂れてくる。光量の少ない赤色灯に照らされた幅三メートル、天井高は二メートル半ほどの地下通路が続く。

懐中電灯を手にした川島大《かわしままさる》は額から流れる汗をジャケットの袖《そで》で拭《ぬぐ》った。誰にも見つかることなく来られた幸運を川島は喜ぶことはなく奥へと進んだ。通路はまっすぐ伸びており、緊急時の脱出口と見られる垂直に伸びる鉄製のハシゴが途中にあった。ここがそれだけ危険ということだ。

四十メートルほど進むと、突き当たりに銀行の金庫のような金属製の両開きの扉が懐中電灯の光の中に収まった。

「むっ！」

右手の闇が動いた。慌てて懐中電灯で照らすと、真っ黒に薄汚れた山羊が鎖に繋《つな》がれていた。山羊はまぶしそうに丸い瞳《ひとみ》の中の第二の目である瞳孔を細くしてみせた。

「驚かせるな。……待てよ、おまえがバフォメットか。ブラックジョークだな」

苦笑を漏らした川島は前方の扉を再び懐中電灯で照らした。扉のノブの下には〇から九まで数字が付けられた金属製のボタンがある。最新の機械式暗証番号錠だ。

情報で得た五桁《けた》の数字を押すと、鍵《かぎ》が外れる音がした。胸《むね》を撫《な》で下ろした川島は、分厚い鉄の扉を開け、ロックされないようにリュックを扉に挟んで内部に侵入した。倉庫の奥行きは二、三十メートルありそうだ。川島はリュックのファスナーを開けた。

無数の〝危険〟と表示されたボンベやドラム缶が懐中電灯の光に浮かび上がった。

「しまった!」

川島はリュックの内部まで濡《ぬ》れていることに気が付き舌打ちをした。案の定取り出したカメラは包んでおいたタオルもろとも濡れており、ストロボも作動しない。外は嵐のためウインドブレーカーを着ていたが雨は強風に煽《あお》られて足下から吹き上げていた。リュックにカメラを仕舞い、ジャケットのポケットから茶色い革の〝Filofax〟のシステム手帳を取り出した。

「うん?」

微《かす》かに甘酸っぱいアーモンド臭がする。振り返ると、扉の隙間から山羊が覗《のぞ》き込んでいた。真っ黒く見開かれた山羊の目を見た川島は、ぶるっと体を震わせた。

「…………」

慌ててリュックを担いで倉庫を出た川島は、急いで扉を閉め肩で息をした。いつの間にか革の手帳を山羊は舐《な》めている。

「触るな！」

山羊を追い払った瞬間に手帳がすっぽ抜けた。指先が痺《しび》れ、力が入らないのだ。

川島は手帳を拾い、こみ上げる吐き気を堪《こら》えながら地上に向かった。

逃避行

一

トランジスタラジオから〝三億円事件〟が時効になったというニュースが流れてきた。

一九六八年十二月十日、東京都府中市で偽の白バイ警官が現金輸送車を停め、爆弾が仕掛けてあると脅して輸送車ごと強奪するという事件だった。

今年で七年が経ち、窃盗の時効が成立したらしい。今日から犯人は自首しても罪には問われないという。三億円も盗んでも見つからなければ七年で許され、しかもその後は法的に守られるということだ。

ニュースを聞いた根岸達也《ねぎしたつや》は、厨房《ちゅうぼう》で皿洗いをしながら舌打ちをした。犯罪者が見つからなければ許されるのは不公平だと思ったからだ。

三年前、軍需会社大島産業の極秘の施設である〝エリア零《ゼロ》〟から命がけで母親の冴子《さえ》を助け出した達也は、大島産業から付け狙われ、逃亡生活を余儀なくされた。日本人離れをした顔の達也は田舎ではとけ込むことができず、地方都市を転々としている。

大島産業の傘下に帝都警備保障という準大手の警備会社がある。この会社には創業者である大島耕造《おおしまこうぞう》が戦時中に指揮していた陸軍の特務機関を元に作られた〝零隊〟という非合法な部署がある。達也がこの〝零隊〟から執拗《しつよう》に付け狙われるのは、大島産業の秘密を知っているというだけでなく、達也の肉体そのものに秘められた特殊な能力にあった。

達也の出生の秘密は戦時中に遡《さかのぼ》る。人間兵器の研究をしていたナチスドイツの科学者、カール・ハーバーは、敗戦間近のドイツから日本に亡命し、陸軍の第三十四部隊に迎えられ研究を続けた。ハーバーはハンブルク大空襲でも死ななかった不死身とも言える驚異的な再生能力を持つ男の研究を密《ひそ》かに行っていた。その研究の過程で生まれたのが、達也であり、生まれた時から天使と悪魔の二つの人格を持っていたためメギドと名付けられた。

新約聖書のヨハネの黙示録の中で善と悪の最終戦争〝ハルマゲドン〟が行われる戦地であるメギドの丘（ヘブライ語でハル・メギド）からハーバーが引用したのだ。二重人格だと思われていたために名前は一つしか付けられなかったが、二つの人格は生来別々にあることが分かり、今では善の心を持つメギドは根岸達也と名乗っている。一方悪魔のように冷酷な心の持ち主であるメギドは、名前を変えることを逆に拒んだ。

一九五五年に生まれた達也は五歳までハーバーの下で暮らしていたが、六歳の時に大島産業の〝エリア零〟という軍事訓練施設に移された。その後生態科学研究所所長の松宮健造《まつみやけんぞう》に脳の移植手術を受け、人間兵器〝零チャイルド〟に改造された。

〝零チャイルド〟は特殊な能力を持つ人間から脳細胞の一部を移植されるのだが、移植された脳細胞が死滅しないようにシクロスポレンという薬が必要になる。だが、原生動物なみの再生能力を持つ達也には必要がなかった。この事実に松宮は気が付いた。軍需会社である大島産業は達也の肉体こそ、究極の人間兵器に繋がると確信している。それゆえ彼の逃亡生活に終わりはない。(『暗殺者メギド』角川文庫)

一年ほど前に名古屋に流れて来た達也は、市の中心部にある栄《さかえ》四丁目、通称〝女子大小路〟のゲイバー〝ラテンQ〟という店で雑用係をしている。三年前、今考えても赤面する経験だが、新宿のゴールデン街のスナックで女装をして働いていたことがある。だからといって今の店に勤めているわけではない。新宿の店もそうだったが、住み込みで働ける場所を探していたら、たまたまゲイバーだったというだけだ。達也は逃亡生活をするうえで人目につかない仕事をする必要があり、しかも戸籍がないため、自《おの》ずと働き口は限られた。

フロアーと厨房を仕切る黒いカーテンが開き、ピンクのドレスが視界に入ると鼻を突く安物の香水の匂いが漂ってきた。

「タッちゃん、お腹が空いたから何か作って、お願い」

厚化粧をしたヤスコがカウンターから厨房に顔を突き出し、業務用の半音高い声を出した。自称二十四歳、というが三十歳を確実に超えている林康夫《はやしやすお》である。化粧をしてもひげ剃《そ》り跡が青くなるため、ファンデーションの上から赤い頬紅を付けて誤魔化している。店が暗く、酔っているとはいえ、客は疑問に思わないのかと達也は不思議に思うことがある。

〝ラテンQ〟には常時九人の女装ゲイが店に待機しており、この手の店の中では繁盛している方だろう。だが、外見が女性と変わらないというのは二、三人で大半は化粧を落とさなくても男と分かる。だが、その分、話や歌がうまいというのが、この世界の常識で、彼らは客を飽きさせない技術を身につけているようだ。

「カレーだったら、温めるだけですよ」

洗った皿を片付けながら答えた。達也は住み込みで、ウエイターや営業など人と接触する仕事以外ならなんでもするという条件で雇ってもらっている。もっともこの条件では達也が犯罪者か暴力団関係に追われる身だと普通の雇い主なら察しをつける。就職先が絞られるのは当然だった。

「いいわよ。タッちゃんの作ったカレーだったら喜んで食べるわ」

ヤスコがウインクをして甘えた声で答えた。一年前なら鳥肌が立っていたかもしれないが、今は慣れてしまった。

深めの皿にご飯を盛り、コンロにかけてある大鍋《おおなべ》からカレーのルーをかけた。

「はい、どうぞ。今日は牛筋のカレーです。朝から煮込んでありますから、柔らかいですよ。熱いから気をつけてね」

達也は愛想よく厨房のカウンターの上にスプーンを添えて置いた。働いているゲイたちは交代で厨房のカウンターの隅で夕食を食べることになっている。午後九時、歳の割にヤスコはこの店では新人に近い存在なので、食事の時間が遅いのだ。彼は名古屋に来る前は東京の自動車修理工場に勤めていたらしく、知り合いがいない名古屋でデビューしたようだ。

「おいしい。もうタッちゃんたら、料理上手、憎いわね。ここで働いてなかったら、絶対、唾《つば》を付けちゃうのに」

ヤスコはカレーを載せたスプーンを口に入れると、満面に笑みを浮かべ、達也を指でつねるジェスチャーをしてみせた。

達也は今年で二十歳になる。髪は少し長めでドイツ人とのハーフのため彫りが深く、色白で目は淡いブラウン、身長も伸びて百七十八センチとモデルと言ってもおかしくない体形をしている。ヤスコでなくても女は放っておかない。

数年前までは都会でも外国人とのハーフに対する偏見はあった。山本《やまもと》リンダや一年前に解散してしまった女性グループ、ゴールデンハーフ、最近では俳優の草刈正雄《くさかりまさお》など、ハーフの活躍ですっかり世の中の見方は変わったようである。

「おいしいですか。よかった」

男丸出しでがつがつ食べるヤスコを見て、達也は苦笑を漏らした。

〝ラテンQ〟のオーナーである金井義男《かないよしお》は、この世界が長いらしく、店内での恋愛および肉体関係を固く禁じている。おかげで達也はかわいいお姉さん方から守られているのだが、彼らのことが嫌いなわけではない。店ではたらくゲイたちは、精神と肉体のずれに子供のころから悩んでいた者が多い。生まれた時から正反対の性格の人格が存在する達也とどこか境遇が似ている。それゆえ、彼らの気持ちがよく分かった。

「オーダーお願いします。ポテトフライ、一つ」

フロアーから注文が入った。

「ポテトフライ。分かりました」

達也は元気よく返事をして、油が入った鍋《なべ》が載せてあるコンロに火を点《つ》けた。店で出される食事は乾き物か、油で揚げる冷凍食品に限られていた。店のメニューでは腕を振るうこともないが、従業員のまかないは達也が作ることになっていた。三年間各地を放浪するうちに料理を覚えた達也の腕は、レパートリーこそ少ないが評判はいい。

油が温まってきたので冷凍庫から冷凍ポテトを取り出した。

「あれっ」

ポテトの袋を開けると中に霜が付いていた。業務用に限らずこのころの冷凍庫はたまに掃除をしなければ霜が付いてしまう。よく見ると袋の底に穴が開いていた。

「まずいな」

達也はポテトについた霜を手ではがして皿に移した。だが、端の方の硬い氷は取れなかった。

「仕様がない」

皿に載せた冷凍ポテトを一気に鍋に入れた。

バチッ、バチッ！

「あちっ！」

不安は的中した。ポテトに付いていた氷が油の中で弾《はじ》け、高温の油が達也の右腕に飛び散ってきた。厨房《ちゅうぼう》で仕事をするときは腕まくりをしているので、もろに素肌にかかってしまった。

「大丈夫、タッちゃん！」

驚いたヤスコが厨房を覗《のぞ》き込んでいる。

「心配はないです。ちょっと油が飛んだだけですから」

達也は急いで火傷《やけど》した右腕を流しの流水に当てた。

火傷は思ったより酷《ひど》く、直径一センチ近いものが三カ所もあった。以前は怪我をしても驚かなかったが、最近はなるべく怪我をしないように心がけている。

「参ったなあ」

火傷の痕《あと》を見て、達也は顔を曇らせた。

二

〝女子大小路〟は栄四丁目の名古屋東急ホテルの脇を通る道の通称であるが、周辺の歓楽街を含めてそう呼ばれている。一九六三年に東急ホテルが建設される以前は中京女子短期大学（現至学館大学短期大学部）があったことから、地元の商店街で〝女子大小路〟と呼ばれるようになったらしい。八〇年代まで名古屋で一番の歓楽街であったが、バブル崩壊後は錦《にしき》三丁目にその座を奪われている。

最盛期は飲食店が千七百軒あまりも営業しており、スナック、ゲイバー、風俗店、外人パブがひしめき合い、新宿二丁目、三丁目界隈《かいわい》と雰囲気が似ていた。そういう意味でも達也の古巣とも言えるゴールデン街と同じ匂いがする街に安心感さえ覚えた。

〝ラテンQ〟は東急ホテル脇の道からは外れた雑居ビルの一階にあるが、値段が他店に比べて安いために人気があった。閉店は午前一時だが、客の入りによって午前三時まで営業することもある。

だが、週中でしかも朝から天気は悪く、ここ二、三日のうちでは一番の冷え込みになった。客の入りは悪く、午後十一時を過ぎると嘘のように客は引けてしまった。

三階建てのビルの二階はパブ、三階は風俗店が入っており、ビルの外階段に出られる厨房の裏口は、従業員と酒屋の通用口として使われている。

「今日はもう客は来んな。達也君、わしに付き合ってジャズ喫茶に行こまいか」

オーナーの金井は厨房の裏口を開け、通りを眺めながら言った。金井は五十六歳で今は独身だが、別れた奥さんとの間に二人の娘がいるらしい。上の娘は達也と同年齢らしく、そのせいか何かとかわいがってくれる。

一年ほど前、達也は名古屋で一番の繁華街と聞いて女子大小路にやって来た。面接に訪れた店はどこもホストか女装を求め、条件を出すと断られた。やはり、彼らは夜の街の住人だけあって達也の持つ危険な香りを敏感に嗅《か》ぎ分けたのだろう。だが、金井は、達也を見てすぐに雇ってくれた。わけを聞くと、目がきれいだからという簡単な理由だったが、長年の経験で目付きをみれば根がまじめかどうか判断できるそうだ。

「出かけるまわしをしときゃあ」

金井はそう言うとレジを閉めるためフロアーに出て行った。

「はい」

達也はすぐに厨房の掃除に取りかかった。地方に行くと方言で苦労することがある。名古屋は東京に比較的近いが、分からない言葉が多く、最初の二ヶ月は戸惑った。ちなみに〝行こまいか〟あるいは〝行こみゃあか〟は行こうよを意味し、〝まわしをする〟というのは用意をするという意味で、相撲取りのふんどしではない。

当時のジャズ喫茶はジャズのレコードをBGMとして流す店で名曲喫茶のジャズ版ともいうべきものだったが、ライブをするジャズバーの先駆けのような店もあった。

金井は店の雰囲気を盛り上げるために〝ラテンQ〟の名前の通り、BGMにラテン音楽を流し、ゲイのホステスもショータイムにはサンバのリズムに合わせて踊ることになっている。だが、金井が一番好きな音楽のジャンルはジャズだった。

「達也くん、終わったきゃあ?」

金井はうれしそうな顔をしてフロアーから声をかけてきた。

「あとはゴミをほかれば終わりです」

達也は捨てるを名古屋弁で言った。最近は感化され、意識せずに名古屋弁を交えて話すことがある。ゴミを外階段の近くにあるゴミ捨て場に捨てると、厨房に戻り裏口に鍵《かぎ》をかけた。

「終わったかなも？」

待ちきれないのか金井がフロアーを仕切るカーテンから顔だけ出していた。頭が禿《は》げているために左側頭部の髪を頭の上に載せて禿《はげ》を隠している。いわゆる一・九分けをしているだけに顔だけ見せられると滑稽《こっけい》だ。

「今、終わりました」

達也は紺色の防寒ジャンパーを手にフロアーに入ると、着替えをすませたホステスがまだ残っていた。化粧も落とし、まったく普通の男に戻っている者もいれば、厚化粧のままスカートを穿《は》いている者もいる。

入り口のレジのすぐ後ろに休憩室と呼ばれる窓もない四畳半の畳部屋があり、彼らはそこで着替えることになっている。また、休憩室は住み込みの達也の寝室も兼ねていた。狭い部屋なので達也の私物はスポーツバッグに入れた着替えだけだ。

「あらっ、大変。タッちゃん、やっぱり怪我をしていたじゃないの」

男の格好をしたヤスコが、達也の右腕の火傷の痕をめざとく見つけて大袈裟《おおげさ》に騒いだ。セーターの袖《そで》を捲《まく》ったままにしているのを忘れていたのだ。

「あれっ？」

達也も腕を改めて見てみると、ポテトを油で揚げる時に火傷した痕が薄くはなったがまだ残っていた。火傷をしてから二時間は経っている。以前はこの程度の怪我なら数分で完治したが、この半年ほどの間に再生能力は極端に落ちていた。理由は分からないが、二年ほど前から徐々に悪くなり、ここ数ヶ月間は目に見えて低下している。ある意味、普通の人間に近付いて来たと喜ぶべきなのだが、生死を選ばない追手に遭遇した時のことを考えると不安を覚える。

「ちょっと、待っていて」

休憩室に慌てて入って行ったヤスコは救急箱から紫雲膏《しうんこう》を取ってきた。ヤスコは達也の火傷の痕に紫色の軟膏を塗ってくれた。

「ヤスコ、こっすいことしとるがね」

ヤスコの早業を傍観していたほかのホステスが、ずるいとはやし立てた。この店のホステスは、例外なく達也に気があるらしい。

「おまえさんたち、みんなあんばようせんといかんがね」

金井は笑いながらホステスを注意した。〝あんば〟は案配を示す言葉で、うまいことやってくれという意味だ。

「お先にご無礼します」

店の前でホステスは金井と達也に失礼しますと挨拶《あいさつ》をして帰って行った。ご無礼とは武家言葉の名残りらしい。城下町名古屋ならではの方言と言える。

「達也くん。えらいのか？」

身長が百五十九センチしかない金井は、亀のように首を伸ばして疲れたのか尋ねてきた。

「いえ、そんなことはありません」

慌てて否定した。火傷のことが気になって考え事をしていたのだ。体調が悪いわけではないが、再生能力の鈍化をこのまま放っておいていいとも思えなかった。

「そうか、それなら行こまいか」

ジャズ喫茶に行く時の金井はいつも機嫌がいい。足取りも軽く歩き出した。

「はい！」

達也は金井の機嫌を損ねないように元気よく返事をした。

三

時刻は午後十一時五十分、明け方まで開いている店が多い不夜城、女子大小路にしてみれば、まだ宵の口に過ぎない。だが、どこの通りも人通りが少なかった。

気温は四度近くまで下がり、強い北風が吹いている。寒さに思わずジャケットの襟を立てたくなるが、名古屋きっての歓楽街の客足が鈍い一番の理由は景気が悪いためだ。

一九七三年に勃発《ぼっぱつ》した第四次中東戦争を契機に石油価格の高騰、いわゆる石油ショックが起こり、翌七四年に戦後はじめてのマイナスの経済成長となり、高度経済成長は終わった。一九七五年のインフレ抑制のために総需要抑制策が取られたため、景気はかえって落ち込んだ。そのため年末の書入れ時にも拘《かかわ》らず客足が鈍いのだ。

北風で砂塵《さじん》が舞う通りを達也と金井は女子大小路のはずれにあるジャズ喫茶〝ラブリー〟へと向かった。

一九七〇年に開業し、一九七六年にテレビ塔東に移転するまで、〝ラブリー〟は女子大小路の十坪ほどの狭い店で営業していた。本格的なジャズバーの先駆けのような店で、毎日のように生演奏を聞かせてくれるということで、ジャズファンには有名だった。朝の五時まで営業しており、達也も店が終わってから金井に誘われて何度か行っている。最近では、ロックしか聞かなかった達也もジャズが好きになった。

「おっと」

前を歩いていた金井が小さく声を上げて、道の反対側に渡った。前方の明かりが消えたビルの前に黒いキャデラックが停められたからだ。黒塗りの外車を乗り回すのは間違いなく暴力団関係者である。おそらく組事務所でもあるのだろう。金井はキャデラックの方を見ないようにそっぽを向いた。触らぬ神に祟《たた》りなしというわけだ。

キャデラックの運転席から降りた厳《いか》つい男が、後部座席のドアを開けた。すると、いかにも暴力団の幹部という恰幅《かっぷく》のいい初老の男が降りてきた。

金井は目を合わせないようにしているが、なんとなく胸騒ぎのようなものを感じた達也は、彼らに注意を払った。

車が停められているビルの陰から突然男が飛び出して来た。

達也は思わず金井の前に出た。

「死ねや！」

男は声を張り上げて銃を初老の男に向けた。だが、運転席にいた男が果敢に銃を持った男の腕を押さえた。初老の男は慌てて前のビルの中に消えた。

パン！

風音に紛れ、乾いた破裂音がした。

「えっ！」

達也は右胸に焼けるような痛みを感じ、跪《ひざまず》いた。

「達也くん。どうした？」

金井が耳元で尋ねてきた。達也は痛みを堪《こら》えてなんとか立ち上がった。運が悪いことに流れ弾が当たったようだ。

一方銃を撃った男はもみ合った末に止めに入った男を殴りつけて逃走した。

「たあけがっ！」

残された男は地団駄を踏んで悔しがり、初老の男の後を追ってビルの中に消えた。誰も達也が流れ弾に当たったことに気が付いていないようだ。

一瞬の出来事だった。しかも通りにヤクザ以外、達也と金井しかいなかった。偶然としか言えないのは数秒後に近くの店から大勢の酔っぱらいが通りに現れたからだ。

「金井さん、すみませんが、帰りましょう」

達也は左手で傷口を押さえた。

「まさか、撃たれたのか」

金井の声が震えていた。

「そのまさかです」

心配させないように笑おうと思ったが口の端が引き攣《つ》った。

「こりゃいかんわ。救急車を呼ばんと。ここで待っとりゃあ。公衆電話で呼んで来るわ」

金井はあたふたして喚《わめ》いた。

「だめです。止めて下さい。お願いですから、店の部屋に連れて行って下さい。救急車を呼んだら、警察も来てしまいます。ヤクザに報復されますよ」

達也は金井の肩を押さえて落ち着かせた。

「しかし……」

ヤクザと聞いて金井は黙ってしまった。

「大丈夫です。かすり傷ですから」

達也は金井を押し切り、〝ラテンQ〟に向かって歩き出した。これまで何度も殺されかけたことがある達也にとって、大したことはないと思ったのだ。

金井が無言で達也の左腕を取り、肩を貸してくれた。

「すみません」

百メートルほどの距離が恐ろしく長く感じられた。やっとの思いで店の休憩室に着いた達也は、壁にもたれて座った。

金井が救急箱を取ってきて、達也のジャンパーを脱がせようとした。

「金井さんはもう帰って下さい。寝ていれば治りますから」

「何を言っとりゃあす。たあけたこと言っとっていかんがや」

馬鹿なことを言うなと金井は首を振り、ジャンパーとセーターを無理矢理脱がせた。

「大変だわ。医者を呼ばんと、どうしようもにゃあわ」

達也の右胸の傷を見た途端、金井は狼狽《ろうばい》した。

「僕は戸籍もない人間なんです。医者にはかかれません」

なんとしても医者に体を見られることは避けたかった。しかも銃創ゆえに通報される恐れがある。

「金のことだったら心配せんでええ。わしが払ったる」

「違うんです。僕は医者に診られたくないんです」

「何言っとりあゃす。おみゃあさん、どえりゃあ怪我しとるが」

「僕には秘密があるんです。……信じてもらえますか」

達也は金井の言葉を遮った。

「あんたのことだったら、なんでも信じたるがね。だが、医者は呼ばんと」

金井はなおも不服そうに言った。

達也は右腕を差し出すように見せた。火傷《やけど》の痕《あと》はなんとか消えていた。

「…………」

意味が分からず金井は首を捻《ひね》った。

「お店を出るとき、右腕に火傷の痕があったのを覚えていますか」

「そういえば店の子たちが騒いどった。三ヵ所ほど酷《ひど》く腫《は》れとったが、のうなっとる」

金井は達也の腕を取って裏返しにしたりして確認した。

「僕の体は異常体質で、怪我がすぐ治るんです。だからある企業から実験材料にするために僕は狙われ、逃亡生活をしているんです」

差し支えのない範囲で達也は告白した。

「実験材料！」

金井は目を剝《む》いて声を上げた。

「彼らは脳を取り出して調べるつもりです。捕まれば殺されてしまいます。医者に銃創を見せれば、警察に通報されて連中にも僕の居所が見つかってしまうのです」

「なんと怖《こ》やあこった……だけどこのままでは血がのうなって死んでまうわ」

困った表情をして、金井は達也を見つめた。

達也は自分で救急箱からガーゼを取り出して傷口に当て、その上からタオルをたすきがけにして縛った。怪我を自分で治療することには慣れていた。

「この程度の傷なら死ぬほどの血は流れません。じっとしていれば治ります。すみませんが、血糖値が下がらないようにしたいので、チョコレートを買って来てもらえますか。それにポットに入れた水も下さい」

「チョコレートと水だけでええか？」

「とりあえず、それだけで結構です」

「分かった。ぎょうさん買って来るから、待っとりゃ」

金井は厨房《ちゅうぼう》から水を入れたポットとコップを持って来ると、店から飛び出して行った。

達也はコップの水を一杯だけ飲み、少しだけ休もうと横になった。こういう場合、水をあまり飲み過ぎても血液を薄めてしまうのでかえって危険なことは経験上知っていた。

疲れてはいるが金井が戻るまでには出て行こうと思っている。傷口の痛みはさほど感じない。三年前なら急速に細胞が再生するために激痛がした。痛みをあまり感じないことが逆に回復力が弱まっている証拠というのだから皮肉な話だ。

体が熱くなり、睡魔が襲ってきた。

「疲れた」

達也は眠りにつくように意識を失った。

四

白一色の世界。吹雪や霧で視界が白く閉ざされることを〝ホワイトアウト〟と言うが、達也が迷い込んだ空間は白い光に包まれていた。

方位も分からない白い空間をさまよい、やがて達也は四角い穴に吸い込まれた。

「…………」

瞼《まぶた》を開けると、いつの間にか床に横になっている。体を起こしてあたりを窺《うかが》うと、灰色のドアが並んだ薄暗い廊下だった。

「ここは……」

三年前には何度も訪れたことがある現実にはない不可思議な建物にまた来たようだ。

廊下の両端には白と黒の出入り口があり、その他にグレーのドアが八つある。出入り口に近い両端の二つは達也とメギドの部屋で、残りの六つは別の人間の部屋になっていた。幼いころ達也は生態科学研究所の松宮健造に、六人の人間から取り出した脳細胞を脳に埋め込まれた。建物は移植された脳細胞と達也とメギドの人格を具現化したイメージで、二人は〝アパート〟と呼んでいる。意識下で会話することが可能な二人は、互いの存在を確立するために脳の内部を現実的な空間のように構成したようだ。

脳を移植した松宮は旧日本軍の軍医学校防疫研究室の下部組織だった七三一部隊に所属していた。戦時中から人体実験による脳の研究を続けてきた松宮は戦後大島産業で脳細胞の一部を拒絶反応がない脳に埋め込むことにより、他人の技術や経験を再現することに成功した。

脳の移植は、二〇一一年現在パーキンソン病など、脳の病気や障害に神経細胞やES細胞（胚性幹細胞《はいせいかんさいぼう》）を移植して治療するという研究が進んでいる。だが多くは動物実験あるいは臨床試験の段階である。松宮は悪魔の手法ともいうべき人体実験を繰り返し、現代でも考えられないほど高度な医療技術を身につけていたのだ。

〝アパート〟の中央の部屋には甲武流という古武術の達人である唐沢喜中《からさわよしなか》が住んでいる。彼のおかげで達也とメギドは、武術は達人の域に達していた。今のところ住人の正体が分かっているのは彼だけで、その他のドアは固く閉ざされている。喜中の脳細胞は〝エリア零〟を脱走する際のアクシデントが刺激となり、存在が明らかになった。

この三年間、達也は〝アパート〟に一度も来ることがなかった。というよりメギドが表に出てこなかったので、必要がなかったのだろう。

達也は人から悪魔と怖れられているメギドが急に懐かしくなった。確かに凶暴で手がつけられなくなる時がある。しかもやむを得ないとはいえ、メギドはこれまで何人もの人を殺している。だが、達也は彼の心の中には優しさがあると信じていた。軍事訓練施設、〝エリア零〟での闘いで、メギドが敵対する零チャイルドを残虐に殺したのも、身を守るだけでなく、大勢の零チャイルドと闘わないためだったと達也は解釈している。

三年もの間冬眠したかのようにメギドが表に出て来ないのは、仲間を沢山殺《あや》めた苦しみから逃れるために違いない。そう思えばこそ、苦しい逃亡生活を一人で耐えてきたのだ。

達也は黒いメギド専用の出入り口の近くにあるドアの前に立った。

「あれっ」

ドアノブを引いてもドアはびくともしない。ドアには鍵《かぎ》がかからないようになっていたはずだ。

「メギド、いるのか。達也だ」

ノックしてみたが、応答どころか物音一つ聞こえない。あまりの静けさに達也に不安が過《よぎ》った。

「メギド、返事をしてくれ！」

達也は血の気が失《う》せるのを感じ、ドアを叩《たた》いて必死に尋ねた。

以前メギドから、二人は一卵性双生児だと聞かされたことがある。だが、卵子が細胞分裂するさいに片方の細胞がもう一方の細胞を飲み込んでしまったそうだ。そのため肉体は一つしかないが、魂は二つあり、人格も生まれながらにして二つあると言うのだ。不思議な話だが、病的な多重人格でないことは二人が意識下で会話できることからも納得できた。とすれば、一方の魂だけ死んでしまうこともあるのではないか、と達也は思ったのだ。

双胎が妊娠早期に片方が流産となり、胎児が母体に吸収されて単胎になる現象を〝バニシング・ツイン〟という。また、二つの受精卵が融合して一つの受精卵となり、二種類の遺伝情報を持って生まれることを〝キメラ〟と呼ぶ。まれに〝バニシング・ツイン〟でも〝キメラ〟として生まれる可能性もあるが、二つの人格が現れる達也とメギドは〝キメラ〟でも珍しいケースなのかもしれない。

「どうしてなんだ」

応答のないメギドの部屋の前で達也は座り込んで途方に暮れた。

しばらくすると出口の白いドアの鍵が外れる音がした。肉体が覚醒《かくせい》したようだ。

「また来るからね」

達也はそう言い残し、白いドアから外に出た。

白い光に包まれてまぶしさに思わず目を閉じて、光が収まるのを待って目を開けた。

「よかった。気が付いたわ」

目の前に化粧もしていないヤスコこと林康夫の顔があった。

柔らかい布団の上に寝かされている。しかも〝ラテンQ〟の四畳半の休憩室ではなく、ペイズリー柄のカーテンがかけられた窓があった。カーテンの隙間から日の光が漏れている。いわれのない銃弾を受けた悪夢のような夜は明けたようだ。

「ここは?」

達也は上体を起こそうとすると目眩《めまい》がした。血糖値が極端に下がっているようだ。

「起きちゃだめだったら」

無精髭《ぶしょうひげ》を生やしている林が女言葉で咎《とが》めた。

「ここは、どこ?」

天井を見ると目眩がするので、枕元に視線を移した。すると板チョコが山のように積まれている。金井が用意してくれたのだろう。

「社長のアパートよ。だって休憩室に怪我人を寝かせておけないでしょう。タッちゃんが怪我をしたから手伝ってくれって、社長から急に電話があったの。もうびっくりしちゃった。私の口が堅いことを見込まれたみたい。社長も見る目があるわね。お姉さんたちにはタッちゃんが流感にかかったことになっているわ」

林は他のゲイのホステスと違い東京出身のため、店では少し浮いた存在になっている。金井は仲間内で噂が広がらないように林に手伝わせたようだ。

「一大事だってことで、お店に行って私と社長でタッちゃんを運んだの。店の前からはタクシーを頼んだけど、この部屋三階にあるでしょう。エレベーターだってないしさ。本当に大変だったんだから」

林はまくしたてると額の汗を拭《ぬぐ》う振りをした。

金井のアパートは新栄一丁目、大通りを挟んで西側にある栄四丁目の〝女子大小路〟とは五百メートルほどの距離だ。

「すみません。大変な思いさせちゃって」

「嘘よ。タッちゃんはラジエターより軽いから、私一人で一階から担いで来たわ」

林はそう言うと口元に手を当てて笑った。元自動車整備工だけあって力はあるようだ。

「お水、貰《もら》えますか？」

「あいよ」

林がキッチンに行っている間に、達也は急いで撃たれた右胸に触ってみた。傷痕《きずあと》は無くなっていた。背中に固い物が当たるので、取り出すと銃の弾丸だった。体内から無事に吐き出されたようだ。

「何か、食べる？」

コップに入れた水を持って来ると、林は枕元に正座した。

「なんでも構いません」

達也はさりげなく枕の下に弾丸を隠しながら答えた。

「お水を先に飲んで」

林に助けられてゆっくりと体を起こし、水で喉《のど》を潤した。食道を勢いよく流れた水が空っぽの胃袋を刺激した。

「とりあえずチョコレート貰います」

達也は枕元に置かれた板チョコの封を切って食らいついた。チョコを食べると、干涸《ひから》びていた体の隅々まで血が通う気がする。試しに天井を見上げたが、目眩はしなくなった。

「まあ、タッちゃんたら、チョコレートにむしゃぶりついて、子供みたい。でも仕様がないか、三日も寝込んでいたんだから」

「三日！」

達也は声を上げ、チョコを落とした。三年前なら、弾丸の傷は二、三時間で治っていただけに三日というのは異常だ。

「社長が起きなかったらどうしようかと心配していたわよ。でもタッちゃんから医者に診せないように言われたんだったら、信じなさいって、私は言ってあげたの。そしたら社長ったら……」

林の話が尽きることはなさそうだ。達也は落としたチョコを呆然《ぼうぜん》と見つめていた。

五

深夜の東名高速道路を高速バスは貨物トラックに混じって疾走している。

一九七五年も押し迫った十二月二十八日、達也は東京行きの国鉄ドリーム号に乗った。住み込みをしていた〝ラテンQ〟に迷惑がかからないように、店が休みの日曜日に出ることにしたのだが、社長の金井義男をはじめとした店の従業員が全員押し掛けて来て大騒ぎになった。予期せぬ送別会も終わり、名古屋駅まで金井が送ると言ってくれたが、さすがに遠慮した。

名古屋は逃亡生活を続けて来た達也にとって居心地の良い場所だった。だが、怪我が完治した達也は、肉体の再生能力の異常に悩んでいた。また、別の人格であるメギドの存在が感じられなくなったことにも不安を覚えた。危機感を募らせた達也は腹違いの姉である順子《じゅんこ》に相談する決心をした。彼女は医大の大学院を出た後も研究室に残り、研究員として働きながら細胞の再生能力の研究をしている。

順子は達也と同じ人工授精で生まれた腹違いの姉だ。今もメギドが殺したカール・ハーバー博士の屋敷に住んでいる。実験材料として達也や彼女を生み出したハーバーを順子は心の底から憎んでいた。それゆえ、彼の匂いが染み付いた屋敷に住むことを嫌っていたが、ハーバーが残した地下研究室があるため、家を売ることもできずに一人で暮らしている。

長距離電話になるために、挨拶《あいさつ》程度の話をするだけだが、彼女とは二、三ヶ月に一度電話で連絡を取っていた。だが、二人とも不幸な境遇で生まれただけに絆《きずな》は強かった。バスに乗る前に、帰るとだけ順子には連絡をしておいた。彼女も気をつけてと言葉少なめに返事をしてきたが、涙声だったのが受話器からも分かった。

ドリーム号は夜行バスのため、出発時に遮光カーテンがしっかりと閉められている。感傷に浸って夜景を見ようと思わない限り、開ける乗客もいない。

「有難うございました。東京駅日本橋口へ到着です」

突然スピーカーから運転手の声が響いてきた。ボリュームが大きいのはもちろん夢の中の乗客を起こし、到着次第降ろすためだ。

達也も送別会で酒を飲んでいたので、休憩停車した途中のパーキングエリアでトイレに行った後は熟睡していた。暖房が効いていたバスを降りると吹き付ける寒風に思わず足を止めた。

久しぶりの東京だ。金井から餞別《せんべつ》で貰った腕時計を見るとまだ午前六時四分と、東の空は明るくはなっているが、行動するにはまだ早い。時間を潰《つぶ》すために銀の鈴の広場に行った。

電車待ちの客なのか、数人の男が煙草を吸いながら座っていた。人が集まる場所に煙草の煙は付きものなので、達也は気にもせずに端のベンチに座った。腹が減ったのでスポーツバッグから握り飯を入れた紙袋を出した。店の従業員であるゲイのホステスが餞別代わりに握ってくれたものだ。一人一個ずつ作ってくれたので九個もある。

「こっ、これは」

紙袋が重いと思ったら、握り飯はどれも歪《いびつ》な特大サイズだった。三食分はあるだろう。酔っぱらった勢いで競って大きなものを握ったようだ。達也は思わず絶句してしまった。

「でかい握り飯だなあ。一人で全部食うのけ？」

風体の悪い男が、握り飯に吸い寄せられるように近付いて来た。年は四十歳前後、髪は短くしているが、擦り切れたジャンパーを二重に着込んでおり、左右違う汚れた靴を履いている。

「食べますか？」

達也はすでに男が駅舎をねぐらにしているホームレスだということは分かっていた。三年間も放浪しているので、十七歳まで施設に閉じ込められていた世間知らずのころとは違う。

「俺にかい？　ほんとうけ？」

男は自分を指差し、まさかという表情になった。

「一緒に食べましょう」

達也は横に座った男の膝《ひざ》の上にラップで包まれたおにぎりを三個載せてやった。

「こんなに貰っていいのけ？」

男は達也の気前のよさに戸惑っている。

「沢山ありますから、大丈夫です。よろしければもっとあげますよ」

「これで充分だ。ありがとな」

男はさっそくラップをはがして握り飯に食らいついた。

達也も丸い形をしたものを頬張った。

「なんじゃ、こりゃ」

男は握り飯の具に大きな鳥の唐揚げが入っていたので驚いている。達也の送別会で出たご馳走《ちそう》の残りがそのまま具になっているようだ。

「僕のは、焼き鳥でしたよ」

達也も変わり種の具を男に見せて、二人で笑った。

「俺は駅の構内でゴロゴロしているから、ゴロ蔵《ぞう》と呼ばれている。あんたは？」

「ぼっ、僕ですか。達也といいますけど」

なんとなく達也は名前を教えてしまった。こんな時人の良さが出るものだ。

「親切にしてくれたから教えてやる。あんた追われているんだろう」

ゴロ蔵は握り飯を頬張りながら急にまじめな口調で言った。

「…………」

達也は動揺を見せまいと食事を続けた。

「あそこの柱の陰に立っている男、それに向こうで煙草吸っている男、他にも何人もいる。

暴力団には見えないが、みんなあんたのことを狙っているようだ」

駅だけに人が多く、達也は気が付かなかったが、注意してみると確かに怪しい。

「どうして分かるんですか？」

「ここは俺の家みたいなもんだ。怪しいやつはすぐ分かる。ここから出て行けば捕まっちまう」

「確かに……」

倒すのは簡単だが、東京駅だけに騒動を起こせば今度は鉄道警察に追われることになりかねない。達也は握り飯を二つ食べると残りはバッグに戻し、思案に暮れた。

「俺にいいアイデアがあるから、耳と小銭貸しなよ」

達也はゴロ蔵に耳打ちされ、ポケットの百円玉を渡した。

握り飯を全部平らげたゴロ蔵は席を立ち、近くの自動販売機で切符を買って来ると、再び隣に座った。

「いいかい、さっき言ったようにすれば間違いないからな。気を付けてな」

ゴロ蔵はベンチの上に切符を置いた。達也はさりげなく手の中に隠した。

「おつりは要りませんから」

貰《もら》ったのは初乗りの三十円切符だった。五十円玉もあったが、はじめからおつりはやるつもりで百円玉を渡したのだ。

「そうかい。すまないな」

返すつもりはなかったのだろうが、ゴロ蔵の顔が明るくなった。

「親切にありがとう」

達也は礼を言って別れると、さりげなく歩き出した。するとそれまで別々に行動していた十人ほどの男たちが、ほぼ同時に移動しはじめた。達也はゆっくりと構内を歩き、中央口の前でいきなり走って改札を通り抜けた。

振り返ると四人は改札で止められたが、残りの六人は改札を抜けて追いかけて来た。達也は中央通路から丸の内側に出ると、今度は丸の内南口に向かって走った。

「あった！」

南口の改札のすぐ後ろに業務用通路がある。国鉄の職員専用だが、達也はゴロ蔵に教えてもらった通りに通路に入った。通路は奥で分岐しており、すぐに右に曲がって階段を下りた。まっすぐ進めば東京駅の開業当初からある郵便物や小荷物専用のレンガ造りの運搬路に出るそうだ。

「どこに行った！　おまえはそっちに行け！」

執拗《しつよう》に追手は迫って来る。

駅の地下は迷路のようになっている。通路がさらに分岐したのでまた右に曲がり、すぐ手前の扉を開けて中に入った。裸電球に照らされたレンガの壁の奥には四角い台が置かれている。ゴロ蔵からめったに人の入らない部屋があると教えられたのだ。湿気臭いというか、何か抹香臭い匂いがする。

「あっ！」

手前に木の台があり、線香と焼香台が置かれていた。どうやら霊安室らしい。人身事故が起きた際、遺体を一時的に収容するのだろう。

外に足音が響いて来た。達也は遺体を安置する台のすぐ脇にある柱の陰に隠れた。

ドアが開けられた。

達也はすぐ飛び出せるように身構えた。

「ここは、……」

追手も霊安室と分かったらしく、すぐにドアを閉めた。

東京駅の地下にあるのだが、電車の音も聞こえない。足音が遠ざかっても、薄気味悪い部屋でじっと我慢した。裸電球の光がなければ、達也は逃げ出していたことだろう。

三十分後、部屋を抜け出した達也は、業務用通路を出る清掃員の後に付いて駅の構内に戻った。朝のラッシュアワーにさしかかったらしく、通勤客でごった返していた。二十九日で御用納めの会社もあるのだろう。人々は最後の力を振り絞るかのようにエネルギッシュに歩いている。

達也は人ごみに紛れ、中央線に乗った。

六

東京駅で達也を待ち構えていたのは、おそらく非合法組織である〝零隊《ゼロ》〟だったに違いない。彼らはもちろん大島産業の会長である大島耕造の命令を受けて、達也を捕獲しようとしているのだろう。だが、執拗に追われる理由は他にもあると思っている。三年前達也は、〝零隊〟を指揮していた帝都警備保障の社長岩村茂雄《いわむらしげお》を死闘の末殺している。その復讐《ふくしゅう》もあるに違いない。彼らからは、執念に近いものを感じるからだ。

それにしても達也が夜行バスで東京に来ることがどうして分かったのか、不思議でならない。もし名古屋で所在がばれていれば、とっくの昔に襲われているはずだ。考えられるとすれば、バスに乗り込む前に公衆電話で順子に電話したことが原因だろう。「バスで帰る」と言っただけで場所も路線も教えてはいないが、時間が深夜だっただけに敵は長距離の夜行バスだと予測し、新宿駅と東京駅で待ち構えていたのかもしれない。いずれにせよ電話は盗聴されていたと考えるべきだろう。

達也は新宿の人ごみに紛れるように喫茶店をハシゴして夜を待ち、大久保の近くでタクシーを拾った。順子が住んでいるハーバーの屋敷は、小田急電鉄の千歳船橋駅から二十分、最寄りのバス停からは歩いて五分ほどの距離だが、駅に近寄るのは危険と判断した。タクシーに乗った達也は世田谷《せたがや》通りから馬事公苑《ばじこうえん》を通り越し、環八通りに左折して車を降りた。

午後十一時過ぎ、環八通りを歩き、上用賀《かみようが》五丁目の交差点を左に曲がり東の方角に向かう。この辺りは三年前までは畑が多かったのだが、驚いたことに家やアパートがかなり増えていた。しかもいたるところに建設現場がある。翌々年の一九七七年に開業される東急新玉川線（現田園都市線）の用賀駅に近いことを見越してのことなのだろう。

しばらく歩き、ハーバーの屋敷の一つ手前の交差点の近くから様子を窺《うかが》ってみる。背の高いレンガ塀で囲まれた屋敷は百坪ほどの敷地があり、ドイツの伝統的な〝木組み造り〟という白壁に木を組んだ洋館が暗闇に輪郭を現している。

「ん？……」

黒っぽい服を着た二人の男が屋敷の前を通り過ぎた。辺りを警戒しているようだ。やはり順子は見張られているらしい。

達也は来た道を戻り、一つ手前の交差点から北に向かって歩き、大回りをしてハーバー邸の裏側にある家に出た。

門灯を残し、照明はすべて消えている。家人は深い眠りについているようだ。百六十センチほどのブロック塀を音もなく身軽に飛び越えて、家に侵入した。新宿駅のコインロッカーに荷物を預けてきて正解だった。

ハーバーの屋敷が見える場所まで近付いて様子を窺うと、正門の後ろに複数の気配を感じる。おそらく〝零隊〟の男たちだろう。達也は屋敷内に彼らがいることに不安を覚えた。順子に直接危害が加えられている可能性も考えられた。

達也は裏の家から隣接するハーバーの屋敷のレンガ塀も越えて敷地内に入った。すぐに〝木組み造り〟の洋館の壁に取りついた。木枠が壁より少し飛び出ているので、それを足がかりに登ることができた。建物は二階建てだが、三角屋根の上の部分が屋根裏部屋になっており、実質三階建てになっている。

一番上まで登り、屋根裏部屋の窓をそっと開けた。達也の身体能力をもってすれば、容易《たやす》く入れると考えて鍵《かぎ》はかけないでおくと順子から聞いていたのだ。

狭い窓から体をよじるように入った。

「達也君？」

暗闇から順子の声が聞こえてきた。

マッチを擦る音がして、小さなローソクの炎が点《とも》った。

薄いピンクのネグリジェを着た順子が、闇の中から浮かび上がった。順子は慌てた様子で小窓の黒いカーテンを閉め、光が外に漏れないようにした。

「達也君」

順子は振り返り、栗毛色の長い髪をたくし上げて笑みを浮かべると、抱きついてきた。

「姉……さん」

淡いブルーの瞳《ひとみ》を持つ美しい顔立ちの順子は、身長百六十九センチのすらりとした体形をしている。今年二十五歳になり、匂い立つような色気があった。久しぶりに抱きしめた順子の胸は重量感があり、姉弟《きょうだい》という感覚を忘れさせるほど達也の男を揺さぶった。

「顔を見せて。身長、また伸びたわね。それにずいぶん男っぽくなったわ」

順子は離れて立つと嬉《うれ》しそうに言った。

「そんなことより、僕がここに来ることが連中にばれていたみたい」

達也は照れくささと、男としての動悸《どうき》を隠すように早口で言った。

「私も今朝から家を監視されていて、おかしいと思っていたの。電話が盗聴されていたのかもしれないわね」

順子は達也の狼狽《ろうばい》ぶりに気付く様子もなく首を捻《ひね》った。ネグリジェの生地は薄いのか乳首の形が分かり、達也は慌てて視線を外した。

「でも、姉さんが無事で安心したよ」

危険を冒して侵入したのは彼女が人質に取られるような場面を想定したからだ。

「その心配はないわ。私は大学院を出たばかりだけど、ハーバー博士の研究を引き継いで、細胞研究についての知識は豊富にあるの。私の能力を欲しがっている大島産業が直接私に手を出すことはないから安心して」

順子は腕組みをして笑ってみせた。彼女はものごころついてからハーバーの養女にされた。日常的に暴力を振るわれた上に研究の対象とされながら、博士の助手を強要された辛い経験を持つ。

「それならほっとしたよ。実は相談したいことがあるんだ」

達也は再生能力の減退やメギドが表に出て来ないことを説明した。

「再生能力がかなり落ちているのね。原因は色々考えられる。まだ研究の段階でよく分かっていないけど、再生能力は免疫に関係しているようなの。だから免疫機能になんらかの障害が出たのか、あるいは免疫力を低下させるような病気にかかっている可能性も考えられるわ。それともう一つ、……」

順子は言葉を切って難しい顔をした。

「ひょっとして、あなたの再生能力をコントロールしているのがメギドという可能性も考えられる。前もメギドが表に出ていた時の方が、再生能力が増すという現象があったでしょう。三年前からメギドが冬眠したかのように出て来なくなったのが、一番の原因かもしれないわね」

「彼とは双子らしいけど、ぼくは再生能力がない普通の人ってこと？」

達也は肩を竦《すく》めた。性格的な問題は別として、戦闘能力、再生能力はメギドの方が上だということは認めていた。

「難しい質問ね。そもそも双子のうちの一人が、母体の妊娠中に流産してしまうことがあったとしても、人格が残るなんて聞いたことがないもの。これは仮説に過ぎないけど、母体であなたたち双胎が単胎になった際に、メギドの遺伝情報があなたに組み込まれて残った。彼の遺伝子に父親の遺伝情報がより多くあったとしたら、メギドのスリープ状態の度合いにより、再生能力も変わってくる可能性があるわね」

現代医学で知られている二種類の遺伝情報を持って生まれる〝キメラ〟のことを、順子は仮説として立てた。幼いころから奴隷同然とはいえ、細胞の研究に取り組んできたハーバーの助手を務めていただけのことはある。

「僕にはまったく理解出来ない話だね」

医学的知識がない達也は苦笑を漏らした。

「私は細胞の研究では努力しているつもりだけど、人間の遺伝情報が解明されるのは、コンピューターがもっと発展しないとだめだと思っている。私がおばあさんになるまでがんばっても無理かもしれないわね」

順子は明るく笑ってみせた。

「結論は、メギドを起こすしかないということ？」

「できれば私の大学病院で詳しく調べたいけど、あなたの体に異常がないようだったら、それしか今のところ原因は考えられないわね」

順子は溜息《ためいき》をついてみせた。

「ありがとう。助かった。迷惑をかけたから、僕はもう行くよ。元気でね」

答えは予測していたが、彼女から改めて聞いて納得させられた。

「待って」

順子から折り畳んだメモを渡された。開けてみると名前と電話番号が書かれている。

「これは私のお友達の研究室の電話番号。取り次いでもらえば盗聴される心配はないわ」

「分かった。これからはそうするよ」

達也は窓のカーテンを開けた。

「達也君」

順子がまた抱きついてきた。達也の男が衝撃を受けて反応しそうになる。自分がある意味で大人になったことを改めて自覚した。しばらくして達也は彼女が泣いていることに気が付いた。

「連絡はちゃんとするからね」

達也は優しく言った。動悸は順子の涙で収まっていた。指で涙を拭《ぬぐ》ってやると、順子ははにかんで笑ってみせた。

窓から抜け出し、裏の隣接する民家から道路に出た達也は、再び大回りをして屋敷の前の道に出た。そして今度は堂々と屋敷に向かって歩き出した。

屋敷の中から六人の男が木刀を持って現れた。達也はわざと驚いたように立ち止まり、回れ右をして環八を目指して走り出した。すると木刀を持った六人の新手が現れて行く手を塞《ふさ》いだ。

「ちくしょう、待ち伏せをしていたのか」

わざと感情をあらわにした達也は、前方の六人目がけて突進した。

待ち構えていた男たちは木刀で一斉に殴り掛かってきた。

達也は一人目の攻撃をかわし、男の腕を掴んで投げ飛ばして木刀を奪った。剣術はだめだが、三尺の棒を使う杖道《じょうどう》は得意である。達也は片手で男たちを叩《たた》き伏せ、合気の術も駆使し投げ飛ばした。

〈メギド、目を覚ませ！　一緒に闘おう！〉

心の中で叫びながら、達也は闘った。

この三年間、〝零隊〟とは接触しないように、彼らの影に怯《おび》えて生活してきた。だが、その闘争心のない逃亡生活に愛想をつかしたためにメギドは深い眠りに陥ったのかもしれない。達也は闘うことでメギドを覚醒《かくせい》させようと思った。また、〝零隊〟の存在に気が付いて逃げ出したことにすれば、順子の監視は解かれるという計算もあった。それには相手を全員倒してしまっては意味がない。

瞬く間に六人倒した。背後から迫って来た二つの殺気を感じた。木刀が唸《うな》りを上げる。右からの打ち込みをわざと無視し、達也は振り返って左の男を打ち据えた。

バキッ！

無視をした右からの攻撃は思いのほか激しく、達也は路上に転がされた。

「メギドをやったぞ！」

打ち込んだ男が歓声を上げた。

「くそっ！」

達也はすばやく起き上がり、男の肩口を叩いて昏倒《こんとう》させた。

残りはまだ四人いるが、達也は一目散に環八に向かって走りだした。

「逃がすな！」

達也は追いかけて来る男たちに木刀を投げつけて必死に走った。

「くっ！」

脇腹に激痛が走った。故意に打たれたのだが、肋骨《ろっこつ》が折れたようだ。

警笛を鳴らすトラックの前をすり抜けて環八を渡り、北に向かって走った。トラックのおかげで男たちとは百メートルは差がついた。

しばらく走り続け、後ろから近付いて来たタクシーを停めて乗り込んだ。達也は喘《あえ》ぎながら座席に深く腰を下ろした。

「新宿に行って下さい」

運転手は次の交差点で世田谷《せたがや》通りに右折した。

闘ってみたが、メギドは目覚めなかった。もっとも、順子の安全は図れたと思えば慰められる。

「お客さん、新宿はどちらまで？」

運転手はバックミラー越しに尋ねてきた。

「お客さん？」

達也はすでに気を失っていた。

南の異境

一

肉体の異変に気が付いた達也は、三年ぶりに同じ遺伝子を受け継ぐ異母姉弟《きょうだい》である順子に会いに行った。

二人の父親はハンス・イルクナーという名のドイツ人で、一九四三年七月の連合軍によるハンブルク大空襲で被災し、瀕死《ひんし》の状態から肉体を再生するという超人的な能力を持っていた。敗戦のドイツから実験体として日本に運ばれたハンスの最期は、ハーバー博士に頭部を銃撃されて死亡するという悲惨なものだった。亡骸《なきがら》は、達也がハーバーの研究室にある焼却炉で、ハーバーの死体とともに処分した。

達也はハンスから受け継いだ驚異的な再生能力についてありがたいと思ったことはなかった。だが、大島産業から執拗《しつよう》に付け狙われる以上、必要な能力であることは痛いほど分かっている。再生能力の回復にはなんとしてもその鍵を握るメギドを目覚めさせなければならない。

順子を監視していた〝零隊〟と闘って傷ついた達也は、新宿ゴールデン街にあるスナックのママ小島忍《こじましのぶ》に助けを求めた。店は知られている可能性があるということで、忍から新宿二丁目にある彼女の知人の旅館を世話して貰《もら》った。

不動通りに面した木造二階建ての連れ込み旅館だった。この界隈《かいわい》は新しいビルも建っているが、木造の日本家屋も多く残されており、かつては内藤新宿の遊郭、赤線地帯だった場所である。現在ではビルが建ち並んでいるが、一九八〇年代までは当時を偲《しの》ぶ建物があった。

真夜中に転がり込んだにも拘《かか》わらず、旅館の店主菊川雅代《きくかわまさよ》は嫌な顔一つせず、世話をしてくれた。もっともこの界隈の旅館は夜中が営業時間ということもあるのかもしれない。

右脇腹の骨折は案の定治りが悪く、二日経ってようやく腫《は》れと痛みは引いたが、触るとまだ違和感があった。やはり骨の再生は時間がかかるようだ。結局達也は旅館で年を越すことになった。

一九七六年の正月は、達也にとってこれまでにない穏やかな幕開けになった。忍の飲み友達という菊川は達也を忍の若い愛人と勘違いしたらしく、客として扱ってくれた。また達也は人当たりがいいために昼間はテレビもない客室ではなく、旅館の一階にある菊川の居間に招じ入れられた。

コタツに入り、テレビを見ながらみかんを食べる。どこにでもある家庭の風景だが、達也にとって初体験となった。しかも仕事もしないでテレビを見続けるというのも珍しかった。菊川は四十二歳と達也の母親である冴子より年上であるが、別れた亭主が座っていた場所に達也を座らせ、悦に入っているようだ。

本や新聞を借りて、自分の部屋に戻ることもあるが、朝昼晩と三食居間でご馳走《ちそう》になると三日も過ぎれば、若い達也にとって苦痛になった。とはいえ国鉄の駅には〝零隊〟が目を光らせている可能性もあるので、当分やっかいになろうと思っている。正月の三ヶ日が過ぎて平常の営業に戻れば、ただ働きでも仕事を手伝うつもりだった。

「雅代いる？」

旅館の玄関で聞き覚えのある女の声が響いた。二日間だけ横浜の実家に帰ると言っていた忍が、新宿に戻って来たようだ。

達也は変化が欲しいと思っていたので、ほっと胸を撫《な》で下ろした。

「忍、入っておいで」

菊川はコタツに入ったまま返事をした。

「明けましておめでとう」

忍がいつもの明るい笑顔で部屋に入って来た。

「失礼します」

忍と一緒に真っ黒に日焼けした男が居間に顔を出した。

「久しぶりだね。達也君。実に四年ぶりだ」

「えっ、加藤《かとう》さん？」

声を聞いて、元朝読新聞の記者で今は東洋情報出版社に勤めている加藤淳一《じゅんいち》だとはじめて分かった。以前会った時は、青白い顔をしており、髪も長かったが、肌艶《つや》もよく髪も短い。見違えるように逞《たくま》しくなっていた。

「驚きました。日に焼けて人が変わったように見えますよ」

「ちょっと事情があってね。〝しのぶ〟のママに達也君が東京に帰ったと聞いてさ、ちょうど相談したいことがあったんだ。女将《おかみ》さん、ちょっと達也君を借りますよ」

加藤は頭をかきながら言った。

「なんだ加藤さんたら、タッちゃんの顔を見るだけかと思ったら、魂胆があったの。仕様がないな、危ないことを頼んだりしたらだめよ。タッちゃんも無理なことだったら、断りなさい」

忍はお土産を菊川に渡しながら言った。

「大丈夫だよ、悪い話じゃないから。達也君、どこか二人で話せる場所はないか？」

加藤は苦笑を浮かべながら尋ねてきた。

「いいですよ」

達也は気軽に席を立ち、自分が借りている二階の部屋に案内した。

「達也君、ずいぶんと男らしくなったね。それにしても、連れ込み旅館に長逗留《とうりゅう》とは粋だよ。私も経験してみたいな。女将さんも女っぷりがいいし、達也君、もういただいたのかい？」

部屋の隅にせんべい布団が折り畳んである六畳間の真ん中に腰をかけると、加藤は意味ありげに言ってきた。

「いただいた……って？」

この年になるまで女性経験がない達也にはぴんとこなかった。

「もう一週間近く、泊まっているんだろ。女将も女盛りだし、セックスの一つや二つはしたんじゃないの？」

加藤は笑いながら聞いてきた。

「止めて下さいよ。そんなはずないでしょう。だってそんなことしたら、母親とするようなもんじゃないですか。それに僕はまだ経験ないし」

「えっ、何、まさか。夜の街で働いたこともあるのに、女性経験もないのか。……これは驚いたな」

加藤は眼鏡をずらすほど驚いてみせ、腕組みをして思案をはじめた。

確かに新宿と名古屋では夜の街で働いた。だが、どういうわけかどちらも若い女が周りにいないばかりか、名古屋ではゲイバーで働いていた。女と接触する機会もなかった。そうかといって、興味がないわけではない。昨年末に姉の順子に会った時は、むしろ男の欲求を抑えるのに苦労したくらいだ。

「実はだね。私は四年前、東洋情報は辞めて、フリーのルポライターになったんだ」

しばらくして加藤は難しい顔をして話しはじめた。

「ひょっとして、僕のことが原因でくびになったんですか？」

「それはきっかけに過ぎない。なんだか、しばらく記事が書けなくてね。自分で辞めたんだ。もともと経済畑じゃなかったしね」

加藤は大島産業の秘密を手の届かない場所に隠したと思わせて裏取引をしていた。今後とも記事にしないかわりに、加藤も含めて達也の家族の安全が保証されていたのだ。だが、達也に関しては大島産業も譲らず、加藤としても取引の条件から外さざるを得なかった。

「僕と関わったばかりにご迷惑をおかけしたんですね」

達也は両手をついて頭を下げた。

「怪我の功名さ。おかげで今はのびのびと仕事をしているよ。日本中を旅して記事を雑誌社に売っているんだ。去年の暮れなんか、二ヶ月も沖縄に行っていたからこの通りさ」

「それで、真っ黒に焼けているんですね」

「実は沖縄の取材の評判がよくてね。近々また行くことになっているんだが、助手として一緒に行かないか？」

「えっ、僕がですか？　いいですけど、何をするんですか？」

沖縄は四年前に米国から日本に返還され、日本の最南の県だということぐらいしか達也には知識がない。だが、名前を聞いただけで妙に心がざわつく感じがする。

「沖縄は交通費もかかるから、行く時は二、三社と契約して記事を書くんだけどね。そのうちの一社が風俗の情報なんだ。夜の街に取材に行くんだけど、前回は地元のヤクザや米兵の喧嘩《けんか》に巻き込まれることがあってね。それに君は英語が話せたよね。側にいてくれれば安心できる」

どうやら用心棒兼通訳にしたいらしい。同時に達也が女性経験がないと言った時、加藤が困惑した理由が分かった。童貞には刺激が強過ぎると思ったに違いない。

「是非お供させて下さい。僕もできれば東京から遠く離れたところに行きたいと思っていたところです。女性経験を心配してくださるのは分かりますが、僕も大人ですから」

進んで女を買うつもりはないが、自然のなりゆきで男女関係になることはむしろ望んでいる。そういう意味では達也はノーマルだった。

「そうかい。ただし、食事や宿泊代、交通費までは払えるが、日当は正直言って払えそうにないんだ。いいかな？」

加藤は上目遣いで聞いてきた。単純計算しても経費は二倍になる。用心棒にしたいのは本音かもしれないが、達也を助けると思ってしていることはよく分かった。

「沖縄に行けるなら、日当もいりません。こう見えても貯金をしていますから」

達也は胸を叩《たた》いて返事をした。

二

全日空Ｌ一〇一一羽田発八十一便が碧天《へきてん》の九州沖を飛んでいた。

エンジンを三基搭載したジェット旅客機には〝モヒカン塗装〟と呼ばれるターコイズブルーのラインが機体の上部に塗られている。尾翼には前身が日本ヘリコプター輸送であることを示すレオナルド・ダ・ヴィンチが描いたヘリコプターのロゴがあった。

L一〇一一トライスターはロッキード社製の自動操縦装置をはじめて備えたハイテク機だったが、販売は不振だった。巻き返しを図ったロッキード社が政財界に金をバラ撒《ま》き、事件として世間の耳目を集めるのは翌月のことである。

達也が加藤淳一とともに羽田空港から全日空の沖縄行きのトライスターに乗ったのは、新宿の旅館で加藤から誘われて十日後の一月十三日だった。出発前日まで旅館で下働きをして、大島産業の〝零隊〟の目を逃れた。

羽田を飛び立ってから、飛行機の丸い窓に達也はかじりついていた。離陸する時はシートにしがみついていたが、今は高度八千メートルの天空の景色を楽しんでいる。

「高度が下がってきましたね」

達也は眼下の雲が近付いて来たことに気が付いた。

「もうすぐ那覇に着くんだよ」

加藤は飛行機に慣れた様子で、外の景色には目もくれずに新書判サイズの小説を見ながら答えた。よほど面白いのか、離陸直後からずっと読んでいる。

スチュワーデスがシートベルトをするように機内アナウンスをした。

「うわー。海がすぐ真下に見えますよ」

達也は沖縄の海岸線が見える絶景に感嘆の声を上げた。

近くに座っている乗客もパイロットはサービス精神があると褒めたたえている。

「達也君、喜んでいる場合じゃないよ」

小説を片付けた加藤が渋い表情で言った。

「えっ、青い海がすぐ真下に見えてきれいですよ」

「着陸前に低空飛行をするのは米軍のせいなんだ」

加藤は首を横に振って説明をはじめた。

那覇空港を発着する民間機の航空路は嘉手納《かでな》基地への進入路と交差するために、民間機は那覇市沖からしばらくの間、三百メートルという低高度を維持しなければならない。

また沖縄だけの問題ではなく、東京をはじめとした神奈川県など一都八県にも横田《よこた》基地の空域が設定されているため、空路は制限されている。東京近郊に中国や韓国のような国際的なハブ空港ができないのは、米軍の影響下にあるためだが、政府やマスコミは空港の土地問題とか発着処理能力ということを語るのみで米軍について語ろうとはしない。

「低空で離着陸することは本来危険な行為らしい。それに燃料も余分に使うそうだ。パイロットがサービスでしているわけじゃないんだよ。沖縄のラプコンは米軍に握られているから仕方がないんだ」

加藤は耳打ちするように言った。単純に喜ぶ他の乗客に聞かせたくないのだろう。

ラプコンとはレーダー・アプローチ・コントロールの略で、〝嘉手納ラプコン〟は二〇一〇年に沖縄に返還されたが、米軍機の「運用上の所要が満たされること」とする条件を提示されているため、現在も実質的に米軍の管制下にあるのと変わらない。

「民間機が危険で、外国の軍隊が安全な飛行空域を持っているって、変じゃないですか」

達也も小声で聞き返した。

「着いてから説明しようと思ったけど、沖縄には日本における米軍基地の七割がある。沖縄はまさに基地で埋め尽くされた島なんだよ」

二〇一一年現在、日本における米軍基地の実に七十五パーセントが沖縄に集中し、県土面積の二十パーセントを占めている。だが、はじめから沖縄に一極集中していたわけではない。

一九五〇年以前は本土に九十パーセントの基地があった。だが、朝鮮戦争が勃発《ぼっぱつ》し、戦後米国に帰還していた米軍の海兵隊が日本に戻って来た。またこのころから本土では米軍基地反対運動が激化していた。時の大統領であるアイゼンハワーがジェームズ・バンフリート元陸軍大将から反米感情の悪化を防ぐには、沖縄に基地を移転させるべきだと進言を受けたのをきっかけにして沖縄移転が進んだようだ。

こうして本土各地の米軍基地は返還され、沖縄に集中して行くことになる。一九六〇年代には本土と沖縄はほぼ同率に、沖縄復帰前の一九七〇年代初頭には本土四十パーセント、沖縄六十パーセントと逆転し、一九七二年の返還後にはさらに増え、一九七六年には現在とほぼ変わらない七十パーセントを超える基地に沖縄は飲み込まれて行った。

「……そうなんですか」

　基地問題を聞かされても達也はぴんとこなかった。十七歳のときに脱走するまで、幼いころから横田基地に隣接する軍事訓練施設である〝エリア零〟で暮らしていた。基地に離着陸する飛行機の爆音には閉口したが、教官に受けた社会主義国家からの攻撃により戦時体制にあるというマインドコントロールからまだ抜けきれていないのかもしれない。

「沖縄の人々は日本に返還されれば、本土と同じように基地はなくなると信じていたが、現実は逆だった。だから沖縄の人々の日本政府に対する恨みは大きいんだよ。インタビューする際は基地問題に関しては特に注意がいるんだ」

「それにしても、本土で反対されているものをどうして沖縄に移転したんですか？　軍事基地が近所に引っ越してくることは、誰でも嫌なはずですよね」

　達也は素朴な質問をした。

「君の意見はもっともなことだ。本土に復帰する前の沖縄は米国の施政権下にあった。米国にとっては日本で反対されても沖縄なら文句が出ても力でねじ伏せることができたからなんだ。この問題は、日本人のほとんどは認識していない。政府は国民の関心が向かないように情報のコントロールをしているようだ」

「酷《ひど》い話ですが、米国の施政権下ってどういうことなんですか？」

「つまり、主権は米国にあり、自国の領土と同じだった。だから四年前までは沖縄にはパスポートがなければ行くことも出来なかったんだ」

「日本なのに外国だったんですか」

やっと理解出来たのか達也は目を見開いた。

「私は残念ながら、本土復帰前の沖縄には行ってないから偉そうなことは言えないが、地元の人に聞いたら四年経った今でも状況に変わりはないらしい。つまり未《いま》だに米国の領土のようなものさ」

「復帰から四年経ったのに……そうなんだ」

達也が〝エリア零〟で偶然母親のことを聞いて脱走した年が、まさに沖縄返還の年、一九七二年だった。それだけに沖縄にはどこか惹《ひ》かれるものがあった。だが、現実は南の楽園という旅行会社の宣伝文句とは違うと聞かされて落胆した。

「沖縄に着いたら、自分の目で確かめるといいよ」

加藤は意味深な表情で言った。

三

全日空L一〇一一トライスター八十一便は定刻通り那覇空港に着陸した。

晴天の沖縄は一月というのに気温は十八度もあった。到着した第一ターミナル（現在の国際線ビル）は蒸し暑く、荷物受取所に向かう二人は上着を脱いだ。

達也は手荷物を預けていないが、加藤は機内に持ち込んだショルダーバッグとは別に旅行鞄《かばん》を預けてある。ショルダーバッグには報道カメラマンに人気のニコンF2が入っているらしい。フリーのジャーナリストになってから写真も撮るようになったようだ。

「暖房が利いているんですか。羽田より暑いですね」

達也は額にうっすらと汗をかいていた。

「ここが南国だということを忘れたのかい。そもそも沖縄で暖房器具を入れているような建物は滅多にお目にかかれないよ」

加藤は苦笑交じりに答えた。

「真冬の東京が嘘のようです」

冬物のセーターも脱いで、達也は肩から掛けているスポーツバッグに入れた。

「私は去年の十月と十一月に来たけど、その頃に比べれば気温は低いようだ。だけどやはり暑いね」

加藤もくたびれたジャケットも脱ぎ、ワイシャツの首のボタンを外した。

荷物用ターンテーブルの前で待っていると、カビが生えたような加藤の革の鞄が回ってきた。横幅は七十七センチ、高さは四十八センチ、厚さは二十八センチもあり、取っ手が三方向に付いている。父親の形見らしく角は擦り切れ、色褪《あ》せた茶色の革は干涸《ひから》びてひびが入っていた。羽田空港ではよく見なかったが、改めて見ると相当な年代物のようだ。

加藤の革の鞄を達也はターンテーブルから取り上げた。何が入っているのか知らないが、ずっしりと重い。

「荷物は僕が持ちますよ」

「そうかい。すまないね」

遠慮することもなく加藤は軽く答え、笑ってみせた。

「助手としてはこれぐらいしないとね」

達也は明るい声で言った。南国の空気に触れたせいか、はやくも心が躍った。

往復の飛行機代だけでも五万三千円もする。国立大学の授業料が年額三万六千円（四月から九万六千円に上がる）、大卒の初任給が九万四千三百円という時代、大変な金額である。達也が事前に知っていたら浮かれるどころか、断っていたかもしれない。

「それじゃ、とりあえずホテルに向かおうか」

加藤は到着ロビーを抜けて玄関口に出た。空港ビルの外は心地よい風が吹いている。そのせいか、日陰に入ると幾分肌寒く感じられた。だが、玄関前には南国らしい木々が植えてあり、いやが上にも観光気分になる。

「あれ、ひょっとしてヤシの木ですか？」

玄関前の道路沿いに、そよ風を受けたヤシの木が手招きするように揺れている。

「ヤシ科のビロウという木だよ。沖縄の人はあの葉っぱを編んで〝クバオオジ〟と言われる扇を作るんだ」

「葉っぱで扇を作るんですか。涼しそうですね」

「達也君、タクシーに荷物を入れてくれ」

加藤はタクシーのドライバーにトランクを開けさせ、観光気分の達也に指示をした。

「あれっ！」

後部座席に座った達也は運転席が左側にあることに気が付いて驚いた。

「こっちは右側通行なんだよ。最初は私も驚いたけどね」

沖縄は終戦後米軍に占領された直後から強制的に右側通行に変更され、返還から六年経った一九七八年七月三十日に県全域で左側通行に戻された。準備は二年前からはじめられており、一大プロジェクトであったことは容易に想像がつく。

「運転手さん、〝那覇セントラルホテル〟。五十八号から旭《あさひ》橋の交差点を曲がってハーバービュー通りに入って、すぐ左折して国際通りに入ってくれる」

加藤は乗車すると細かく指示を出した。

「シカンダ。ヤマトンチューだと思ったら、やたら地理に詳しいさあ」

運転手は驚いたと、のんびりとした口調で言った。

ヤマトンチューは内地の人を意味し、ナイチャーという言い方もある。それに対し、沖縄の人は自分たちのことをウチナンチューと呼ぶ。

「経費が厳しいのでね」

加藤は笑って答えた。最短距離の道のりを熟知しているようだ。

「それにしても、右側通行というのには驚きましたね」

達也は車線の反対側を走る風景が不思議でならなかった。

「二年後には変更されるそうだけどね」

加藤は関心無さげに言った。

「これだから、ヤマトンチューは気楽でいいさあ。車線を変更するだけなら、簡単さあ。標識や信号も変えねばならない。それにお上から、ヘッドライトやハンドルも変えろと言われている。金がかかるさあ」

ヘッドライトは対向車がまぶしくならないように角度が調整してある。そのため右から左に通行が変われば、ヘッドライトの角度は最低限変える必要があった。特に公共のバスはハンドルの位置を改造するということまで行われた。二年の準備期間を持って七八年に改正されたが、車線変更に慣れない運転手による交通事故が何年も続くことになる。

「お客さんは知っているかい。海洋博で沢山の左ハンドルの観光バスが新車で導入されたけど、今度はお金をかけてハンドルと出入り口まで変えるんさあ。沖縄の復興とか言うのだったら、博覧会する前に車線の変更して欲しかったなあ」

言葉尻《じり》がのんびりしているが運転手は怒っているようだ。

「海洋博がもうすぐ終わるんだ。だから沖縄の人はぴりぴりしているようだね。〝めんそーれ沖縄〟という垂れ幕の分だけ地元の人の怒りが込められている気がするよ」

加藤は空港や道路にこれ見よがしにある垂れ幕や看板を指して達也の耳元で囁《ささや》いた。

一九七五年七月二十日にはじまった沖縄国際海洋博覧会は、翌年の一九七六年一月十八日に終了する。期間中は「ようこそ沖縄」を意味する〝めんそーれ沖縄〟という垂れ幕などが随所にあった。

海洋博を開催するにあたり、道路の整備や大型ホテルの建設が急ピッチで進んだが、肝心の入場者数は目標数を大幅に下回り、建設業など一部の業者を除いて潤う者はいなかったという。また、海洋博の開発による赤土の流出で重大な海洋汚染も引き起こした。

タクシーは国際通りに入った。人通りが多い商店街だ。

「むつみ橋の歩道橋を越えた次の道を左折ね」

「分かとーさあ」

加藤が指示を出すと運転手はうるさそうに答えた。

今ではなくなってしまったが、国際通りの中央にあった〝むつみ橋歩道橋〟は、一九八〇年に制作された映画〝男はつらいよ　寅次郎《とらじろう》ハイビスカスの花〟で当時の面影を偲《しの》ぶことができる。

タクシーは国際通りから細い路地に左折し、〝那覇セントラルホテル〟に到着した。

玄関前は駐車場になっており、ガジュマルやトックリキワタやデイゴなどの南国の木々が植えられている。海洋博にあわせて建てられた大型ホテルとは違い、国際通りから歩いて二、三分という距離にあるこぢんまりとしたホテルで観光客にも人気があるようだ。

達也は加藤の荷物を出そうと、玄関前に停められたタクシーから急いで降りた。

「うん？」

ホテルの前を通り過ぎて行った白のツードアセダンの運転手と視線が合った。白人の男で達也と目が合うと顔色を変えたような気がする。車はすぐ見えなくなってしまったのだが、なぜか胸騒ぎがした。

「どうしたの？　達也君」

玄関に入ろうとする加藤に声をかけられた。

「何でもありません」

大島産業の〝零隊〟がここまで追って来るとは考えられなかった。達也は気にし過ぎだと自分に言い聞かせ、首を振った。

四

那覇の国際通りは沖縄県庁の北口交差点から東に一・六キロの沖縄最大の繁華街で、戦後の焼け野原からみごとな復興を遂げたことから〝奇跡の一マイル〟と呼ばれている。

戦前は人家も少ない湿地帯を貫く一本道だったらしいが、戦後この道と十字に交わるガーブ川沿いに闇市が発生したことにより復興の〝奇跡〟ははじまる。ガーブ川は後にむつみ橋交差点の沖映大通りのように暗渠《あんきょ》になった場所が多い。

急速に発展した闇市は川の上にまで板を敷いて進出し、衛生的な問題等で那覇市は牧志《まきし》公設市場を一九五一年に開設した。後に地主とのトラブルで第二牧志公設市場が開設されるが、移転はうまくいかず、元の市場を第一牧志公設市場と改名し、現在に至る。

ホテルにチェックインした達也と加藤は散歩がてら国際通りまで出てみた。名前通りに英語の看板が多い。値段の表記もドルで書かれている店もある。

「どうして国際通りと言うのですか？」

達也はすれ違う白人観光客の姿を目で追いながら加藤に尋ねた。

「六年前まで通りに国際琉映館というのが、あったらしい。その映画館の前身が〝アーニーパイル国際劇場〟という名でそこから付けられたようだ」

加藤はこともなげに答えた。

「なんでも知っていますね。加藤さんって、どうしてそんなに物知りなんですか？」

「去年は二ヶ月も沖縄に居たんだよ。詳しくもなるさ。遊びで来たわけじゃないから、仕事柄寝る暇も惜しんで色々調べたんだ」

「そうですか」

浮かれ気分だった達也は加藤の言葉に恐縮した。

「ちょっと市場でも覗《のぞ》いて行こうか」

加藤は腕時計を見ながら言うと、市場本通りと看板がかけられたアーケード街に向かった。アーケードと言っても、天井は日差しや雨を防ぐようにキャンバス地の布が張られたものだ。今と違って観光客向けの店は少ない。ムームーや浴衣《ゆかた》をハンガーにかけた露店の洋服屋の隣に、ウミヘビの干物や雑貨を並べた露店などが並んでいる。店の種類は雑多で、観光客が溢《あふ》れる現代と違い地元の買い物客とすれ違う。加藤は百メートルほど進んで、右手にあるガラス戸を開けて中に入った。

熱帯魚のような色とりどりの魚やエビを並べた魚屋が目を引き、豚の頭を無造作に店頭に置いた肉屋など沖縄ならではの店がひしめき合っていた。売り子も手を叩《たた》き、渋い声で呼び込みをして活気が溢れている。とはいえ店に男の姿はあまりない。

「ここは、第一牧志公設市場といってね、戦後の闇市から発展した市場なんだ。もとは近くに流れていたガーブ川で発生した闇市がここに移されたんだ」

「闇市がちゃんとした公設市場になったんですか」

店に置かれている商品の珍しさに達也は目を奪われながら尋ねた。

「ここら辺は湿地帯で酷《ひど》いところだったらしいよ。今の沖縄で商業が発展している場所は米軍が使い物にならないと見捨てた場所が結構多いんだ。行くところがなくなった沖縄の人は仕方なくそこに集まったというわけさ。コザにある市場も取材したことがあるけど、やはり米軍がよりつかない湿地帯だったよ」

「今の風景からは想像もできませんね」

達也は陳列されてある熱帯魚のような魚を見ながら言った。

「まあね。人が集まるようになれば自然と街として発展して行く。ドブ川だったガーブ川も蓋《ふた》をして暗渠になったしね」

「それにしてはこの市場の建物は新しいですね」

国際通りにも露店の物売りはいたが、市場は体育館のように広いビルの中にあり、二階もあるようだ。

「四年前の沖縄返還の年に建て替えられたからね。前は廃材で作られていたようだ。しかし、返還後は国際通りに大型店が進出して来たからじり貧らしい。厳しい世の中だね。おっと、もう六時過ぎか。さて、飯でも食うか」

雑貨屋の壁にかけてある時計を見て加藤は慌てた様子で言った。

公設市場を出て市場本通りをすぐ右折し、平和通りという日よけの布を張った露店街に出た。加藤は正面にある建物の隙間のような狭い路地に入り、〝花笠食堂《はながさ》〟という店の入り口を開けた。表の通りからは店の看板は見えない。達也は観光客が来ないような場所に加藤が入って行くので、戸惑いながら付いて行った。

店内は東京の下町にありそうな大衆食堂だった。四人がけのテーブル席の他に座敷もあり中は結構広い。加藤は一番奥にある四人がけのテーブル席に座った。店内に客は数人だが、二人が入って行くと客は一斉に達也の顔をじろじろと見た。中にはあからさまに嫌そうな顔をする者もいる。おそらく達也をハーフだと思ったのだろう。こうした扱いは慣れているので気にすることもなかった。

加藤は席に着くとさっそくジャケットのポケットから煙草を取り出し、マッチで火を点《つ》けた。慌てて店に入った割には、のんびりとした様子だ。

「私は、盛り合わせ定食にするけど、達也君は？」

メニューをちらりと見て加藤は決めた。

「同じ物でいいです」

達也は食事代までは加藤持ちになっているため、気を遣った。

「地元の店を良く知っていましたね」

「実は、ここで待ち合わせをしているんだ」

不思議がって尋ねると加藤は小声で答えてきた。

「ここで、ですか？」

達也は思わず聞き返した。待ち合わせをするなら宿泊するホテルや国際通りにある喫茶店などいくらでもあるはずだからだ。

「ここなら、怪しい人間に尾《つ》けられていてもすぐ分かるからね」

加藤の言葉に達也はホテル前で見た白い車を思い出した。

「誰が尾けるというのですか？」

「君は心配しなくてもいいよ。少なくとも大島産業の刺客じゃないことは確かだ。実は私もよく分かっていないんだ。だが、今度のクライアントに注意されたんだよ。くれぐれも注意するようにってね。それに噂によれば、沖縄にはＣＩとかＣＩＤとかのスパイがうようよいるらしい。気をつけるに越したことはないんだ」

加藤は苦笑交じりに言うのだが、目はけっして笑っていなかった。

「ＣＩとかＣＩＤってなんですか？」

四年も放浪生活をして世間並みに常識を持っていると自信があったが、加藤の言っていることはさっぱり分からない。

「CICは米軍防諜《ぼうちょう》部隊の略で、CIDは米軍犯罪特捜隊のことだよ。CICは米軍、あるいは米国に対して暴力的な思想の持ち主を取り締まる。一方でCIDは戦後に横行した〝戦果アギヤー〟の取り締まりなどを行っていたらしい。皮肉な話だが、米兵の犯罪でCIDが関与したら、日本人に不利になることが多いそうだ」

加藤は鼻で笑ってみせた。

米軍防諜部隊、CIC（Counter Intelligence Corps）は、共産主義や米国に対して好まざる思想を持つ人物の調査、対策をする部隊であり、一九四九年七月五日に国鉄総裁下山《しもやま》定則《さだのり》が失踪《しっそう》し、翌日死体が発見された〝下山事件〟にも深く関与していたと言われている。

また、米軍犯罪特捜隊、CID（Criminal Investigation Detachment Corps）は米軍が関係する事件の捜査をする軍の特別警察隊である。

「質問ばかりですみませんが、〝戦果アギヤー〟ってなんですか？」

「米軍基地に潜入して物資を盗み出すことを沖縄の人は戦果をあげると言って、泥棒とは言わなかった。行為はともかく、米軍に復讐《ふくしゅう》しているという意味が込められていたのだろう。国際通りの闇市で売られていた物は、〝戦果アギヤー〟の戦利品だったようだ」

戦後、経済基盤を失った住民の中には基地から略奪する物資で生活の糧を見いだす者も現れた。日本の警察も悪質な略奪行為を除いて黙認していたという。そのために〝戦果アギヤー〟は組織化され、一部は〝コザ派〟と呼ばれる沖縄の暴力団になった。

「それでね……。また続きは今度にしよう」

加藤が話をふいに切り上げた。

「はい、お待たせ」

テーブルにフライや生姜《しようが》焼きにスパゲティーが盛られた皿と、ご飯が盛られた茶碗《ちやわん》が置かれた。驚いたことに味噌汁《みそしる》はうどんが入った椀《わん》になっている。

「沖縄に来て、味噌汁っていうのも芸がないから、沖縄そばに変更しておいたよ」

メニューでは選択するようになっていたようだ。

「蕎麦《そば》ですか。うどんかと思った」

麺《めん》が太くて白いので達也はうどんだと思ったのだ。

「これは呼び名でね。小麦粉百パーセントだから、うどんと同じだよ。だが、製法は中華そばと同じだから、そばと呼ぶんだろうね」

加藤は講釈しながら、沖縄そばを啜《すす》った。

達也も最初に麺から箸《はし》をつけてなるほどと思った。

いつの間にか食堂は地元の人で混みはじめ、ほぼ満席になっていた。

「何時に待ち合わせをしているんですか？」

食事も終わり、手持ち無沙汰《ぶさた》になった達也は尋ねた。

「六時だよ」

加藤は涼しい顔で言った。

「六時って、もう六時四十分ですよ」

達也は自分の腕時計を見て驚いた。

「なに、沖縄の人はテーゲー主義だからね」

加藤は新しい煙草に火を点《つ》けて笑った。

「適当とか、くよくよしないとか、気楽にという意味なんだ。沖縄に来たらこれに慣れないとね。ストレスが溜《た》まるよ」

首を傾げていると加藤は説明をしてくれた。

店に新たな男の客が入って来た。四十代前半で日に焼けた肌をしており、作業服のような上着を着ている。男は待つことを嫌ったのか、「ワッサイビーン（ごめんなさいよ）」と言って加藤の隣の席に座り、定食を頼んだ。

「混んで来たから、店を出ようか」

加藤は席を立った。忘れたのか席の上に封筒が置かれている。隣に座っていた男がさりげなく封筒を懐に仕舞った。

「…………」

達也は見て見ぬ振りをした。待ち人というのは加藤の隣に座った男だったに違いない。

「すまないね、達也君。今回の取材では君にも言えないことがあるんだ。時期が来たら必ず説明するから、今は黙って協力してほしい。実はクライアントからは単独で行動するように言われていたんだ」

加藤は店を出ると周りを警戒しながら言った。

「分かりました」

不審な自動車を運転していた男の視線を思い出し、達也は頷《うなず》いた。

五

平和通りの大衆食堂で食事をすませた達也らはネオンが点《とも》る国際通りを横切り、ホテルに戻った。日が暮れると気温は十二度近くまで下がり、そのうえ北風が吹いている。Tシャツ一枚だった達也は体の芯《しん》まで冷えきってしまった。

「寒かった。沖縄を見くびっていたようだね」

加藤はジャケットを着ていたが、下はワイシャツ一枚だったので唇を震わせていた。

「暖かい格好をして出かけようか」

加藤は革の旅行鞄《かばん》からセーターとトレンチコートを出した。

「これから、ですか？」

「今日はまだ仕事していないんだよ。当たり前じゃないか」

加藤の顔が生き生きしてきた。

「仕事ですか。分かりました」

達也は慌てて防寒ジャンパーを着込んだ。加藤はカメラが入っているショルダーバッグは持っていない。インタビューだけの取材のようだ。

「どこにインタビューに行くんですか？」

「明日から仕事をするための準備のようなものさ。さっき沖縄にはスパイがいると言ったのは嘘じゃないんだ。米軍や沖縄県警の公安も隠密に捜査をすると聞いている。だから、今日は出来るだけ観光客の振りをしようと思っているんだ。もし監視されているとしたら、沖縄に到着した日が一番厳しいはずだからね」

加藤の杞憂《きゆう》はまんざら嘘ではない。元ＣＩＤ関係者が警察関係者とはかり、米軍から情報を得ていたとか、沖縄県警本部警備部、いわゆる公安警察が民主青年同盟の情報を得るために隠密に活動していたなど関係者が近年になって証言している。

ホテルの外は相変わらず寒風が吹いていた。

二人は北風に背中を押されるように再び国際通りに向かった。

「大変な仕事そうですね。僕は何をしたらいいんですか？」

「今日のところは僕と一緒に楽しく遊んでもらえればそれでいいんだ。君の英語力と腕っ節にも期待しているが、今日は必要ないだろう。くれぐれも特殊な能力を他人に見せないようにしてくれ」

「それじゃ、襲撃されるようなことがあったら、どうすればいいんですか？」

「その時はもちろん身を守るために反撃してほしい。僕が言っているのは君が怪我をしても特別な再生能力があることを言っているんだ。まして、メギドに出て来られると話がややこしくなるからね」

　加藤には危険を承知で東京に行った理由を説明していなかった。達也は昨年暮れからの出来事をかいつまんで説明した。

「なんだ。そういうことだったのか。メギドが冬眠しているのはいいが、再生能力が落ちているとなるとおちおち怪我もできないね。気をつけて行動してくれたまえ」

「そのつもりです。前と違って怪我をすることに恐怖心もありますから」

　怪我は痛みを伴う。痛みは警告であり、酷《ひど》い怪我は死を予感させる。改めて怪我が回復することの重要性を知った達也は生きることの難しさをはじめて理解したとも言えよう。

「運試しをして行こうか」

　加藤は国際通りを渡ったところの間口が狭い店の中に入っていった。薄暗い照明の下、煙草の煙が立ちこめ、スロット・マシンが何台も置かれている。仕事帰りのスーツ姿の男や買い物帰りの女が米国製のマシンと奮闘していた。

「おばちゃん、一ドル分両替してくれる？　一セントばかりでいいよ」

「一ドルだろ、ケチケチしないで、五セントも使っておくれ」

　加藤は入り口近くのカウンターに立っていた五十代の女に五百円札を出した。すると女は加藤に五セントも交えたコインを手渡し、釣りとして百円玉を渡してきた。当時のレートは一ドル三百円台だったので百円を手数料として取られたことになる。だが釣りを渡してきただけでも良心的と言えるだろう。

「夜の街に繰り出すには時間がはやいからね。これで時間を潰《つぶ》そう。達也君と一緒なら勝てそうな気がする。飲み代ぐらい稼げるかもね」


そう言って加藤はコインの半分を達也に渡して来た。だが、ものの五分とかからず、二人ともすってしまった。スロット・マシン店は沖縄全域にあり、業者を通じてドル不足の米国に還元されていたようだ。客が儲《もう》けられる仕組みにはなっていなかった。

「ツキが変わらなかったね。桜坂《さくらざか》に飲みに行こう」

本気で儲けるつもりはなかったのだろう、さっぱりとした顔で加藤は店を出た。国際通りを東に向かい、すぐに右に曲がって桜坂中通りに入った。この通りだけでなく国際通りと平和通りに挟まれた場所全体が〝桜坂社交街〟と呼ばれる米軍統治下で栄えた歓楽街だったようだ。

二階建ての間口が狭い木造の建物にはキャバレーやバーやスナックの看板が立ち並び、一人通りもあった。だが、七〇年代から歓楽街は海岸に近い若狭《わかさ》や辻《つじ》に移動し、返還前にはバーだけでも三百軒はあったという夜の街は衰退して行く。

加藤はほどなく〝スナック・ルージュ〟という店に入った。

六人座れば一杯になるカウンターの後ろにはジュークボックスが置かれている。店の奥には座敷もあるようだ。

「あらっ、加藤さん。こないだ、本土に帰ったと思ったらもう来たの」

カウンターの中から三十代前半と見られる小柄な女が微笑みかけてきた。目が大きく店の名前のように唇の真っ赤なルージュが印象的だ。

「もう来たのは、ご愛想だね。ママの顔が見たくて、戻って来ちゃったんだよ」

加藤はにやけた顔で調子のいいことを言って女の前に座った。

「今日は、お二人……、こちらウチナンチュー？」

ママは達也の顔を見て首を傾げた。

「彼は東京生まれだよ。仕事で一緒に来たんだ。ボトル、残っているよね」

加藤はボトルキープしてあったようだ。

「米軍関係者じゃないのね。泡盛に〝コーレーグス〟を入れるところだったわ」

〝コーレーグス〟とは泡盛に沖縄の島とうがらしを漬け込んだ辛い調味料だ。

「〝コーレーグス〟は笑えるね。それに彼はドイツ人とのハーフなんだぜ」

達也は四年前に世間に出て、はじめてハーフと呼ばれるようになり、半分、あるいは半人前と蔑《さげす》まれている気がして最初のころは抵抗があった。むろんあからさまに馬鹿にする人間もいた。だが、最近では市民権を得た呼び方になって来たために達也も気にしなくなった。

「あら同盟国の人だったの。道理でいい男だと思ったわ」

ママは加藤の隣に座った達也の前に氷を入れたグラスを置くと、ウインクしてみせた。

「ドイツが同盟国？　若いくせに年寄り臭い言い方をするね」

加藤は煙草に火をつけながら笑った。

「私は初恵《はつえ》、よろしくお願いします。お名前はなんておっしゃるの？」

達也のグラスに泡盛を注いだ初恵は、自分のグラスにはオリオンビールを注ぎ、達也のグラスに当てていい音をさせた。

「根岸達也です。よろしくお願いします」

達也は馬鹿正直に挨拶《あいさつ》をして頭を下げた。

「本当にいい男。惚《ほ》れ惚《ぼ》れしちゃう。女は放っておかないわね」

初恵はうっとりした目付きで達也を見つめている。

「そう思うだろう。だけど現実は違うようだ。今もって彼女はいないみたいだから」

加藤は横からはやし立てるように言った。

「本当、今日は店を早く閉めるから、飲みに行こうよ」

初恵はカウンターから身を乗り出して達也に迫った。

「ママ。客への偏ったサービスは禁物だよ。それに景気をつけたら、神輿《みこし》を変えるからね」

加藤は渋い表情をして言った。

「もう、加藤さんたら、すぐ焼きもち焼くんだから」

初恵は加藤のグラスに泡盛を注ぎながら笑った。

水割りで飲んだが、一時間ほどでボトルに半分以上残っていた泡盛は無くなった。

「達也君、それじゃ。店を出ようか」

加藤はボトルの追加をするつもりはないようだ。

「もう帰っちゃうの。残念ね」

初恵は店の外まで送ってくれた。午後八時二十分、店に他の客は来なかった。沖縄の夜がはじまるのは遅いらしい。

酔うほどではないが、体は温まった。加藤はコートを北風になびかせながら桜坂中通りを奥へと進んで行く。

「あい、おにいさん。遊んで行きなよ」

ふいに暗い路地から、五十代半ばの女が声をかけてきた。やり手婆だろう。

「二人でいくら？」

加藤が尋ねると、女は達也の顔を見ながら加藤の耳元で囁《ささや》いた。加藤はそれを聞いて安くしろと値切っている。二人とも達也に背を向けているところが滑稽《こっけい》だ。

「達也君、行こうか」

商談は成立したらしく、加藤は明るい声で言った。

「いえ、遠慮します。僕は外で待っていますから」

達也はどうしても女を買うということが生理的に受け付けられなかった。

「こんな寒空で何を言っているんだ。人肌で温まって行こうよ」

加藤は酔っているのか、大袈裟《おおげさ》に手を振ってみせた。

「本当に結構ですから」

「分かった。それじゃ今日はこれで解散、ホテルで落ち合おう」

加藤は案外あっさりと引き下がり、やり手婆とともに暗い路地の奥へと消えた。遊ぶ金が浮いたと内心ほっとしているに違いない。

達也はホテルにすぐ帰るのも芸がないと思い、夜の街を散策することにした。

「むっ……」

するどい視線を背中に感じた。だが、振り返ることなくすぐ近くの路地に入った。路地は〝桜坂通り〟と呼ばれる坂道だった。

六

桜坂を入ってすぐ左手に〝桜坂琉映館〟、後の〝桜坂劇場〟(二〇一一年現在)があり、坂を下って行くと、やがて平和通りにぶつかる。

店じまいをした平和通りの商店街を国際通りとは反対方向へと進み、しばらくして左に曲がる。途端に人気のない暗い道になったが、このまま進めば方角的に桜坂中通りにぶつかるはずだ。達也は尾行を確認して元の場所に戻ろうと思っていた。

「アメリカさん！　どこまで行くんだ」

痺《しび》れを切らしたらしく、後ろから追いかけて来た男が声をかけてきた。振り返ると達也より少し身長は低いが体格のいい男が立っていた。髪はリーゼントで赤いスタジャンを着て、年齢も十代後半と若く見える。だが、追手である〝零隊〟でないことは分かったので、ほっとした。

「ここは、アメリカさんが来るところじゃないんだ」

アメリカさんとは、沖縄で米兵との間に生まれたハーフに使う蔑称《べっしょう》だ。

「悪いけど、僕はアメリカ人とのハーフじゃない。ドイツ人とのハーフなんだ。あえていうならドイツさんって言うのかな？」

達也は自虐的な皮肉を言って肩を竦《すく》めた。

「気んかい入らねーん！」

男は気に入らないと叫ぶと、いきなり走り寄り、殴りつけてきた。

「むっ！」

達也は咄嗟《とっさ》に左に避《よ》けた。男のパンチはボクシングとは違い、脇を固めて勢いよく繰り出されてきた。沖縄空手のようだ。

「避けたか。気んかい入ったよ」

男はにやりと笑い、左右の突きから強烈な右蹴りをしてきた。沖縄では理由もなく喧嘩《けんか》を売ることを〝カキエー〟と呼び、若者が腕試しに喧嘩を売ることもあったという。

戦後、〝戦果アギヤー〟から成り上がった〝コザ派〟の暴力団に対して、〝那覇派〟と呼ばれた暴力団は空手を身につけた武闘派が多かった。彼らは〝カキエー〟で腕を磨いたストリートファイターの集団だったようだ。

沖縄の暴力団は、一九六一年の〝コザ派〟と〝那覇派〟の第一次抗争からはじまる。凄《すさ》まじい勢力争いで分派と壊滅を繰り返し、一九七四年に〝コザ派〟の〝上原《うえはら》一家〟と〝那覇派〟の〝沖縄連合旭琉《きょくりゅう》会〟との間で起きた第四次抗争を終え、七六年は小康状態だった。

男の攻撃は凄まじく、蹴りを受け流したものの腕は痺れすら感じていた。

「いい加減にしろ！」

達也はいわれのない喧嘩に腹が立った。

「かしまさん！」

男はうるさいと逆上し、左右の蹴りを入れて来た。達也は左の蹴りをかいくぐり、男の左腕を掴んで空中高くジャンプすると右足で男の首を引っ掛けて引き倒し、同時に左足を男の腹の上に載せて腕十字固めを決めた。甲武流秘技〝猿崩れ〟の技だ。

「あがー！」

男は痛いと言っているらしい。だが、達也は技を弛《ゆる》めなかった。

「これ以上、何もしないと約束したら放してやる。それとも腕をへし折られたいのか？」

「約束する。俺の負けだ。離せ！」

達也は男の腕を放し、すばやく立ち上がった。

「あがー、なんて変わった技使うヤマトンチューだ。俺は運天啓太《うんてんけいた》だ。あんたは？」

啓太は左手首をさすりながら言った。

「僕は根岸達也だ。なんで喧嘩を売って来たんだ」

達也は啓太が潔く負けを認めたので名乗った。

「わざと俺を誘うように人気のないところに行くからさあ」

誘うつもりはなかったが、尾行者の素性を知りたかっただけだ。

「いつも人に喧嘩を売るのか？」

「むしゃくしゃしている時だけさあ。それに暇だったんだ。すまねーん」

啓太は照れ笑いをして頭を下げた。笑うと浅黒い顔が幼く見えた。

「暇なら家に帰れば、いいじゃないか」

「マキエ姉ちゃんを迎えに来たんだ」

「姉ちゃん？」

「国際通りの中華料理屋で夕方から閉店まで皿洗いをしている。物騒だから往復を俺が送り迎えをしているんさあ。俺の知っている米兵はいいやつばかりだけど、中には頭がおかしいのもいるんだ。連れ去られて殺されるかもしれないからね」

達也は腕時計を見た。午後八時五十四分。

「その店、閉店は何時？　もうすぐ九時だけど」

「えっ、そう。迎えに行かなくちゃ。達也さん。あんたと技の話がしたいな。俺はもっと強くなりたいんだ。俺ん家《ち》来ねーん？　近いんだ」

「いいけど。迷惑じゃないの？」

ホテルに帰るのはまだ早い。加藤も二、三時間は帰ってこないだろう。他人の家に上がるには遅い時間だと思ったが、啓太が使った技のことを達也も知りたかった。

「迷惑? 俺、人からそんなこと言われたのはじめてさあ。達也さんっていい人だね」

達也は姉を迎えに行く啓太と国際通り沿いにある中華料理屋に向かった。表通りから人がやっと入れる狭い路地を進むと店の裏口があった。厨房《ちゅうぼう》の窓から差す明かりが路地裏の薄汚いゴミ箱を暗闇から浮かび上がらせていた。ブリキ製で蓋《ふた》はしてあるが、生ゴミの腐臭が鼻をついた。

十分ほど啓太と格闘技の話をして待っていると、髪を後ろで束ねた背の高い女が出てきた。ワンピースの上に男物のジャケットを着ている。

「姉ちゃん」

「啓太……」

瞳《ひとみ》は大きく、彫りが深い。弟の啓太と違って日本人離れした顔立ちをしていた。暗闇に目が慣れてきたのか、啓太の後ろにいる達也に気が付くときっと目を吊《つ》り上がらせた。だが、それだけに美しい顔が際立った。達也の胸は高鳴り、彼女から目が離せなかった。

「誰、その人?」

女はきつい口調で聞いてきた。

「俺の友達さ」

啓太はうそぶいた。だが、口ぶりからは本当にそう思っているのかもしれない。

「まさか暴力団のチンピラじゃないでしょうね」

「僕は根岸達也といいます。ヤクザじゃありませんよ」

達也はなぜか女に悪く思われたくなかった。

「啓太の嘘つき。ヤマトンチューに友達がいるわけない。それに年上でしょう」

女は達也の言葉遣いですぐ分かったようだ。

「ゆくしあらんどー、じゅんにやさ！」

嘘じゃない、本当だと啓太は子供のように両手を振って否定した。

「私疲れているの。早く帰りたい。それに、面倒はごめんよ」

女は達也を睨《にら》みつけ、脇をすり抜けて行った。

「今度遊びに来てくれよ。農連市場の裏にある〝まさ〟っていう食堂なんだ。ふとん屋の隣だから、近所で聞けばすぐ分かるからね」

啓太は早口でまくしたてると女を追って、路地を出て行った。

達也は溜息《ためいき》をついて歩きはじめた。なぜか胸の動悸《どうき》が治まらない。

不可解な取材

一

翌日は朝から曇り空で肌寒かった。南国のうたい文句に常夏という言葉があるが、沖縄よりもっと赤道寄りのハワイですら、肌寒い雨期があるのだから当たり前と言えば当たり前だ。

沖縄でも一、二月は平均気温が十六度、最低気温が十度を切る寒さが続く。三月になれば短い春を迎え、五月には初夏となり梅雨入りし、六月には夏本番になる。一年の大半が夏という沖縄で今が一番我慢の季節と言えよう。

達也らはホテルの一階にあるレストランでコーヒーとトーストの軽い朝食を食べ、チェックアウトをした。日が射していないため、ジャケットを着ていないと寒い。加藤は昨日と違い、ラフな紺色のジャンパーにグレーのチノパンを穿《は》いている。

「車は頼んであるんだ」

加藤はホテルの玄関先に出ると煙草を吸いはじめた。タクシーを呼んだのかと思っていたが、現れたのは白いトヨタの七三年型コロナ四ドアセダンだった。

達也はてきぱきとトランクに荷物を入れ、後部座席に座り、運転手を見て驚いた。

「………」

昨夜平和通り裏の〝花笠食堂〟で加藤が封筒を渡した男が運転席に座っていた。ホテルを出ても男は緊張した面持ちでバックミラーやサイドミラーをしきりに見て、車の背後を気にしている。

「はじみてぃやーさい。嘉数真一《かかずしんいち》です」

国際通りに出て、沖縄の中心部を南北に走る国道三三〇号に出ると男ははじめて口を利いてきた。

「こちらこそ、根岸達也です。昨日食堂にいらした人ですよね」

「昨日は自然に振る舞ってもらおうと、あえて言わなかったんだ。去年も世話になったタクシー運転手の嘉数さんの自宅に直接電話して頼んだら、会社を休んで自家用車を出してくれるというから、食堂で今日の予定を書いたメモを渡したんだよ。沖縄に着いた日が一番尾行を受ける可能性があるから、大袈裟《おおげさ》なことをしたんだ」

封筒の厚さからすればいくらかの前金も払ったのだろう。

「まるでスパイ映画のようでしたよ」

「そんなに格好いいものじゃないよ。正直言って、どこまで警戒したらいいのか見当がつかないんだ。ただ、用心し過ぎるということもないと思ってね。でもまあ昨日は何もなかったから、正直言ってほっとしているんだ」

加藤は笑って答えた。

「今日の予定はどうなっているのですか？」

昨日と違い、加藤がリラックスした様子なので尋ねてみた。

「これから辺野古《へのこ》まで行って米軍基地を見て、それから引き返してコザに行くつもりだ」

「差し支えのない範囲で、取材の目的について教えていただけますか？　何も知らないでは助手が務まりません。せめて行く先の地図を見て勉強しますから」

本当は何に対して警戒しているのか知りたかった。敵の正体を掴んでいた方が対処はしやすいからだ。

「いいとも。〝基地のある街〟というタイトルで、〝週刊朝読〟に記事を書くことになっている。それから〝週刊民衆〟に〝沖縄の夜〟というタイトルで、風俗ネタの連載を頼まれているんだ。実は昨日の夜も取材だったんだよ」

〝週刊朝読〟といえば、全国紙である朝読新聞の子会社が出している雑誌で米国の〝ニューズウィーク〟のようにニュースや経済問題を扱う。だが、〝週刊民衆〟はゴシップやスキャンダルを得意とし、風俗ネタも多い雑誌だ。同じ沖縄を題材にするにしても天と地ほど差がある。ある意味、昼は正義感をたぎらせ、夜は鼻の下を伸ばす加藤らしいのかもしれない。

「ところで、今回の取材でどちらのクライアントが気をつけろと忠告してきたんですか？」

忠告して来たクライアントにより、危険とする対象も違うはずだと達也は思った。

「どちらでも同じだよ。米軍を調べれば、米軍のスパイが怖いし、夜の街を調べれば、地元のヤクザが怖い。こっちのヤクザは米軍から横流しされた武器で武装しているから怖いんだ。詳しく教えるとかえって君に迷惑をかけることになるから、今は勘弁してくれ」

加藤は嘉数に聞かせたくないらしく小声で答えてきた。

一九七四年の〃上原一家〃と〃沖縄連合旭琉会〃間の第四次抗争では、組事務所を警戒していた機動隊員を旭琉会組員がカービン銃で銃撃し、警官と銃撃戦の末、組事務所に手榴弾《しゅりゅうだん》を投げ込んで逃走するという凶悪事件を起こしている。銃を携帯している米兵と確かに危険度は同じかもしれない。

国道三三〇号は那覇市から沖縄市に至る国道で、一九七五年に開通している。那覇市内を〃安里《あさと》バイパス通り〃、浦添《うらそえ》市内を〃浦添バイパス〃と呼称は分けられているが、地元では単に〃バイパス〃と呼んでいるようだ。車は〃バイパス〃も過ぎ、宜野湾《ぎのわん》市に入った。

どこからか太鼓を叩《たた》くような音が聞こえてくる。

達也は聞き覚えのある音に頭痛を覚えた。この四年間なかったものだ。

やがて太鼓の音は腹に響く爆音に変わり、十数メートルの低空飛行で頭上を通過し、ヘリコプターの編隊が背後から達也らが乗った車をかすめるように、林の向こうに消えて行った。ヘリコプターの側面のドアを開け放ち、グリーンの迷彩服を着た兵士が機外に足をだらしなく投げ出して座っている姿がはっきりと確認できた。

「あっしぇ、マリンは無茶な操縦をする」

まったくと嘉数は舌打ちをした。

「演習を終えた海兵隊が普天間《ふてんま》基地に帰還したんだろう」

窓に顔を押し付けるように空を見上げながら加藤は言った。

宜野湾市にある米軍海兵隊の普天間飛行場は通称普天間基地と呼ばれており、ヘリコプターや輸送機が主に配備されている。

「うん？　どうしたんだね、達也君」

加藤は両手で頭を抱えるようにして俯《うつむ》いている達也に気が付いた。

「大丈夫です。ちょっと頭痛がしただけです」

達也は軽く首を振りながら答えた。

「それなら、いいんだが、また彼が表に出て来るようなことはないだろうね」

加藤はメギドのことを心配しているのだろう。

「ヘリの爆音が原因だと思います」

実際、車の窓ガラスを震わせるほどの騒音だった。

「確かにね。車の中だったからよかったけど、外だったら鼓膜が破れたかもしれないね」

加藤は胸《むね》を撫《な》で下ろす仕草をしてみせた。

「達也さんは、沖縄ははじめてですか？」

嘉数がバックミラーを見ながら聞いてきた。

「そうです」

「それなら、米軍の基地がどうやって作られたか知らねーんでしょう？」

「はい」

「米軍は銃で住民を脅して家から追い出し、すぐにブルドーザーで家を潰《つぶ》して更地にしていったんさあ。私は小学生だったけど、家を失った村のみんなは米軍に宜野座《ぎのざ》村の収容所まで連れていかれたんさあ。何万人という人が狭いテントに押し込められて一緒に生活して、〝嚙《か》みむん〟もなくて辛かったさあ」

〝嚙みむん〟とは食べ物のことだ。嘉数はしみじみと語った。

沖縄本島を占領した米軍は、基地を建設するために島の中南部を無人化しようと、いわゆる〝銃剣とブルドーザー〟による土地の強奪を推し進め、住民を北部東岸などの収容所へ強制移住させた。本島の中部にある宜野座村の収容所には、一時は米軍の上陸作戦で生き残った島民の三分の二にあたる二十万人を超える人々が収容され、不衛生な環境のもと飢えとマラリアで子供や老人が次々と死んでいったそうだ。

国道三三〇号は普天間基地と四キロほど沿って走っている。現在では密集する建物で国道から基地を見ることはほとんど出来ない。もっとも基地は小高い場所にあるため、達也らが見た風景も周囲の有刺鉄線のフェンスと草むらだけだったに違いない。

「去年来た時はまだ建築中の家が多かったけど、基地のすぐ近くまで家が結構建ってきたね。やっぱり基地で働く人たちが増えたということかな」

加藤は基地と国道に挟まれた土地を見て言った。

「以前は基地の周辺は畑や荒れ地で人は住んではいなかったけどね。基地に依存した人の家が増えたんさあ。そのうち基地の周りは住宅街になってしまうよ。沖縄はずっと不景気なんで基地で働くしかないからね」

沖縄を統治していた米軍は、産業振興を計るためとして固定レートのB円という軍票を流通させていた。だが、本土が一ドル三百六十円だったのに対し、B円は実質百二十円だった。この二重レートにより、円安の本土は貿易を振興させ〝東洋の奇跡〟と呼ばれる復興を果たした。一方超円高の沖縄では、産業は育たず復興は遅れた。

米軍は相次ぐ基地問題で対立する住民感情を和らげるためと理由をつけ、一九五八年九月経済政策を断行する。外貨の導入を図り、B円をドル通貨に切り替えると同時に貿易を自由化した。だが、海外から大量の物資が流入し、沖縄の産業が育つ芽をことごとく奪ってしまった。物資は溢《あふ》れるが人々は貧乏になる。仕事はなく米軍基地に頼らざるを得ない沖縄独特の不況が続く構造はこうして作られた。

「私らタクシー業界も客は基地関係者が多いから大変さあ」

嘉数は溜息《ためいき》交じりに言って口を閉じた。

「頭痛は治ったかい？」

加藤は嘉数の話が途切れると達也を気遣った。

「もう大丈夫です。治りました」

ヘリが消えてしばらくすると頭痛は消えた。メギドが覚醒《かくせい》する時の頭痛とも少し違う気がする。達也は妙な違和感を覚えた。

二

名護市東部のキャンプ・シュワブがある辺野古の海は美しい海岸線が広がり、現在では絶滅危《き》惧《ぐ》類のジュゴンや同じく絶滅危惧種のアオサンゴの大規模な群生も確認されている。

達也らの乗った車は辺野古の街外れで停められた。

「大丈夫かい？　散歩しようかと思っているけど、行けそうかい？」

加藤は車を降りると、後部座席に深く座り込んでいる達也に声をかけた。海岸線沿いの国道三二九号を走っていた車が金武村《きんそん》（現金武町）を抜け、米軍基地キャンプ・ハンセンの脇を通る際に達也はまた頭痛に襲われた。

「もう大丈夫です。いつでも行けますよ」

達也は車を降りて大きく息を吐いた。今回の頭痛は左の後頭部が痛む偏頭痛だ。だが、基地を過ぎると次第に治まった。

「よかった。それじゃ出かけよう。嘉数さんは、ワシントン・レストランでビールでも飲みながら待っていてくれる。私たちもすぐに行くから」

「気をつけてね」

嘉数は運転席から心配そうな顔を見せ、車を出した。

加藤は辺野古にも来たことがあるらしく、街の中を鼻歌交じりに歩いて行く。小さな街だが、スナックやバーやレストランが建ち並んでいた。軽食を食べさせる店で米兵らしき私服の白人が昼間からビールを煽《あお》っている姿が見えたが、街は全体的に閑散としている。

「元Aサイン街なのに寂れているなあ」

加藤はしみじみと言った。

「Aサイン？」

「Approved、許可済みの頭文字さ。米兵や軍属向けの米軍による許可済みの店のことをAサインと言うんだ。お墨付きの店だから、米兵で賑《にぎ》わったらしいよ」

一九五三年から一九七二年まであったAサイン制度で、普通飲食店は赤表示、風俗店は青表示、加工業は黒表示として認可が下りたが、基準が厳しく無認可の店が増えることになる。また、米兵向けの青Aサインで売春をする女性は、貧困による借金や米兵による強《ごう》姦《かん》がきっかけという悲惨な理由が多いことでも社会問題になった。

「ベトナム戦争も終わり、平和になって不況になるという皮肉な話さ」

加藤は大声で騒いでいる白人らを横目でちらりと見て言った。

「どういうことですか？」

「夜になっても営業しない店がここ二、三年で増えているらしい。朝鮮戦争の次はベトナム戦争が起きた。沖縄は米兵が落とすドルで成り立つ産業構造になってしまったが、戦争も終わり、ベトナムから引き揚げて来た米兵が本国に還されている。顧客である米兵が減れば、収入も減る。私の取材も一方は基地問題、一方は風俗情報だが、実は密接に繋《つな》がっているんだ」

「なるほど」

達也は一見へ理屈とも思える加藤の話に妙に納得した。

加藤は街を出て国道三二九号に出ると、キャンプ・シュワブのフェンスに沿ってゲートの近くをゆっくりと歩きはじめた。

ゲートの前には最新のM一六自動小銃を構えた二人の米兵が立っていた。彼らはいずれもグリーンのジャングル対応の迷彩服を着ていた。現在の駐留米軍は中東の砂漠を意識したベージュの迷彩服を着ている。米国の戦闘服を見れば、彼らがどこを主戦場としているかよく分かる。

「やはり、いたか」

加藤は目を細めて基地の奥の方を見ながらそう言うと、ゲートを通り過ぎた。

「何が、いたんですか?」

達也は米兵が見えなくなると尋ねた。

「おそらく次のゲートからも見えるよ」

加藤は答えずに二百メートル先にあるゲートまで歩いた。

「ほら、あれだよ。あの白いやつ」

加藤はゲートの米兵に怪しまれないように笑いながら、ゲートの中を指差した。

「あれって、山羊のことですか？」

ゲートから百五十メートルほど奥にある倉庫の角に山羊が一匹繋がれていた。山羊は足下の雑草をのんびりと食《は》んでいる。

「米軍基地のくせに微笑ましい風景だろう」

「ゲートの自動小銃を持った兵隊と山羊の組み合わせは、ちょっと間抜けていますね。あの山羊はペットなんですか？」

「繋いでおけば雑草を刈る手間は省けそうじゃないか」

「確かに」

達也は笑ったが、なぜか加藤は苦笑いをしてみせた。

「さあ、昼飯でも食べに行くか？」

「用事はすんだのですか？」

「山羊を見たら気が抜けちゃったよ。今日は金武村に泊まって繁華街を取材するつもりなんだ。基地の取材をしようと思っていたけど、止めておくよ。やれやれ、くたびれ損だったな」

加藤は両手を上げて欠伸《あくび》をすると、来た道をたどり、辺野古の街に戻った。交差点の角の壁をブルーに塗られた〝ワシントン・レストラン〟と書かれた店の横に嘉数の車が停められている。白く塗られた建物が多いだけにブルーの彩色はよく目立った。

店に入ると午前十一時と昼飯にはまだ早いが、二つのテーブル席に座った白人で賑わっていた。

「加藤さん。くまんかい」

嘉数がこっちだと奥の壁際の席から片手にビールが入ったコップを持って手を振っている。テーブルの上にはオリオンビールの瓶と小皿の料理が載っていた。

「おっ、ミミガーか、いいね。じゃ僕らもビールとタコスを頼もうか」

加藤は席に座ると大きな声で店の従業員に注文した。声を上げないと米兵のざわめきにかき消されてしまうからだ。

「ミミガーにタコスってなんですか？」

達也はまだ沖縄料理を食べていない。

「ミミガーは豚の耳を使った沖縄料理で、タコスはメキシコ料理なんだ。なんでも店の主人がメキシコ人の兵士から直伝されたらしい。説明するより食べてみることだね」

加藤に勧められてとりあえずミミガーをつまんでみた。軟骨のこりこりとした歯ごたえがあっておいしい。

「うまいですね。ビールが進みますよ」

達也は名古屋で働いていたこの一年ほどで酒の味を覚えた。

十分と待たずにタコスを盛られた皿がテーブルに載せられた。黄色い薄皮の煎餅《せんべい》で包まれたお菓子のような食べ物だ。手に取ってみるとトウモロコシの香ばしい香りがした。

「うん？……」

鼻孔の刺激にどこか懐かしさを覚えた。

両手でタコスを掴んで頬張ってみる。トウモロコシで作られた皮とレタスの千切りの心地よい歯ごたえが、口の中に広がるソースと絡まった豚肉の旨《うま》みを引き立てる。

「デリッシュ！」

達也は思わず叫んだ。それを聞いた米兵が達也に親指を立てて笑っている。

「君は英語が堪能《たんのう》だったんだよね。今の意味は何？」

加藤がきょとんとした顔で尋ねてきた。

「何って？　うまいと言いましたよ」

「そうか、英語のスラングなんだな、デリッシュというのは」

確かにデリッシュはヤミーと同じくうまいを意味するスラングだが、達也には言った覚えはなく、これまで使ったこともなかった。

「デリッシュ？　僕は日本語で言ったんですよ」

加藤と嘉数は二人揃って首を横に振っている。どうやら無意識のうちに英語を口走ったようだ。

「まさか？……」

達也は疼痛《とうつう》にも似た胸騒ぎを覚えた。

三

辺野古で昼食を摂った達也らは次の目的地である金武村ではなく反対方向の名護市に向かっている。金武村の取材は風俗のため夜を待たねばならない。そのため時間が早過ぎると嘉数真一に相談したところ、名護市の北にある国頭村《くにがみそん》に行くことになった。彼の生まれ故郷で基地問題を取材するなら是非と勧められたのだ。

辺野古岳と名護岳に挟まれた山間の国道を抜け、名護市の海岸に近い大通りから県道に入り、名護十字路の手前で交差点信号に摑《つか》まり停車した。嘉数は市内見物もさせようと少々大回りをしたようだ。交差点の近くの商店街は活気があった。達也は商店街の通りを見て素朴な疑問を抱いた。

「那覇でも不思議に思ったんですけど、名護市にも都市銀行はないんですね」

達也は郵便局に貯金しており、通帳はいつも持ち歩いていた。そのため都市銀行がなくても困らないのだが、知っている銀行の看板がないことに少々違和感を覚えていた。

「はじめて沖縄に来たヤマトンチューは同じことを言う。勧銀ならあるさあ」

嘉数がバックミラー越しに笑った。

「本土復帰措置として地元の銀行を保護しているということもあるけど、沖縄には昔から〝模合〟という庶民金融があってね、金融機関が発達しないいんだ。だから都市銀行は儲《もう》けがない沖縄には来ないらしい。宝くじを売るために第一勧業銀行だけはあるけどね」

加藤は煙草の煙を吐き出しながら補足した。

「〝模合〟？」

「沖縄には〝ユイマール〟という助け合いの精神があってさあ。その名残りさあ。〝模合〟で助けられることもあるが、損をすることもある。困ったものだね」

嘉数がのんびりと答えた。

〝模合〟は参加者が掛け金を出し合い、集めた金を抽選や入札により希望の参加者に融通する相互扶助的な金融システムで冠婚葬祭や家の普請から飲み会まで様々ある。だが、一方で模合掛け金の持ち逃げや支払い不能などで破綻《はたん》する場合もあった。沖縄の金融制度の発達を妨げた大きな要因と言われている。

信号が青になり、商店街を抜けると、右手に低い山並みが見えてきた。

「右手をご覧下さい。名護岳の麓《ふもと》には大昔、城があったそうです。石垣とかは見つかってないけど、大きな堀切があると若い頃聞いたさあ」

嘉数はバスガイドのような口調で言った。

名護城跡は十四世紀初頭の名護按司《あんじ》の居城だったと伝えられ、現在では公園として整備されている観光名所だ。園内に植えられた約二万本の緋寒《ひかん》桜は一月下旬に満開となり日本で一番早く桜見物ができる。

「城跡か。興味深いなあ」

加藤は煙草の煙を窓の隙間から吐き出しながら言った。

「森が深くてハブが怖いからね。行きたいとは思わないさあ」

嘉数は首を振ってみせた。

「ハブか、それじゃマングースに首輪を付けて行けばいいんじゃない。テレビで闘うところを見たことがあるさあ」

加藤が嘉数の真似をしてのんびりした口調で言った。

「マングース！　ありゃだめだ。迷惑なだけで働かんからね。マングースがハブを食べるなんて聞いたことないさあ。とにかくハブに嚙《か》まれたら大人でも死ぬからね」

ハブの猛毒に対する血清がなかった明治時代、マングースはハブの天敵としてインドから沖縄本島に一九一〇年に持ち込まれた。だが、彼らにとってもハブが大好物というわけでもなく、家畜の鶏やアヒルを食い荒らし、ついには天然記念物であるヤンバルクイナまで襲って急速に数を増やした。ただの害獣に成り下がった現在のマングースは年間数千頭を目標として駆除されている。

「僕でも死にますかね」

「怪我するのとは違うから、君でもだめかもしれないよ」

達也は冗談で言ったのだが、加藤はまじめに答えてきた。確かに怪我をして死にそうになったことはあるが毒物の攻撃は未体験だ。

県道から国道に入ると視界が開け、東シナ海を望む海岸線に出た。だが鈍色《にび》の空を映し出している海の色は、濃いブルーグレーだった。

「天気のいい日は、本当にきれいなんだけどね。自慢の海を見せてやりたかったな」

嘉数は残念そうに溜息《ためいき》をついた。

カーブの多い海沿いの道を東に進み、一時間ほどで国頭村の桃原《とうばる》に着いた。

「あれは……」

加藤は金網に囲まれた敷地に高い鉄塔が林立しているのを見て口をあんぐりとさせた。

「なんですか、あれは？」

達也も異様な光景に目を奪われた。

「VOA、ボイス　オブ　アメリカの基地さあ」

嘉数は厳しい表情で言った。

〝Voice of America〟は、米国営の謀略ラジオ放送で、冷戦時代は、社会主義のソビエトや中国に向けた放送を行っていた。米軍は沖縄の北部にある国頭村の森を切り開き、七十メートルクラスの鉄塔を二十本建てVOAの発信基地を築いた。返還された跡地は二〇一一年現在JALのリゾートホテルになっている。

嘉数は送信基地から三十メートルほど東にある村の空き地に車を停めた。村の大半は粗末な木造小屋で、家と家の間は膝丈《ひざたけ》ほどの雑草が生い茂っている。

「もうすぐ、VOAの放送がはじまりますよ」

車のラジオを聞くのかと思ったら嘉数は車を降りた。

「おばー、いるかい？」

　空き地の近くにある小屋を嘉数は覗《のぞ》き、達也と加藤についてくるように手招きをしてみせた。加藤はカメラを入れたショルダーバッグをかけて車を降りた。

　ガラスのない木製の窓を半開きにした小屋は薄暗く、八畳ほどの部屋の壁際に段ボールが積み重ねてあった。

「久しぶりやさや、真一かあ」

　部屋の隅に置かれていた毛布の中から小柄な老婆が顔を出した。寒くて毛布に包まっていたのだろう。

「がんじゅうそうみ、知り合い連れて来たんだ」

　元気にしていたかと老人を労《ねぎら》った嘉数は達也と加藤を紹介した。彼女は嘉数の遠い親戚《しんせき》らしく、彼が村に住んでいた頃かわいがってくれたそうだ。

「めんそーれー。やしが、こんな小汚いところにぬぅしいがちゃびたが？」

　律儀に老人は達也らに手をついて挨拶《あいさつ》をしてきた。

「何って、おばーの顔を見に来たんさあ」

　腕時計を時々見て時間を気にしながら嘉数は世間話をしている。

　しばらくすると天井から吊《つ》るされた裸電球が突然点灯した。

「えっ！」

　達也と加藤が同時に声を上げた。裸電球はひもで吊るされているだけで電線に繋《つな》がっているわけではないからだ。

「手品じゃないよ。この辺りはＶＯＡの電波が強いから、放送がはじまれば空中から電気が拾えるんさあ」

　嘉数は苦笑を漏らしながら説明をした。彼はこれを見せたいがためにここまで二人を案内してきたようだ。

「すみません。一枚撮らせて下さい」

　加藤はショルダーバッグからニコンＦ２を出し、写真を撮りはじめた。一枚と言った割には夢中で電源なしの電球を写真に収めている。

「元気でなあ」

　嘉数は土産代わりに封を開けてないラークを老人に渡して小屋を出ると、数軒先の小屋の脇に植えてあるガジュマルの木の下に立った。十五メートルほどの大木で不思議なことに風も吹いていないのに妙な葉擦れが聞こえてくる。

「歌を歌うのは、葉っぱだけじゃないよ。テンテンバークーだって、カラカラと音を立てる。ＶＯＡの電波は強いさあ。人間は平気なのかねえ」

　テンテンバークーとは空き缶で作ったスイカ畑のカラス避けらしい。

　ＶＯＡ放送の中波は出力千キロワットで到達範囲は中国大陸の大半と北ベトナム、ソビエトの一部まで、短波は十五キロ、三十五キロ、百キロワットの三種類の出力があった。高出力の電波により国頭村では木々はざわつき電源なしで電球が点《つ》く。そればかりかテレビが突然発火するなどの弊害があり、人体への影響も心配されたが調査されることはなかった。

「シット！　あっ！」

達也は林立するＶＯＡの電波塔を見て思わず舌打ちをした後に、英語のスラングを使ったことに自分でも気付き、慌てて口を手で押さえた。

四

一九四五年に金武村の総面積の実に六十パーセントの土地が米軍に接収されて海兵隊基地であるキャンプ・ハンセンは建設された。沖縄本島でも数少ない実弾射撃訓練施設があり、周辺では訓練中に基地外に着弾する事故が後を絶たない。ちなみに金武村から町に昇格したのは一九八〇年になってからの話だ。

ＶＯＡの送信基地がある国頭村を見学した達也らは、キャンプ・ハンセンの第一ゲートの向かいにある路地の入り口で、案内をしてくれた嘉数真一に礼を言って車を降りた。時刻は午後五時四十分とほどよい時間になっていた。午前中と違い、心配していた頭痛はまだ起きていない。

路地の入り口には米国と日本の国旗が左右対称に飾られたアーチ状の門がある。通りは英語の看板ばかりで、角の売店で買ったのか、黒人がアイスクリームを舐《な》めながらこちらを見ている。とても日本の風景とは思えない。

「新開地とも呼ばれている金武社交街なんだ。少なくとも辺野古より夜はぐっと盛り上がるよ。ホテルの予約はしていないけど、このフレンドシップ通りの近くにあるんだ」

加藤は鼻の下を伸ばして笑った。

荷物を担いで通りをまっすぐに歩いて行くと、交差点の角に立っているミニスカートを穿《は》いた水商売風の女が微笑みかけてきた。肌は健康的な小麦色で、背は低いが胸は大きく足が長い。出稼ぎのフィリピン人のようだ。加藤は手を振って笑みを返している。

「あれっ、新しい店ができるようだね」

女に目を奪われていた加藤は交差点を右に曲がりかけたが、道の突き当たりにある工事中の店に視線を移すと、引き寄せられるようにまっすぐに歩いて行った。

「ロック&ダンス、シャングリアか、しゃれた店になりそうだね」

一九七六年に開店したシャングリアは現在も米軍の白人に人気のダンスホールだ。

「加藤さん、ホテルに行くんじゃないんですか？」

ショルダーバッグを肩にかけただけの身軽な加藤と違い、達也は自分のバッグと加藤の重量級の革の旅行鞄《かばん》を持っている。たまりかねて尋ねた。

「これはすまない。すぐにホテルにチェックインしよう」

苦笑いを浮かべて加藤は道を引き返し、交差点の近くにある二階建ての小さなホテルに入ったが断られてすぐに出てきた。

「前回は、ちゃんと泊まれたのにな」

加藤は首を捻《ひね》るが、どうみても予約など出来ない連れ込みホテルとしかみえない。前は商売女と泊まったに違いない。案の定その後二軒回って断られ、四軒目の〝ホテル新東京〟という民宿のようなホテルでようやく交渉が成立した。ここも連れ込みのようだが、一部屋で二人泊まり、二倍の料金を払うということでなんとかチェックインできた。部屋は想像どおり、八畳間にベッドが一つと狭いが、シャワーとトイレはついている。達也は、床にゴザを敷いてその上に布団を敷くことになった。

「すまないね。昨日のホテルのようには経費を使えないんだ」

加藤は首の後ろに手をやり恐縮しているが、最初からそのつもりだったに違いない。もっとも達也の飛行機代の出費が響いているとは言えなかったのだろう。

「僕は四年間各地を放浪して、野宿したこともありますから、屋根の下に寝るだけで充分ですよ」

達也もそれなりに苦労を重ねてきたので、驚くことではなかった。名古屋での一年は実に幸運だったが、それ以前の三年は一つの場所になかなか居着くこともできず、駅舎やバス停の長椅子で野宿したこともある。だが、もともと〝エリア零〟ではサバイバルも含めた軍事訓練を受けているだけに大して苦にならなかった。

「逞《たくま》しくなったね。はじめて会った時は記憶がなかったから頼りなかったけどね」

落ち着くと加藤はトイレやシャワーをチェックしながら、煙草に火を点《つ》けた。サラリーマン時代と違い、フリーになってから煙草の量が増えたようだ。

「もう昔のことですよ。ところで今日の取材はどうなっていますか？」

〝エリア零〟を脱走したために記憶ブロックがかかったころのことを言われると懐かしさよりも恥ずかしさが先に立つ。生きるためとはいえ、新宿ゴールデン街で女装して働いていたことを思い出すからだ。

「晩飯を適当にすませたらはじめようと思っている」

加藤は急ぐ様子もない。飛行機の中で読んでいた小説を開いている。暇さえあれば読んでいるようだ。

金武村の夜は遅かった。日が暮れて午後八時を過ぎてようやく社交街のネオンが点《とも》りはじめ、仕事を終えた米兵の白人や黒人がそれぞれグループでやって来る。白人と黒人の混成グループなどない。しかも店もそれぞれ白人用と黒人用に分かれているようだ。

ホテルでジーパンに派手な柄シャツを着た加藤はいつものトレンチコートではなく、革のジャケットを着込んでいた。革の旅行鞄が恐ろしく重いわけがこれでわかった。今回もカメラを持って行かないようだ。

「加藤さん、カメラは使わないんですか？」

「夜の街でレンズを向ければ、気軽に応じる者もいるけど、喧嘩《けんか》を売るようなものさ。夜は記者としてペンだけで勝負するんだ」

加藤の言葉をそのまま信じるならば大したものだが、夜の取材の場合、仕事と遊びの境目がつかないだけにどうもうさん臭い。

メインストリートであるフレンドシップ通り沿いのロックミュージック〝スカイライン〟と看板に書かれた店の前で加藤は立ち止まった。

「達也君、君は英語が堪能《たんのう》だったね。この界隈《かいわい》は米兵向けの店が多くてね。この店はもとAサインの店で白人客が多いから、できるだけ君は英語で話をしてくれないか。私も英会話は得意だけど、顔はまるっきり日本人だからね。ごまかせないんだ」

そう言うと加藤は達也の背中を叩《たた》いて店に入って行った。

天井から吊《つ》るされたミラーボールが店内に怪しい光を放ち、小さなステージが店の奥にあった。壇上にエレキギターやドラムなどが置かれている。丸いテーブルを囲んだソファーの席がステージの前にいくつも並び、白人が数人と客はまだ少ないが、店を独占したかのように騒いでいる。

入り口の近くに立っているセクシーなドレスを着た女が店の奥に入ろうとする加藤の前に立ちはだかり、値踏みをするかのように上から下へ視線を移した。

「お客様は、ヤマトンチューね。あら後ろのアメリカンもご一緒なの？」

アメリカンとは米軍人あるいは軍属を意味するらしい。ハーフの蔑称《べっしょう》であるアメリカさんとは違うようだ。

加藤の後ろにいる達也の顔を見ると女は態度を変えて店の奥へと案内した。とはいえ、ライトが届かないステージの袖《そで》の目立たない席に座らされた。女が飲み物を聞くと、加藤は気取ってバドワイザーだと答えた。

「思惑通り、君は米兵の家族と見られたようだ。実は前来たとき入店はできたんだけどね、白人の米兵に絡まれてすぐに店を出てしまったんだよ。だから彼女たちも内地の日本人にはあまりいい顔をしないようだね」

「日本の店なのに変な話ですね」

「白人の米兵は、日本人を馬鹿にしている者が多いんだ。彼らは自分の行きつけの店に日本人がいると縄張りを荒らされていると思うらしい」

加藤の話に首を傾げた達也だったが、三十分もすると店内は白人の客で溢《あふ》れ、訛《なまり》の強い英語が飛び交うのを見て納得させられた。

午後九時を過ぎてステージに地元のロックバンドが登場した。客席で手笛を吹いて喜ぶ者もいれば、女の胸をまさぐりステージに見向きもしない者など様々だ。

達也は娯楽の少なかった〝エリア零〟でも視聴が唯一許されていたビートルズが好きだったが、脱走した後は、ジェフ・ベックやイーグルスやピンク・フロイドなど、様々なロックアーティストの音楽を聴くようになった。

派手なTシャツを着て髪の毛を肩よりも長く垂らした五人組がステージに上がった。

「てめえらのちんけなペニスをでけいショットガンに変えてやるぜ。小便ちびんなよ！」

ボーカルがスラングを交えた英語で叫ぶと、客席にはブーイングと歓声が飛び交った。いきなりはらわたを摑まれるような強烈なギターとドラムが響いた。ディープ・パープルの〝スモーク・オン・ザ・ウォーター〟だ。

「なっ！」

ギターテクニック、ボーカルの声量、英語の発音、オリジナルと遜色《そんしょく》のない演奏に達也は唖然《あぜん》とした。

不満があればビール瓶や灰皿を投げつける米兵たちをバンドのメンバーたちはパワフルなサウンドでねじ伏せた。一瞬静まり返った後、客席から熱狂的な歓声が上がった。

一九六〇年代、死地であるベトナムに向かう米兵は沖縄の繁華街でドルを湯水のごとく使い、酒と女と音楽を求めた。夜の街が繁栄する中、戦争で荒《すさ》んだ米兵相手に演奏の腕を磨いた若者はロックというジャンルに特化した。

一九七〇年代に入り、ディープ・パープルをレパートリーとする〝紫〟やジミヘンことジミ・ヘンドリックスをレパートリーとした、米軍の緊急警報状態を意味する〝コンディション・グリーン〟、女性ボーカル、喜屋武《きゃん》マリーの〝メデューサ〟など沖縄はハードロックの黄金時代を迎える。彼らはいずれも日本のトップクラスの実力を備えていた。生の演奏をはじめて聴く達也の度肝を抜くには充分だった。

客席は異常な興奮に包まれ、熱気で溢れ返った。そんな中、加藤はポケットから写真を出して客席の米兵の顔を一人一人チェックしていた。ステージに釘付《くぎづ》けになった達也は加藤の謎めいた行動に気が付くはずもなかった。

五

金武社交街の〝スカイライン〟でロックバンドの生の演奏を堪能した達也と加藤は、零時近くになって店を出た。

「感動したなあ」

達也は興奮が冷めやらず、寒風が吹く街角を紺色の防寒ジャンパーを肩から提げTシャツ一枚で歩いていた。

「コザにもライブハウスがあるんだ。そこにも行ってみようか。それにしても、耳がおかしくなりそうだ」

店から出ると加藤は黒い手帳に何か書き留めながら言った。加藤が愛用しているのは、〝能率手帳〟と呼ばれる日付が付いているもので、小さな鉛筆で書き込んでいる。ボールペンはインクがあっても衝撃で書けなくなることもあり、鉛筆の方が筆記用具として信頼性があると、プロらしいこだわりを持っていた。

「加藤さんは、興奮しませんでしたか？」

どちらかというとつまらなそうな顔をしている加藤を見て、達也は首を捻った。

「元来クラシックのファンなのだ。興奮したけど、私には刺激が強過ぎるのかもしれない。とはいえ取材はできたけどね」

加藤は手帳を革のジャケットに仕舞いながら言った。

「取材！　ひょっとして例の〝週刊民衆〟の取材をされていたんですか」

「なんと言っても〝沖縄の夜〟というタイトルの連載だからね」

なぜか加藤は視線を合わせずに頷《うなず》いてみせた。

「すみません。すっかり演奏に夢中になっていました」

達也は慌てて頭を下げた。

「いいんだよ。君のおかげで入店出来たんだ。それより、次の取材に行くよ」

加藤はメインストリートと交わる狭い路地に入り、〝エイトボール〟という店の前で立ち止まった。壁にビキニ姿の女がビリヤードのキューを持っている絵が描かれている。

「この店は白人がよく来るビリヤード場なんだ。中に入ったら、僕はビリヤードを見ている振りをするから君はカウンターでビールを頼んだついでに、最近、マイケル・オブライエンかジェーソン・ボッグスを見かけないかと聞いてくれないか」

「取材じゃないんですか？」

「もちろん取材さ。二人ともプロ顔負けで有名らしい。もしいたら取材を申し込もうと思っているんだ」

「本人がいたらどうしますか？」

「いや、取材は改めてするから、まずは彼らの所在を知るだけでいいんだ。本人がいても君は声をかけないでくれ。何か聞かれたら、知り合いが消息を知りたがっていると適当に誤魔化してくれないか」

加藤はちぐはぐな答えをした。

二人はビリヤード場に入った。カウンターといっても古びた冷蔵庫の前に机と椅子が置かれているだけである。今で言うプールバーと違い、酒を飲みながら遊ぶというわけではないようだ。店の中央にビリヤードの台が二つあり、壁際にはジュークボックスが置かれている。白人の客が五人、ビールを飲みながら見ている者もいるが、大半はゲームに専念していた。

壁にはエルビスやマリリン・モンローの写真が貼られ、米国の場末のバーの雰囲気を醸し出している。米国人の客にとっては田舎のバーで遊んでいるような郷愁を誘うのだろう。

紫煙が立ちこめる店の奥に進み、達也はカウンターでバドワイザーと英語で頼んだ。

「ゲームはしないのか？」

口ひげを生やした日本人の店主が渋い表情をしながらバドワイザーのボトルを冷蔵庫から出して二人に渡した。

「とりあえず、見学だけです」

達也はビールを飲みながら答えた。

「おまえの連れは日本人なのか？」

店主が耳打ちするように英語で尋ねてきた。

「そうだけど、何か問題でもありますか？」

「あんたの親父さんは将校かい？」

店主は達也の顔をまじまじと見ながら言った。

「どうして？」

「英語の発音がいい。それにちゃんとした文法を使っている。たまに大尉とか少佐だとか偉い米兵が来ると、すぐ分かるんだ。偉くなっても軍曹止まりの連中とは違うからね」

店主は他の客に聞こえないように小声で言った。

達也が〝エリア零〟で訓練を受けていた時の担当教官は元グリーンベレーの少佐で、彼から戦術や英語を叩《たた》き込まれた。

「昼間は日本人の客も来るが、夜は米兵の客がほとんどだ。ゲームをしないのなら早く出て行ってくれないか」

「分かった。これで帰るよ。ところでマイケル・オブライエンかジェーソン・ボッグスは最近見ないか？」

達也はボトルを半分飲み干すと尋ねた。

「名前からすると白人らしいけど、知らないなあ。もっとも一見《いちげん》さんなら名前も聞かないから分からないけど」

「知り合いが消息を知りたがっているんだ」

「ボブ、マイケル・オブライエンって知っているか？」

店主は葉巻をくわえてビリヤードに興じる白人に尋ねた。

「俺のような南部育ちに、アイルランド系の糞野郎《くそやろう》の知り合いはいねえよ」

男は吐き捨てるように言った。

「ボブは常連なんだ。アリゾナ州出身だから、気取った名前は癇《かん》に障るようだ。バーでもあたってみるんだな」

店主は肩を竦《すく》めてみせた。ジェーソン・ボッグスのことまで聞いてくれなかったが、望みは薄いようだ。

二人はバドワイザーを空けると早々に退散した。バーやスナックの類《たぐ》いなら新宿二丁目なみにある金武社交街だが、ビリヤード場は他にはないようだ。

「帰ろうか」

加藤はバーにまで捜しに行くつもりはないようだ。

「見つけられませんでしたね」

達也は残念そうに言った。

「金武村にはいなかったことが分かればそれはそれでいいんだ」

加藤はいつもの黒い手帳に何かを書き込みながら答えた。

「ちょっとは役に立ちましたか?」

「君を連れて来て本当によかったと思っているよ。去年はあまり調査が進まなかったからね」

「調査?」

「いや、取材が進まなかったという意味だよ」

思わず聞き返すと、加藤はすぐに訂正した。

「僕は口が堅いですから、なんでも話して下さい。隠し事はなしにしませんか？」

加藤が腹に何か持っているのは分かっていた。

「そのうち話すよ。だが今じゃない」

加藤は手帳をジャケットに仕舞うと、首を横に振った。

六

月明かりに照らし出されたジャングルに風はない。

湿気を帯びていたうっとうしい空気は体中から汗を絞り取り、肌にまとわりつく。顔に塗った迷彩のフェイスペイント塗料が汗のせいでひりひりする。

「まだ着かねえのか。糞ったれの蚊の餌食《えじき》になりそうだぜ」

スプリングフィールドM一四、通称M一四を持っているジョンが喚《わめ》いている。体中に蚊除けのローションを塗り、しかもモスキートネットを被《かぶ》っているが、ジャングルの獰猛《どうもう》な蚊は戦闘服の上からでも刺してくる。歩いていても、マラリアにしてくださいと言っているようなものだ。

「酒臭いおまえの血がうまいって、蚊はよだれを垂らすんだよ」

すぐ背後にいるバートがジョンをからかった。

「そうだろうとも、そう言うおまえの血は臭くて蚊も吸えねえらしいな」

「臭いんじゃねえ、まずいんだ。感謝しているぜ、両親にな。おまえも両親に感謝しな」

「うるせえよ。まったく」

二人は喧嘩《けんか》しているようにみえても、緊張をほぐすために小声でじゃれ合っているに過ぎない。チームは六人、個々人が最強の腕を持つ兵士を部隊から選《え》りすぐって作られた。

それでも暗黒のジャングルを進むというのは辛い任務だ。

「………」

前方二百メートル先のジャングルにオレンジ色の光がちらりと見えた。

さらに前進をし、ニッパヤシの隙間から覗《のぞ》いた。

三百八十メートル先に有刺鉄線に囲まれた平屋の建物があった。ＣＩＡの情報が正しいのなら目的地に到達したようだ。

周囲を五六式自動小銃で武装した兵士が警戒に当たっている。五六式はソ連のＡＫ四七が中国でコピーされたもので、北ベトナム軍と南ベトナム解放民族戦線、通称ベトコンに大量に投入された。有効射程距離は四百メートルだが、北ベトナム軍やベトコンで二百メートル以上離れた標的を正確に撃てるやつはまずいないだろう。

肩に担いでいたウィンチェスターＭ七〇を降ろし、腹這《はらば》いになって構えた。

全長千百十八ミリ、二十発の弾倉を持つＭ一四と違い、全長千五十ミリ、装弾数は三発から五発、ボルトアクションのM七〇は確かに機動性に欠ける。だが、M七〇なら荒野を駈《か》けるバイソンも一発で倒すだけの破壊力があり、海兵隊の狙撃チームで採用されていた。もっとも大量生産されるようになってから品質は悪化し、ベトナム戦争後期にはレミントンM七〇をベースに改良されたM四〇にその座を奪われた。

スナイパーカバーのバートとジョンは左右で警戒している。チームにはもう一人M七〇を持つスナイパーのブレイクがおり、彼もテッドとビンセントの二人のカバーを従えていた。ブレイクはサブリーダーで頼りがいのある男だ。しかも金髪がよく似合う、男でも惚《ほ》れ惚《ぼ》れする良い男だ。

スコープで小屋の窓を覗いてみる。窓際に兵士が立っているが、彼の背中越しにターゲットであるベトナム人民軍の大佐の姿が見える。都合のいいことにデスクで執務をしているのか動きが少ない。敵地の奥深く、しかも深夜にまさか米軍の特殊部隊に命を狙われているなどと思っていないだろう。部下と談笑しているのか、笑っている。

M七〇で狙われる人間の死は一瞬で訪れる。神に祈る暇など与えない。もっともベトナム人に信仰心があればの話だが。

「ブレイク、用意はいいか？」

「いつでもいいですぜ、スタイナー大尉」

ブレイクもターゲットをすでに捉《とら》えていた。

二人が同時にトリガーを引くためにはタイミングが狂ってはならない。

「バート、カウントダウン、ファイヴ」

「了解！」

「ブレイク、最初のFだぞ」

「任せな、兄弟」

ブレイクはメキシコ人のような軽口を叩いた。こんな時、頼もしいやつだ。

スコープの中のターゲットを見つめた。男はまだ笑っている。数秒後には死ぬというのに哀れなやつだ。

「ファイヴ、フォー、スリー」

バートが押し殺した声でカウントをはじめた。

「ツウー、ワン、ファイヤー」

ファイヤーの〝F〟でトリガーを引いた。スコープの中の住人は額と胸から血飛沫《しぶき》を上げながら視界から消え、辺りは闇に包まれた。

「寒い……」

熱気を帯びたジャングルの空気が凍えるような冷たい空気に変わっていた。空風が頬を殴りつけてくる。

「ここは？」

いつの間にか達也は両手で金網を摑《つか》んでいた。見上げると有刺鉄線が張られている。左右を見ると厳重な柵《さく》がどこまでも続いていた。振り返ると雑木林の向こうに舗装された自動車道がある。どこか風景に見覚えはあるが思い出せない。

バリッ、バリッ、バリッ！

突然激しい銃撃音が響いて来た。

達也はとっさに地面に伏せた。腕時計を見ると午前四時半。銃撃音は休むことなく鳴り響く。金網の内側にある林を見るとマズルフラッシュが絶え間なく点滅する。

「演習……なのか？」

立ち上がって金網に再び両手をかけて中を覗いた。

「おい、おまえ、金網から離れろ！」

金網の向こうから銃を持った兵士が駆け寄って来た。

「訓練中だ。死にたいのか！」

兵士は懐中電灯を点《つ》けて、達也を照らし、銃を向けてきた。

達也は右手でライトを遮り、指の隙間から兵士の様子を窺《うかが》った。M一六A一自動小銃を構えて背嚢《はいのう》を担いだ重装備の格好をしている。

「撃つな！　武器は持っていない」

咄嗟《とっさ》に英語で答えた。

「貴様、米軍の関係者か？」

英語と達也の日本人離れした顔を見て兵士は判断したようだ。もし、達也の髪が短いのなら兵士に間違えられたかもしれない。

「ああ、いいえ。ここはどこですか？」

なぜか夢を見ているようではっきりと答えられない。そもそもどうしてここにいるのかも覚えていなかった。

「ここはキャンプ・ハンセン、レンジ4だ。夜中に怪しいやつだ。名を名乗れ！」

兵士は銃を突きつけて質問をしてきた。

レンジ4は金武村の西にある伊芸区《いげい》にある都市型戦闘訓練施設だ。キャンプ・ハンセンの射撃場は近年でも新しい訓練施設が建設され規模を拡大させている。着弾による山火事や住民の生活を無視した未明の銃撃訓練の騒音や危険性が問題視されている。

「私は、……スタイナー」

口をついで出た名前は、銃撃音にかき消された。聞き覚えのない名に達也は戸惑った。

「酔っぱらっているのか？　もういい、さっさと家に帰れ！」

首を傾げる達也に呆《あき》れたのか、兵士は暗闇に消えた。

「……スタイナー？」

頭の中に名前が突然浮かんで来た。しかもジャングルにいた夢まで見ている。実にリアルだった。

「覚醒《かくせい》したのか」

達也には六人の脳細胞が埋め込まれている。そのうちの一人は唐沢喜中という古武術甲武流の達人で、彼の記憶が蘇《よみがえ》ったためにその存在は認識している。だが、これまで他の五人の脳細胞はほとんど覚醒することはなかった。

もう一人の人格であるメギドが目覚めることもやっかいだが、埋め込まれた脳細胞が活動するのも達也にとって非常に問題だった。覚醒することにより、彼らの持つ能力を使えることは喜中の時経験している。だが、断片的な喜中の記憶が蘇るとき、その強烈な体験ゆえに一時的に肉体が支配されて我を失うこともあった。

「まいったなあ」

達也は溜息《ためいき》をつくと、うっすらと記憶に残っている金武村の方角に歩きはじめた。

第二の覚醒

一

夜明けの気温は十度近くまで下がり、肌寒さを感じたが、ホテルの小部屋の窓から見える空は抜けるような青い色をしていた。

キャンプ・ハンセンの射撃訓練場の近くから帰った達也は、夜が明けるまでまんじりともせずに布団の上で膝《ひざ》を抱えて座っていた。眠れば、またベトナムのジャングルにいる夢の世界に引き戻されるような気がしたからである。

狙撃銃であるウィンチェスターM七〇のスコープからターゲットの男が頭や胸を撃たれる瞬間の映像が未《いま》だに頭から離れない。ほんの一瞬の出来事だったが、血飛沫が壁に飛び散る様がはっきりと見えた。撃たれた男は苦しむことなく死んだようだ。彼にも家族や仲間がいたと思うとやりきれない。だが、少なくとも記憶の中でトリガーを引く瞬間は快感とも言える高揚感があった。そこにどうしようもない後ろめたさを感じた。

訓練中の米兵に咎《とが》められて気が付く前に見た夢は、脳に埋め込まれた唐沢喜中に次ぐ第二の人間の記憶だろう。特殊な訓練を受け、狙撃銃を使いこなせるスタイナーという名の米兵らしい。沖縄に以前駐屯していたに違いない。ヘリコプターの爆音に動悸《どうき》がしたり、基地の近くを通ると頭痛がしたりしたのはそのためだろう。偶然とはいえ、沖縄に来たことで埋め込まれた脳細胞が刺激されはじめたようだ。

問題は覚醒することにより、一時的に我が身のコントロールを失うことだ。喜中のときも何度も白昼夢に悩まされた。だが、脳を移植され精神に異常をきたした喜中と闘い、彼に死を与えることで克服することができた。おそらく埋め込まれた脳細胞が己の肉体が滅んだことを自覚したために暴走しなくなったのだと達也は解釈している。だとすれば、今回もスタイナーの脳細胞が自分は死んだということを理解すれば治まる可能性はある。だが、その方法が簡単に見つかるとは思えない。

「おはよう、もう起きていたのか、早いね」

寝ぼけ眼で加藤がベッドからはい出して来た。

「寝る前まで頭の中でロックが響いてよく眠れなかったよ」

加藤は眠りにつくのが早かったが、明け方、〝悪魔の数字〟と寝言を言ってうなされていた。加藤にはハードロックは合わないのかもしれない。もっとも達也が夜明け前にホテルを抜け出したことは気付いていないようだ。

「今日はどこの取材に行きますか？」

「コザに行こうと思っている。昼間は嘉手納基地を取材して、夜は歓楽街に繰り出そう。

昼間の取材にはまた嘉数さんの車を頼んであるんだ」

前金で宿泊料を払ってあるため、着替えると二人は早々にホテルを出た。ホテル前はフレンドシップ通りに交わる繁華街だが、夜の街だけに午前九時過ぎという時間ではどの店も営業をしていない。まるでゴーストタウンにでも来たような静けさがあった。

加藤は煙草を出すとマッチで火を点《つ》けてうまそうに吸い出した。

「加藤さん、実は……」

体に異変が起きていることを知らせなければと思ったが、いざ口に出すとどうやって説明したらいいか戸惑った。

「腹が減ったんだろ。分かっているよ。私も腹の虫がうるさくて仕様がないんだ」

素泊まり、休憩を目的としたホテルにはもちろんレストランやラウンジもない。通りを見渡しても朝から食事を出すところなどなさそうだ。

「でも心配はいらないよ。嘉数さんに朝ご飯は頼んであるからね」

加藤に話を遮られたので、達也は説明するのを止めた。よくよく考えればメギドが覚醒するのと違い、脳に埋め込まれた人間の脳細胞の影響で幻覚や夢を見ることはあっても凶暴になるようなことはなかった。人に迷惑をかけるようなことはないだろう。

三十分ほどホテルの前で佇《たたず》んでいると、七三年型コロナ四ドアセダンが、坂道を上ってきた。

「うきみそーちー」

嘉数は運転席の窓を開けておはようございますと陽気に言った。約束よりきっかり三十分遅れだが、特に気にしている風でもない。これも南国のテーゲー主義と心得るべきなのだろう。

「うきみそーちー」

加藤も手を振って笑顔で答えた。彼には沖縄の風土が肌に合っているようだ。

「まずは屋良《やら》村（現嘉手納町）に行こうか」

「了解しました」

嘉数は車を出すと助手席から缶コーヒーと新聞に包んだものを手渡してきた。

「うちのかあちゃんに作らせたんさあ」

新聞紙を開けてみると中から大きな丸いドーナッツが三つ出てきた。牧志公設市場でも売っていたサーターアンダーギーだ。

「これはうまいなあ。店で売っているのとは違う」

先に食べた加藤が唸《うな》った。

外はサクサクとしているが、中はもっちりとしている。黒砂糖を使っているらしく黒蜜《くろみつ》をかけてあるような濃厚な味わいがあった。

金武湾の海沿いを通る国道三二九号を通り、沖縄市に入って嘉手納基地の北側に沿っている県道七十四号に右折した。左手は基地の広大な敷地があるのだが、林の向こうにあるために見ることはできない。右手も雑木林で視界が妨げられている。

数分後、雑木林が開け、木造の小屋が集まる村が見えてきた。車は舗装もされていない道を右折し、雑草が生い茂る広場で停められた。人気はなく継ぎ接《は》ぎの板で作られた小屋が人目を忍ぶかのように荒れ地に建っている。

達也と加藤はさっそく車を降りた。嘉数は二人の後から険しい表情でついて来る。

「今回は基地周辺の住民の暮らしも取材しようと思っている。昨日嘉数さんにVOAの送信基地がある国頭村を見せてもらって、少し方針を変えたんだ」

加藤は首にカメラをぶら下げ、レンズの蓋《ふた》を取りながら言った。

「この村にわざわざ来た理由はなんですか？」

那覇など地方都市として発展した街もあれば、一方で打ち捨てられたような小屋が密集する村も多い。沖縄は米軍相手に圧倒的な物量の商品を並べた商店街がある一方、日本で最低の所得水準という疲弊した住民の暮らしもその陰にあった。おそらくどこの街、村と限らず取材の対象となる問題点はあるはずだ。

「実は今回の取材にあたって知り合いの琉球《りゅうきゅう》日報の宜保《ぎぼ》という記者に問題となっている場所をあらかじめ聞き出しているんだ。沖縄では米軍絡みの問題は大きく取り上げられていても、本土ではニュースにはならない。おそらく政府からの指示だろうが意図的にメディアは流さないようにしている。それだけに雑誌で取り上げるだけでもセンセーショナルな記事になるはずだ」

説明しながら加藤は村の奥へと進んだ。

「あった。あれだ。聞いたとおりだ」

雑草だらけの広場と思われる荒れ地の真ん中に、コンクリートの土管が地中から突き出していた。〝危険禁煙〟とペンキで書かれた大きな看板がいくつも立てかけられている。土管にはなぜかコンクリートで蓋がしてあった。

「むっ！」

近付くと周囲はガソリンのような揮発性の油の臭いが漂っていた。

加藤は夢中でシャッターを切っている。

「これはなんですか？」

達也は後からやってきた嘉数に尋ねた。

「村の唯一の井戸ですよ。もっとも今では〝燃える井戸〟といって使うことはできません」

嘉数は悲しげな表情で言った。

「〝燃える井戸〟？」

「この地域の地下水脈は隣の嘉手納基地から漏れた航空燃料で汚染されているんさあ。だから煙草の火でも引火して危ないんです。少し離れれば家の中なら火は使えますが、井戸の近くの家は住むことはできません」

一九六七年五月、嘉手納基地のパイプ破損によりジェット燃料が地下水脈に流れ込み、近隣の井戸が燃えだすという事件が起きた。以来この地域では村や街が爆発するかもしれない恐怖に脅かされる生活を長い間強いられた。

嘉手納基地だけでなく多くの基地周辺でも同様の事故が多発し、沖縄では環境破壊が繰り返されている。二〇一〇年九月にも嘉手納基地では、二千九百五十リットルのジェット燃料の流出事故を起こしている。

少し離れた小屋から取っ手をつけた一斗缶を持った老婆が現れた。

「あれで隣の街まで水を汲《く》みに行くんですよ」

「僕、手伝ってきます」

「止めた方がいい。今だけ手伝っても何にもならない。あの人たちはこれまでも、これからもああして生活していくんです。へたに哀れみをかけるようなことをしてはいけません」

達也の腕を嘉数が摑《つか》んで引き止めた。

二人の会話が聞こえたのか、老婆は振り返って睨《にら》みつけてきた。

「写真は撮った。次の場所に行こう」

老婆の憎しみを込めた視線に恐れをなしたのか、加藤は二人に車へ戻るように急《せ》き立てた。

「嘉数さん、海が見える五十八号を通って、次の目的地に行こうか」

逃げるように車に乗り込むと加藤は疲れた声で言った。

「あいよ」

嘉数は気分を変えようとしてか車を県道に出すと、ラジオのボリュームを上げた。

ザ・ビーチ・ボーイズのテンポのいいリズムが流れてきた。一九六三年にリリースされたアルバムタイトルにもなっている曲だが、未《いま》だに繰り返し流される不滅のヒット曲、〝サーフィン・U・S・A〟だ。

「いいねえ」

加藤の声が弾んだ。

達也は陽気な曲とは対照的に暗い気持ちになった。嘉手納基地に沿って西に進むに従って頭痛がはじまったのだ。いつもの頭痛よりも激しく、県道が国道にぶつかる三叉路《さんさろ》で堪え難い痛みに変わった。

「右に行ってください。お願いです！」

達也は思わず叫んだ。

「あっ、あいよ」

目的地とは逆方向になるが、嘉数は機転を利かせてハンドルを切った。

達也ははじめて来た場所にも拘《かかわ》らず、道順を指示した。

「停めてください！」

巨大な白い鳥居が二つ並んで立っている〝トリイステーション〟と呼ばれる米軍基地のゲート前で車は停められた。鳥居は米軍がしゃれで作ったもので、奥に神社があるわけではない。西洋人からすれば鳥居は日本のエキゾチックな建造物の代表格らしい。

「大丈夫か、達也君」

加藤は青ざめた表情で尋ねた。メギドが覚醒《かくせい》することを怖れているのだろう。

「大丈夫です。例の頭痛とは違います。でもなぜか、この基地に戻らなければならないような気がしたんです」しばらく休めば治まります。

達也はゲートを見つめ、荒い息をしながら答えた。

「戻らなければならない？　それって」

「ゲートの前で停車していると怒られるので、車を出すよ」

嘉数は加藤の質問を遮って、アクセルを踏んだ。だが、三十メートル後方を白のツードアセダン、フォード社製マーベリックが後を尾《つ》けていることなど誰も気が付かなかった。

二

嘉手納基地の西側には、一九七〇年代後半まで未処理で変圧器のトランスオイルを廃棄する露天のため池があった。トランスオイルには有毒物質のＰＣＢ（ポリ塩化ビフェニール）が含まれている。基地職員の証言で不法投棄が疑問視されると米軍は投棄を認めたが、環境への影響はないとし、穴は密《ひそ》かに埋め戻された。ため池の存在が改めて問題視されたのは二十年以上たった、一九九八年になってからのことで、米側の調査団も入ったがおざなりの検査で結局うやむやにされてしまった。

達也の発作のような症状で〝トリイステーション〟に立ち寄った後、嘉手納基地にあるPCB池の調査をしようと試みた加藤だが、基地のフェンスと防風林に阻まれ、内部を撮影することもできなかった。近隣住民にインタビューをしてみたが、確かな証言は得られずに昼間の取材を終えて、達也らはコザに向かった。もし、この時点で加藤がPCB池の存在を明らかにするような取材が出来ていたら、スクープだったに違いない。

嘉手納基地沿いに国道五十八号から県道二十三号に左折した。この道は、一九七二年の本土復帰前は基地の一部だったが、一九七三年の若夏国体にあわせて返還され、通称〝国体道路〟と呼ばれている。

国体会場だったコザ運動公園の脇を通り、基地のゲート前である空港通り、通称〝ゲート通り〟に右折した。米軍基地の参道ともいうべき道だけに英語の看板を掲げた店が多い。基地前から五百メートル先でサンサン通りと交わる胡屋《ごや》十字路を右折し、三百メートルほど進んだ交差点の前で車は停められた。

交差点の角には〝コザパレスホテル〟、その手前が〝サンライズホテル〟、その隣が〝京都ホテル〟とホテルが軒を連ねる。

「嘉数さん、二、三日コザで取材するから移動するときはまた連絡するよ」

「待っているよ。いちゃびら」

さよならと手を振って嘉数はサンサン通りを南の方角に走り去った。

加藤は真ん中の白壁に赤い屋根といかにも沖縄らしい五階建てのホテルに入った。正面に豪華なシャンデリアが輝くフロントがあり、右手はレストラン、左手はラウンジとその奥にはカクテルバーがある。ラウンジの入り口には赤い文字のAサインのボードが掲げられていた。

米軍の営業許可証であるAサインは本土復帰とともに廃止されたが、今もなお掲示しているのは、厳しい基準の下に発行された許可証を誇りに思っているのだろう。フロントの応対も優雅で自信に満ちあふれている。

チェックアウトをすませ、三階の部屋に入った。

「これは……」

達也は絶句した。

落ち着いたベージュを基調とした部屋はツインで二十畳近くあり、ベッドもダブルサイズよりもさらに大きい。

「このホテルは七一年に創業されて当初は米軍のトランジットホテルとして運営されていたらしい。作りも米国サイズだね。もっとも値段もちょっと高級だったけどね」

宿泊料金は創業当初から二〇一一年現在と五百円ほどしか違わない。当時シングルで五千二百円だったそうだ。大卒の初任給が九万四千三百円という時代、地方都市のホテル代としては確かに高かったようだ。

「大丈夫ですか。こんな高級ホテルに泊まって」

「実は取材もかねているんだ。明日《あした》は悪いけど別のホテルに泊まるよ」

部屋に荷物を置くと、二人はホテルを出た。夜の取材に出かける前に下見を兼ねた散歩というわけだ。午後三時を過ぎているが、昼飯もまだ食べていなかった。

サンサン通りを北に向かって歩いた。達也は地理が分からないので加藤に任せてある。白いセーラー帽を被《かぶ》った米兵の一団とすれ違った。ゲート通りとの交差点まで何人もの米兵を見たが、白人ばかりだ。

「嘉手納基地は白人が多いのですか？」

「そんなことはない。比率は知らないが、黒人もいるよ。ああ、分かった。白人が多いことを疑問に思っているんだろう。この界隈《かいわい》は白人街なんだ」

達也の質問に加藤は笑いながら答えた。

今でこそ人種差別的な区分けはないが、当時の米軍基地の外では無用なトラブルを避けるために遊興の区域がはっきりと分かれていた。コザでは照屋《てるや》のコザ十字路から西の区域は白人街、東は黒人街として分かれており、互いに反する区域に踏み込めば袋叩《ふくろだた》きにあった。

加藤は胡屋十字路を横断してゲート通りに入り、三百メートルほど進んだ。

「いい匂いですね」

トウモロコシを焼いたような香ばしい匂いがしてきた。

「別に何も匂わないけど」

加藤は首を傾げている。

再生能力こそ衰えているものの、達也の身体能力は極めて高く、五感もおそらく通常の人間の数倍はあるだろう。空気中のごくわずかな香りの微粒子を通りの排出ガス混じりの空気の中から嗅《か》ぎ分けていたのだ。

「いえ、どこからかトウモロコシを焼いたような香ばしい匂いがするんですよ。ひょっとしてタコスかもしれませんよ」

辺野古のワシントン・レストランで食べたタコスの匂いを思い出した。

「そう言われると、腹が減ったね。おっ、都合のいいことにレストランの看板がある」

路地を右に曲がった次の角にある〝レストランモンブラン〟という看板を加藤はめざとく見つけた。もっともオレンジ色に塗られたビルにホテルとホットドッグの形をしたレストランの看板が二つ掲げられている。いやが上にも目立った。

さっそく通りを曲がってレストランに入ってみると、中は大衆食堂といった感じの気さくなつくりだった。時間が遅いせいか店内は空いている。

「表の看板と同じもの二つね」

壁に日本語と英語で表示されたメニューが張り出されているにも拘らず、加藤は適当に頼んだ。席に落ち着くと加藤はさっそく愛飲しているピースを吸いはじめた。

「表の通りは保健所通りというんだけどね。この先にコザ保健所があるからなんだ。復帰前はAサインの店の衛生検査や認可、それに街の女の健康検査までしていたから多忙だったらしい」

加藤は博識があることを披露するというより、手持ち無沙汰《ぶさた》なのだろう。煙草を吸うだけでは足りないようだ。

しばらくしてなぜか中華風の卵スープが出てきた後、二つに切られたバゲットタイプのサンドイッチが出てきた。〝サブマリンサンド〟といって、具の上に熱々のチーズが載せられている。確かに海上を航行する潜水艦に見えなくもない。

「これはいけますね」

火傷《やけど》しそうなチーズごとかぶりつくと、具はなんと香辛料が利いたチンジャオロースのような中華味の具だった。達也は予想外の味に舌鼓を打った。

「うまい。米国風のネーミングといい、パンに中華の具を入れてあるところなんか、まさにチャンプルーだ。文化のるつぼ、沖縄らしいな」

加藤もそうとう気に入ったらしい。

食後にコーヒーを飲んで、腹を満たした二人は店を出た。

「うん？」

百メートルほど先にある保健所前に白いツードアセダンが停めてあったが、達也らが店から出ると発進した。タイミングが妙に合っただけに達也は気になった。

「どうしたんだい？」

首を捻《ひね》る達也を見て加藤が尋ねてきた。

「いえ、あの白い外車、前にも見たような気がして」

「あれは、たぶんフォードのマーベリックという車だよ。大衆車だから別に珍しくない。それに白い外車は沖縄じゃどこでも走っているよ。もっとも日本車もここじゃ左ハンドルだから、外車と言えるかもね」

加藤は遠ざかる車の後ろ姿だけで判断したようだ。

「アメ車に詳しいんですね」

「我々の世代は安保だとかいって、反米感情が強いようだけど、反面米国の文化にあこがれを持っている者も案外多いんだ。君は見てないかもしれないけど、六九年に封切られた〝イージー・ライダー〟でバイクに興味を持った友人もいるし、私なんかは七一年公開の〝バニシング・ポイント〟でアメ車に憧《あこが》れるようになったね。一度でいいから、ダッジ・チャレンジャーにさっそうと乗り、映画の主人公のようにカーアクションを演じてみたいものだよ」

映画の影響もあるのだろう、ダッジ・チャレンジャーはコンパクトな大衆スポーツカーとして七〇年代初頭に爆発的な人気があった。

「かっこいいですね」

達也は感心しているが、〝バニシング・ポイント〟のラストシーンはパトカーとカーチェイスの末、主人公コワルスキーがバリケードに突っ込む寸前で映画は終わる。主人公が偏見を持った男に銃撃される〝イージー・ライダー〟もそうだが、ベトナム戦争の影響を受けた時代の米国映画のラストシーンは悲劇的なものが多い。

「ナンバーの前の文字は何と書かれていたんだい？」

「確かYかTだったような気がします」

達也は注意して見たわけではないのではっきりしない。

「Tはありえないから、Yだったんだな」

加藤の顔が一瞬曇った。

「Yだと問題なんですか？」

「米軍関係者の車両なんだ。でも考えてみれば基地の門前だから驚くことじゃないよ」

加藤は頭を掻《か》きながら苦笑いをした。

「そうですよね」

相槌《あいづち》を打ってみたものの、那覇のホテルでも同じような車を見たことを達也は思い出し一抹の不安を覚えた。

三

沖縄本島の中部に位置する沖縄市は一九七四年にコザ市と美里村《みさとそん》が合併して誕生した。三千七百メートルの滑走路を二本持つ嘉手納飛行場は一般的に嘉手納基地と呼ばれ、この極東最大の空軍基地を有する沖縄市は、同時に多くの米軍人が居住する街でもある。

保健所通りのレストランで遅い昼食を食べた二人は、通りの奥へと進んだ。保健所の前を通り、三百メートルほど進むと、ユスラヤシ、別名〝キングパーム〟と呼ばれるヤシの巨木が街路樹として植えてある広い通りに出た。

「ここはビジネスストリート、略してB・C・ストリートと呼ばれる繁華街だよ。ちょっと散歩してみようか」

対面通行の県道二十七号であったB・C・ストリートは、一九八二年に〝パークアベニュー〟と改名され、一車線、一方通行になっている現在とは風景を異にしている。

「ここも夜の街なのですか？」

営業している店もあるが、オープンが夕方からという店も多く、色町独特の雰囲気があった。

「今では寂れてしまったが、八重島《やえしま》特飲街という売春街がこの近くにあってね。昼夜問わず米兵が女と酒を求めて入り浸るということで、健全な商店街を目指してここは作られたんだ。それでビジネスストリートと名付けられたんだが、今では八重島に代わって色町になってしまったようだ」

「どうして、沖縄にはこんなに夜の街が多いんですか？」

大都市の繁華街で働いてきた経験を持つ達也にとって、狭い土地に一般住民の生活圏と共存する夜の街がひしめいている姿は異様に見えた。人口や土地の比率からすれば東京など足下にも及ばないだろう。

「もともと特飲街は沖縄の各地にあり、それは米兵から沖縄の女性を守る防波堤としてつくられたんだよ」

「防波堤？」

「沖縄を占領した米軍は、旧日本政府のプロパガンダとしてのうたい文句だった、〝鬼畜米英〟という言葉通りだったんだ。米兵は夜な夜な基地を抜け出しては村々を襲撃し、略奪、強姦《ごうかん》を繰り返した。周辺の自治体と米軍との間で性犯罪を防ぐ目的で、村や街から離れた場所に色町を作り、米兵の相手をさせたのさ。米軍基地の近くに特飲街があるのはそのためだ。沖縄戦で夫を亡くした未亡人は大勢いた。生活に困窮した彼女らは春を売ることで生計を立て、なおかつ地域の平和を守ったのだよ」

米軍関係の犯罪は一覧にしただけでも分厚い本になってしまうほど多い。特に米兵による女性の殺人、強姦は占領直後から起きており、一九四六年から四年の間に分かっているだけで、殺人二十三件、強姦百九件、強姦未遂八十五件と記録され、強姦などは届けられないケースも多いことから、実数は恐ろしい数に上ったものと思われる。

「…………」

言葉がなかった。達也の知っている夜の街でもそれなりにわけがある者が働いていることとは知っているが、これほど切実で悲しい話は聞いたことがない。

「今ではだいぶ事情が変わっているらしい。フィリピン人が働くバーやストリップ劇場も多くなっている。そういう意味では内地の歓楽街と変わらなくなってきた。そうかといって米兵の性犯罪はないわけじゃない。だが歓楽街がなくなったら思いやられるね」

加藤は眉間《みけん》に皺《しわ》を寄せながら首を振った。

「ん？……」

達也は首筋に射すような視線を感じた。振り向きたい衝動を抑えた。ホテルを出てから微《かす》かに人の視線を感じていたが、ここに来て強くなった気がする。

「どうしたんだね。変な顔をして」

「僕の後ろに監視しているような人はいませんか？」

加藤は演技をするためか、ポケットから煙草を取り出し、火を点《つ》けて辺りを見渡した。

「何人も米兵はいるけど、こっちを見ている者はいないよ」

「そうですか。他の場所に行きませんか？」

確信はないが、誰かに尾《つ》けられているような気がする。できれば移動して尾行者を確かめたかった。

「分かった。夜また来ればいいからね。次は照屋特飲街にちょっと行ってみよう」

加藤はそのままB・C・ストリートを出てサンサン通りに曲がった。歩道橋がある胡屋十字路と反対方向に向かい、下り坂になっている道を歩いた。一キロほど進んで比謝川《ひじゃがわ》の支流であるドブ川を越えた。今では水鳥も住む清流になったが、当時は生活排水やゴミの投棄で汚れていた。

「道は下り坂になっているだろう。この辺りは昔、沼地でどうしようもないところだったそうだ。那覇のガーブ川と同じで米軍が見捨てた土地だったらしい。この近くにある〝一満中央市場〟も、住民が川沿いに物を持ち寄って自然発生的にできたそうだ」

「米軍が見捨てた土地じゃないと住民の自由にならなかったんですか」

「そういうことだね」

加藤は肩を竦《すく》めて頷《うなず》いた。

川を渡ったところで加藤は国道であるサンサン通りを渡り、細い裏通りに入った。その途端、先ほどまで感じていた視線が消えた。道の両脇には平屋か二階建ての低層コンクリートの建物が続いている。ネオンなどの派手なサインはなく、ペンキで壁に直接書かれた看板が多い。どの店もうらぶれた怪しげな雰囲気を醸し出している。

「この辺りを照屋特飲街といって黒人専用の色町になるんだ。気が付いたかもしれないが、基地から近い水はけがいい丘の上に白人街、土地が低く条件の悪い場所に黒人街が作られている。遊ぶ場所でさえ、白人は優位に立っているというわけさ」

「黒人専用の街……ですか」

達也は日が高いために人気のない街を見渡した。昼飯を食べた店を出た直後から感じていた執拗《しつよう》で粘り気のある視線が、黒人街に入った途端になくなった。ひょっとすると尾行者は白人なのかもしれない。

四

照屋特飲街を見学した後、達也と加藤はサンサン通りを挟んで反対側にある〝一満中央市場〟で働く人々にインタビューをして、昼間の取材を終えた。

牧志公設市場と違い、歴史も浅い〝一満中央市場〟は地元向けの内容で、袴《はかま》にフィターと呼ばれる袷羽織《あわせばおり》を着た老婆や頬かむりをした主婦が売り子となっている。本土の市場で見かけるような塩からい呼び声をする男の姿はない。女性が経済を支えるというのは沖縄全般に見られる光景で、沖縄戦で働き手である男を失ったという傷痕《きずあと》を戦後三十年経った後も引きずっているのだ。

帰る道すがらサンサン通りで見つけた大衆食堂で早めの夕食を食べた後、達也と加藤はホテルに戻った。

「達也君、ジャケットやスーツなんかは持っていないよね」

加藤はチノパンにストライプのシャツを着てアスコットタイをしながら尋ねてきた。六〇年代に流行《はや》ったアイビールックが最近になってまた復活している。加藤はフリーになってからおしゃれになったようだ。本人曰《いわ》く取材先によって格好を変えるのだそうだ。

「僕は、Tシャツや下着の替えは何枚も持っていますが、防寒ジャンパーとジーパンは着た切り雀です」

どこにいてもすぐ逃げ出せるように荷物は最小限のものしか持っていない。人目につくことも避けているために、おしゃれとも縁遠い生活を送っている。

「困ったな。下のカクテルバーで取材がてら、飲むつもりなんだ。その後で外出するつもりだけど、さすがにホテルのバーでTシャツじゃ具合が悪いね。どこかのスナックにでも行っているかい?」

ベージュのジャケットに袖《そで》を通し、化粧台で髪に櫛《くし》を通しながら加藤は言った。

「部屋で待っていますよ」

一人で酒を飲みに行く習慣はない。それに昼間のこともある。部屋でテレビを見ていた方がましだ。

「コザにはロックのライブハウスがあるから行ってきたらいいじゃないか。フロントに十一時半に待ち合わせをしよう」

時刻は午後七時、四時間以上バーで粘るつもりらしい。

「ライブハウスですか」

出かけるのをためらっていたが、ライブハウスと聞かされて迷った。結局加藤と一緒に部屋を出て達也はホテルを後にした。

不慣れな土地ゆえ、ライブハウスがどこにあるか知らないが、店が沢山並んでいたB・C・ストリートをとりあえず目指すべく、昼間と同じコースを歩いてみた。ゲート通りから保健所通りへ曲がろうとすると、またトウモロコシを焼いたような香ばしい匂いがしてきた。達也は匂いに誘われるままにまっすぐ歩き、二つ目の角にある床屋の前で立ち止まった。

床屋の横には質屋があり、二つの店の間に〝カフェ・オーシャン〟と書かれた看板が掲げられたドアがある。香ばしい香りはこのドアの向こうからするようだ。ドアを開けて通路を進むと、質屋の裏側に丸みを帯びたカウンターがある小さなバーがあった。

赤文字のAサインが壁にかけられている。客は十人ほど、全員白人の米兵だった。壁に貼られたメニューにタコスの文字を発見した。

「いらっしゃい」

マスターらしい目付きの鋭い男がカウンターの向こうからにやりと笑った。

「ミラーにタコス。それにマルボロ」

迷うことなく達也はビールとタコスを注文し、カウンターに出されたマルボロの封を切って、灰皿の近くに置かれたマッチで煙草に火を点けた。肺を煙で満たし、ゆっくり吐き出す。単純な動作を繰り返すと、何とも言えない幸福感が込み上げてきた。

「お待ちどおさま」

カウンターにビールとタコスが載せられた皿が出された。

「あっ！」

タコスを見てはじめて無意識のうちに行動していたことに気が付き、慌てて吸いかけの煙草を灰皿に押し付けるように消した。おそらく覚醒《かくせい》しかけている米兵の記憶がそうさせたのだろう。この店は行きつけの店だったのかもしれない。

「どうかした？」

マスターが怪訝《けげん》そうな顔で尋ねてきた。

「いえ、何でもありません」

説明ができないので笑って誤魔化した。腕時計を見た。午後七時三十一分。ホテルを出たのは七時十分過ぎだった。胡屋十字路からの記憶が曖昧《あいまい》だ。とすれば十分ほどスタイナーという米兵の脳細胞に支配されていたことになる。唐沢喜中の場合は秒単位だっただけに、長い時間他人の脳細胞にコントロールされたことに脅威を感じる。

だが落ち込んでいても仕方がない。気分を変えるべくさっそくタコスを食べてみた。トルティアは油でパリッと揚げてある歯ごたえがいいハードシェルタイプだ。挟んである大盛りのレタスと輪切りのトマトにかけてあるオリジナルのタコ・ミートが舌の上で絡んで絶妙のハーモニーを醸し出す。これにには今は正体不明の米兵のスタイナーでなくてもうまいと唸《うな》るしかない。

「この店は、いつからやっているんですか？」

タコスを食べ終わり、ミラーで舌を湿らせたところで、マスターに尋ねてみた。

「返還前の七〇年の十一月からだよ。開店早々コザ暴動があったからね、大変だったよ」

マスターは遠くを見つめるような目で言った。

一九七〇年十二月二十日に起きたコザ暴動は、米軍車両や施設を焼き討ちするという激しい暴動に発展した事件である。当時のコザ市（現沖縄市）の経済は基地に八十パーセントを依存するという産業構造だったが、年間千件にもおよぶ米軍人、軍属の犯罪と不平等な対処法に地元民はたえず不満を抱えていた。

米兵は殺人事件を起こしても基地に逃げ込めば、琉球警察は手出しができず、たとえ逮捕したところで米軍憲兵であるMPに引き渡さなければならない。また、軍法会議になっても証拠不十分で無罪になるケースが多かった。しかも抗議のためのストライキをすれば、米軍は米軍人と軍属に対して外出禁止などの措置を取り、周辺地域の経済を不活性化するという嫌がらせで対抗してきた。

そんな中、コザ暴動は起こった。きっかけは基地に勤める日本人が、サンサン通りで米兵の運転する車に轢《ひ》かれるという事故だった。MPによって事故が処理されると、犯人を逃がすなと群衆が集まりはじめ、暴動へと発展したのだ。

「ということは、六年前ですね」

達也が十五歳のときである。脳の移植は六歳から八歳までに行われたはずだから、この店が常連だったというわけではないようだ。それにタコスも新メニューらしい。とすれば、単純に好物だったタコスの匂いに惹《ひ》かれて店に入ったようだ。辺野古の〝ワシントン・レストラン〟でもタコスを食べて、思わず英語を口走っていたことからも、そう考えるのが妥当な線だろう。

達也は店のジュークボックスのBGMを楽しみ、時にカウンターで飲んでいる米兵に話しかけてスタイナーの記憶を呼び起こそうと努めた。埋め込まれた脳細胞に振り回されないようにするには、脳を活性化させてスタイナーの記憶を残らず絞り出す以外に方法はないと考えているからだ。だが、タコスを食べてスタイナーの脳細胞は満足してしまったらしく、進展はなかった。

五

午後十一時過ぎにホテルに戻った。カクテルバーの取材を終えた加藤は革のジャケットにジーパンというラフな格好に着替え、ラウンジのソファーに座りいつもの小説を読んでいた。

「すみません。お待たせしましたか」

達也の声に顔を上げた加藤は部屋のキーをフロントに渡し、小説を貴重品だと言って預けた。友人から貰《もら》った本ということで大事にしているようだ。

「そうでもないよ。出かけようか」

取材が空振りに終わったに違いない。加藤の声に張りがなかった。彼は一見いい加減そうに見えるが、プロの記者としての根性がある。普段は取材がうまく行かずに肉体的に疲れていても表に出すようなことはない。沖縄に来てから結果が出せてないのでさすがに疲れ気味なのだろう。

「どこに行きますか?」

無言でサンサン通りを歩く加藤に尋ねた。

「B・C・ストリートのアイリッシュ・パブ、〝ダブリン〟という店だよ」

金武村でもそうだったが、加藤はすでに行く店を決めているようだ。ルポライターの仕事がどういうものなのか知らないが、夜の街の取材というのなら色々な店に行くべきだと思うが違うらしい。しかも依頼を受けている〝週刊民衆〟のタイトルは〝沖縄の夜〟という風俗レポートのはずだ。アイリッシュ・パブのネタが受けるとも思えない。

「そこって、いかがわしい店なのですか?」

「私も行ったことがないんだ」

加藤は拍子抜けするような返事をした。

「風俗の取材をしているんでしょう? 加藤さんは」

「そうなんだけどね。まあいいじゃないか」

歯切れの悪い返事を加藤はした。

昼と同じくゲート通りから保健所通りに入り、B・C・ストリートに向かった。

「以前より輝きを失っていると聞いていたが、これは、いいね」

加藤がB・C・ストリートのネオンを見て感嘆の声を上げた。

昼間は閑散としていた通りが見違えるほど輝いていた。広い道路の両端には車がびっしりと停められ、様々なネオンが夜の街を彩っている。アイリッシュ・パブ、〝ダブリン〟

はサンサン通り寄りのB・C・ストリートに面していた。

木製のドアの横には〝日本人歓迎〟と書かれた張り紙がしてある。

白人街であるこの界隈《かいわい》で返還前は〝沖縄人はお断り〟の張り紙がしてある店が結構あったらしい。だが、本土復帰がされ、ベトナム戦争も終結し、米兵の客足が減ると、本土からの観光客や地元住民の集客も期待しているようだ。

重いドアを押して中に入ると、カウンターの他にもテーブル席がいくつもあり、意外に奥行きがあって広い。間接照明とテーブルにおかれたローソクの炎が大人の雰囲気を醸し出していた。

「へえー」

先に入った加藤が感嘆の声を上げた。だが、二十人以上いる白人客がいかにも日本人という顔つきの加藤を一斉に睨《にら》みつけた。

「達也君、すまないが、今回もマイケル・オブライエンとジェーソン・ボッグスのことを店の者に聞いてくれ」

加藤は達也の後ろに引っ込み、背中を押してきた。

「分かりましたから、押さないで下さい」

二人はカウンターの隅に立った。

「ギネス、二つ、我々に」

加藤は英語でカウンターに立つマスターと思《おぼ》しき初老の白人に注文した。

「日本人もアイリッシュビールを飲むのか、分かりもしないくせに」

カウンターの反対側の端にいる男が茶々を入れてきた。

「今日は日柄が悪い。ばりばりのアイリッシュ系のマリンが団体で入っているんだ」

マスターがギネスの入ったグラスを出しながら小声で言った。

「達也君、やっぱり君が聞いてくれ」

加藤は達也の耳元で囁《ささや》くように言ってきた。

「マイケル・オブライエンとジェーソン・ボッグスが、よく店に顔を出すと聞いたけど、最近はどうなの？」

達也はグラスを片手にさりげなく尋ねた。もともと英語がしゃべれる上に沖縄に来てから話す機会が増えたために発音も滑らかになった。

「あんたたちも捜しているのかい？　去年も日本人が同じことを聞いてきたけど、二人に何の用があるんだ。彼らは特殊な部隊にいるらしいから、関わらない方がいい」

「去年も？」

達也はそう言って加藤を見ると、なぜか加藤は視線を外した。

「二人はこの店に来ないの？」

達也は小声でもう一度聞き返した。

「一週間前にボッグスが一人で飲みに来た。オブライエンは今年になってからまだ一度も来ていない。もういいだろう」

「おい、黄色い猿と半端なミックス野郎、何をこそこそ話しているんだ！」

さっきひやかしてきた男が怒鳴り声を上げた。店は水を打ったように静まり返った。男は酔っているらしく同僚に肩を押さえられている。

「チャック、二人は帰るそうだ。静かに飲んでいてくれ」

マスターは酔っぱらったチャックという男に新しいグラスを出すと達也らにすまなそうな顔をしてみせた。

「退散しよう」

「そうですね」

二人はすっかりまずくなったビールを飲み干した。

「待てこら、そこの二人」

カウンターを離れようとすると、他の客を押しのけながらチャックは近付いて来た。

達也は加藤を出口の方に押し出し、男の前に立った。

「僕らは店を出て行く。文句はないだろう」

「生意気なガキだ。前歯を二、三本くれたら許してやる」

チャックはいきなりフック気味の右のパンチを入れてきた。咄嗟《とっさ》に左に避《よ》けてパンチを左手で摑《つか》み、右手を添えて後ろにねじ上げた。甲武流の後ろ腕搦《から》めという技だ。技が決まった瞬間、店内は騒然とし、客が全員席を立って達也らに迫ってきた。

「みんな落ち着くんだ！　怪我をさせるつもりはない。下がれ」

達也は男を押さえ込んだまま米兵らを牽制《けんせい》し、加藤に外に出るように合図を送った。本来ならそのまま引き倒して腕を折るところだが、後ろ手にねじ上げたまま出口に向かった。怪我もさせずに出口で男を解放すれば問題はないだろう。

「離せ馬鹿やろう！　さもないとおまえの恋人や母親も犯してやるぞ」

チャックが汚いスラングで毒づいた。

達也の顔が引き攣《つ》った。その瞬間、目の前の風景が見知らぬ安酒場に変わった。しかも周りにはナイフを手に持った海兵隊が取り囲んでいる。

「俺を殺そうなんて、百年早いぜ、脳足りんのマリンどもめ」

達也はチャックの腕をさらにねじ上げて肩の関節を外した。男は絶叫して気を失ったので、背中を蹴《け》って仲間にぶつけてやった。スタイナーの脳細胞に残っている記憶にある喧《けん》嘩《か》のシーンと重なったのだろう。

「まずい」

男の背中を蹴った瞬間、白昼夢は覚めた。達也は慌てて出口から飛び出した。

「加藤さん、逃げて」

先に外に出ていた加藤の背中を叩《たた》いて急《せ》き立て、達也は走った。

「あっ！」

店の前に立っているヤシの陰に二人の男が慌てて隠れた。そのうちの一人の顔をどこかで見たような気がした。

「待て！」

振り返って確かめようとしたが、アイリッシュ・パブから大勢の米兵が吐き出されるように出て来たので諦《あきら》めた。スタイナーの脳細胞に言わされたとはいえ、脳足りんのマリンはまずかった。店の客を全員逆上させたに違いない。

「こっちだ！」

加藤がサンサン通りに向かって走りながら声を上げた。

「殺してやる！」

「待て、ちくしょう！」

二人がサンサン通りまで出ても大勢のマリンが追いかけて来た。まずいことにB・C・ストリートを歩いていた他のマリンも加勢したらしく、いつの間にか三十人近くに膨れ上がっていた。

「こりゃ、いかん！」

血相を変えて加藤は坂を下りはじめた。

七百メートルほど走ったところで、数人の黒人兵の姿が見えてきた。坂道を下って照屋特飲街に向かうところなのだろう。

「助けてくれ！　白人が襲って来るぞ」

加藤は大声で叫んだ。

男たちは振り返って白人の集団を見ると、慌てて逃げ出した。

さらに百メートル走り、ドブ川まで近付くと、橋のたもとで十人近い黒人兵が酒を飲んで騒いでいた。本来ならこんな場所に日本人が近付けば何をされるか分からない。だが、先に逃げていた黒人兵たちが、口々に白人が襲って来たと喚《わめ》きだした。周囲にいた黒人たちは達也らに目もくれずに、近くの酒場に飛び込んで仲間を呼びに行った。するとあっという間に橋の上は四十人近い黒人たちで溢《あふ》れ返った。

「達也君、今のうちだ」

加藤は荒い息をしながらも走り続ける。

振り返ると追って来たマリンらは、大勢の黒人たちに恐れをなして引き返しはじめた。

加藤はこうなることが分かっていて照屋まで来たようだ。

「行ってしまいました。もう大丈夫ですよ」

今にも倒れそうな息遣いの加藤を達也は気遣った。

「だめだ。今度は君のせいで袋叩《ふくろだた》きになる。……黒人から見たら、……君はりっぱな白人なんだよ」

加藤は喘《あえ》ぎながら言った。

「えっ、そうなんだ」

それを聞いて達也もまた走り出した。

コザ十字路から百メートルほど西に入ったところで加藤ははじめて立ち止まり、角にある大衆食堂の前で腰を下ろした。

「ここまでくれば、……もう大丈夫だ。こんなに走ったのは、……社会人になってはじめてかもしれない。いや学生時代から記憶にないな」

加藤は乱れた息を整えながら咳《せ》き込んだ。相当無理をしたようだ。

「すみません。米兵に乱暴をするつもりはなかったんです。実は」

達也はこれまで隠していたことを話した。

「米兵の脳細胞が、覚醒《かくせい》しようとしているんだって！」

加藤は目を丸くして驚いた。

「迷惑をかけるようなことはないと思っていたので黙っていました」

達也は頭を下げた。

「でも、メギドが覚醒したわけじゃないのなら、安心したよ。君の異変には気付いていたから、怖れていたんだ。彼が目覚めたらやっかいなことになるからね」

「もう四年間も眠ったままですから」

達也は再生能力を蘇《よみがえ》らせるために内心メギドの復活を願っていたが、それを加藤に言えるものではなかった。

「おかげでスリルがある取材になったよ。さて休憩は終わりだ。仕事、仕事」

加藤は立ち上がると元気そうに腕を伸ばした。

「まだ仕事ですか？」

すでに零時を過ぎている。

「沖縄の夜はこれからだよ。実は最初からここに来るつもりだったんだ。この界隈《かいわい》は吉原《よしわら》と呼ばれる沖縄人相手の色町でね、住所は美里だが、東京の吉原に倣って名付けられた社交街なんだ。驚かされたから、君のおごりで遊ばせてもらおうかな」

加藤は笑いながら、食堂の脇にある狭い坂道を上りはじめた。この男は転んでもただでは起きないようだ。

「待って下さい」

苦笑を漏らしながら後をついて行った。

達也は騒動で、すっかり店の外で垣間《かいま》見た男のことを忘れていた。だが、それが大きな失点に繋《つな》がるとは、この時点では気が付かなかった。

六

沖縄市美里一丁目界隈にある通称吉原は、国道三三〇号を挟んでコザ十字路の東側にある照屋特飲街が黒人街となってしまったため、それまで白人相手に商売をしていた店が移転してできたらしい。その後、B・C・ストリート周辺地域が白人街として栄えるに従って地元民を対象とする営業に鞍替《くらが》えしたようだ。

吉原が沖縄人相手の社交街だというのはカタカナやひらがな表記の看板を掲げている店が多いことを見ても分かる。どの店も間口が狭いスナックのようなつくりで、若い女が店の前で丸椅子に座り、怪しげな微笑を投げかけてくる。

「吉原は地元対象だけに値段も良心的なんだ。店でビールを飲んで帰るもよし、気に入った女の子がいれば、ちょんの間で遊ぶもよし、もちろん店の前の女の子が気に入れば酒を飲まずに遊ぶこともできる。僕は適当に取材のために二、三軒はしごするから、達也君も後学のために遊ぶといいよ。午前三時にさっきの食堂の前で待ち合わせをしよう」

そう言うと加藤は近くの路地の暗闇に消えた。吉原は小高い場所にあり、複雑な地形に小さな店がびっしりと並んでいる。いったいどれだけの店があるのか見当もつかない。加藤は簡単に遊べと言ったが、生真面目な達也は戸惑うばかりであった。ちなみにちょんの間とは、簡単に言えばちょっとの間セックスをするという意味で、非合法な風俗である青線である。

「まいったなあ」

達也は途方に暮れてしまった。色町で遊ぶつもりはなかった。那覇のときは普通のスナックや映画館もあったので時間を潰《つぶ》すことができた。もっとも運天啓太に喧嘩を売られたので、あえて酒を飲む必要もなかった。沖縄に来る時におろしてきた十万円の現金もほとんど使っていないので金に困っているわけではない。だが、この街ではビールを飲むだけではすみそうにない店ばかりで迂闊《うかつ》には入れない。

「お兄さん、遊んでいかない？」

店の前を通り過ぎるたびに声をかけられる。達也は次第に煩わしくなり、坂道を降りて国道に出ようとした。

「ちょっと、待って」

「えっ」

呼び止められて思わず立ち止まってしまった。振り返ると二十代前半の髪の長い女が〝ミモザ〟というピンク色に塗られた店の前で立っていた。色白で彫りが深く大きな瞳が印象的な女で赤いワンピースを着ている。啓太の姉マキエにどことなく似て美しい顔立ちをしていた。白人とのハーフなのだろう。

「煙草、持っている？」

女は商売慣れしているのだろう。呼び込みも他の店とは違う。ビジネストークだと分かっていても自然な振る舞いだった。

「煙草？……ああ、そうだ」

達也はゲート通りにある〝カフェ・オーシャン〟で買ったマルボロを思い出し、ポケットから出して箱ごと渡した。

「何！　一本でいいのよ」

女は煙草を受け取って吹き出した。

「君にあげるよ。僕は吸わないから」

「吸わないのに持っていたの？　あきれた。何をしに来たの？」

女は達也の顔を見て遊ぶつもりがないことは分かったのだろう。

「知り合いに付き合ってここまで来ただけなんだ」

達也はそう言うと立ち去ろうとした。

「お店で飲んで行けば。外は寒いわよ」

女に腕をやんわりと摑《つか》まれた。

「でも……」

夜の街で働いた経験があるだけに、やさしい言葉をかけられるとぼったくられるということは知っている。

「大丈夫。あなたみたいなお馬鹿さん相手に商売しないから」

女は達也の手を引っ張った。

「分かったよ」

観念して女に連れられて店に入った。八畳もない狭い店でカウンターの前に丸椅子が五つ並べてあるが、普通のスナックと違い、壁にウイスキーのボトルやグラスが並べてあるわけではない。ジュークボックスはもちろんないが、代わりにトランジスタラジオがシミだらけの壁にかけられ、深夜放送が流れている。カウンターには三十代と思われる化粧が濃い女が立っていた。

「いらっしゃい」

カウンターの女は彫りが深いのでオカマかと思ったが、本物の女だった。

「ママ、ビール」

女は達也を真ん中の席に座らせると、自分もその隣に座った。

ママは愛想良くグラスを出すとビールを注ぎ、ナッツが入った小皿を出した。ビールは小瓶のオリオンビールだ。おそらくそれしか酒の種類はないのだろう。

「あなた、ヤマトンチューなの？」

女は煙草の煙を吐き出しながら聞いてきた。

「どうして？」

「私と同じウチナンチューのミックスかと思ったけど、その気取った話し方はどうみてもヤマトンチューでしょう」

女は自分のことをハーフとは言わずにミックスと言って笑った。こだわりがあるのかもしれない。

「気取っているつもりはないけどね」

達也も笑いながらコップのビールを飲み干した。意外によく冷えてうまい。

「そうかもしれないけど、態度がまじめ過ぎよ。この街に来たら遊んでいかなきゃ損なのに、おかしいわ」

女は達也のグラスにビールを注ぎ、瓶を空にした。自分のグラスを出さないところを見るとある意味商売をしていないといえる。達也にも加藤から聞いた良心的という意味が分かった。

「遊びっていうのにちょっと抵抗あるんだ」

まじめと言われると子供扱いされているようでなんとなく腹が立つ。思わずコップのビールを呷《あお》った。

「ただの偏見ね。一時の欲情に溺《おぼ》れるのも大切なこと。人間堅いことばかり言っていると潰れちゃうわよ。時には息を抜いて現実から逃げることも必要なの。あなたみたいな堅物は梅毒の心配はなくても心の病になるわよ」

ママが新しい小瓶の栓を抜きながら言った。

「いやだ、ママ。毒舌ね」

女がげらげらと笑いながら達也の肩を叩《たた》いた。

「潰れちゃうか……、そうかもね」

達也はしみじみと言った。逃亡生活を続け、どうしようもない苦しみに身もだえる時がある。メギドが復活しないことに苛立《いらだ》ちを覚え、見ず知らずの他人の脳細胞に時として体を奪われるのである。まともな精神状態で過ごすことなど無理というものだ。

「どこだ！」

「こっちだ！」

外から突然大勢の男の声が聞こえてきた。

「騒がしいわね。ミサちゃん、ちょっと見て来て」

渋い表情をしたママは女を外に行かせた。

しばらくして戻って来たミサと呼ばれた女は青ざめた表情をしていた。

「ヤクザの兄さんの話だと、教会の近くの〝銀座〟がアメリカンに襲われたらしいわ」

百メートルと離れていない場所にキリスト教会があり、その近くに〝銀座〟という店があるらしい。

「アメリカンって、米兵のこと？」

達也は胸騒ぎがして尋ねた。ここに来る前に達也と加藤は白人のマリンの集団に追われていたからだ。

「なんでも、ちょんの間で遊んでいた人が連れ去られたらしいわ」

「連れ去られた！　詳しく教えて下さい」

達也はミサから場所を聞き出すと金を払って店を飛び出した。

〝銀座〟は加藤が消えた路地の先にあった。口から血を流している女と頭を押さえている中年の女が店の前の路上に座り込んでいる。辺りにはいかめしい顔をした男が数人立っていた。この地域を縄張りにしているヤクザに違いない。店のドアの前に頭を角刈りにし、両腕に龍《りゅう》の入れ墨をしている男が立っていた。一番年配で他のヤクザが頭を下げているところを見るとリーダー格なのだろう。

「すみません。どんな人が連れ去られたんですか」

入れ墨の男に達也は思い切って尋ねてみた。

「ぬぅー！」

男は眉間《みけん》に皺《しわ》を寄せて声を張り上げた。「ぬぅ」とは、「何」を意味し、沖縄ではこの言葉が喧嘩《けんか》の第一声になることが多々ある。

「連れ去られたのは、僕の連れかもしれないんです。すみませんが、詳しく教えて下さい」

達也は頭を下げた。

「知り合いか？」

男は連れと聞いて態度を和らげた。

「ついて来い」

男に案内され、裸電球が吊《つ》るされた四畳半の畳部屋に連れて行かれた。布団の上にわずかながら血痕《けっこん》が残っている。

「あっ！」

部屋の片隅に加藤の黒縁メガネが潰《つぶ》れた状態で落ちていた。

「あんたの連れのものか？」

ヤクザの問いに達也は頷《うなず》き、メガネを拾った。

「だったら、諦《あきら》めな。この店のホステスの話じゃ、三人の白人のアメリカンがいきなり踏み込んで来てホステスと店にいたママを殴り飛ばして客を連れ去ったらしい。ここまでするということは、よっぽど恨みを買っていたんだろう。明日《あした》あたりにドブ川か港に死体が浮かんでいるだろうよ。アメリカンが関わっているんだ、言っておくがポリ公に言っても無駄だぜ」

ヤクザは達也の肩を叩くと部屋を出て行った。

「くそっ！」

達也は両手で畳を打ち付けた。

那覇の夜

一

ベトナム戦争が終わり、大量の米兵がベトナムから引き揚げてきた一九七二、三年ごろ、まだ市だったコザは再び活況に沸いた。当時市の人口は七万人ほどだったが、その半数は二十代の女性で、さらに半分がホステスだったというから、米軍相手の社交街がいかに繁栄していたか分かるというものである。だが、その後米兵が本国に帰還するにつれて景気は悪化した。

コザ十字路に近い吉原で加藤が米兵と思われる白人の三人組に拉致《らち》された。達也は吉原からすぐさまB・C・ストリートにあるアイリッシュ・パブ、〝ダブリン〟の裏口から忍び込み、店の中を覗《のぞ》いてみたが、達也らを追いかけて来た白人らは店で酒を飲んで騒いでいた。もし彼らが加藤を拉致したのなら、今頃別の場所にいるはずである。

念のために店の裏口からマスターを呼び出して事情を説明したら、彼らは達也らを追って一旦《いったん》店を飛び出したが、黒人とのトラブルを避けるためにすぐに戻って来たという。達也に肩を外された男はもともと酒癖が悪く、仲間内ではいい薬になったとすでに笑い話になっているらしい。彼らが犯人だと思って来たのだが、疑いはあっさりと消えた。

近くのドブ川を当てもなく捜したが、見つけることはできず、達也は明け方ホテルに戻った。また出かけるつもりなので、チェックアウトを早く済ませるべく宿泊していた〝サンライズホテル〟を引き払うことにした。図々《ずうずう》しいとは思ったが、フロントで値段の手頃なホテルを紹介してもらい、加藤の荷物である革の旅行鞄《かばん》とフロントに預けてあった小説を持ってホテルを出た。

移動先のホテルは一九六六年に開業した〝グレイスホテル〟で、〝サンライズホテル〟からは八百メートルほど距離がある。午前六時過ぎという早い時間だったが、フロントの前にあるソファーで仮眠をとっていたオーナーはすぐに応じてくれた。もっとも部屋の鍵《かぎ》を達也に渡すとまたソファーに戻って眠ってしまった。睡眠を妨害されて断るのも面倒だったのかもしれない。

部屋に荷物を置くとすぐさま吉原に戻り、加藤が襲われた〝銀座〟という店に行ってみたが、ドアには鍵がかけられていた。東の空はきれいな赤みを帯びて明るい。朝日を浴びた夜の街は眠ってしまったようだ。

数軒先の店から四十近い女が出て来た。疲れた様子で店のドアに鍵をかけている。営業を終えて帰るところらしい。

「すみません」

「ぬーやが」

何だと女は言っているのだが、達也には理解できない。

「昨日〝銀座〟という店で男の人が襲われたのですが、何か知りませんか？」

達也は構わず質問をした。

「わんやみんかー。やくとぅ、ゆんたくーじゃーあらんどー。わかいみー？」

〝私は耳が遠い。それにおしゃべりじゃない。分かってくれた？〟という意味だが分かるはずがない。女は関わりたくないのでわざと沖縄弁を使っているようだ。

「……そうですか。すみませんでした」

夜の街で生きていくには口を閉ざすことだ。その不文律を知っているだけに達也にも女の意図は充分理解できた。それによそ者を警戒するのはどこも同じだ。言葉も通じないことに達也は一人で捜索する限界をはやくも感じた。

ホテルに戻った達也は部屋でシャワーを浴びて着替え、今後の行動を考えた。闇雲に動いたところでどうしようもない。また、警察に届けたところで相手が米兵の場合、どうしようもないことは、ヤクザが忠告してくれた通りだろう。

「そうだ」

達也は加藤の旅行鞄をベッドの上に置き、中を調べた。彼が使っていた黒いメモ帳が見つかれば何か分かるかもしれない。せめてタクシーの運転手である嘉数の連絡先が知りたかった。彼なら手がかりになりそうなことを知っているに違いない。だが、メモ帳は加藤が持っていったらしく、鞄の中にはなかった。

「うん?」

鞄の蓋《ふた》にポケットがあり、わずかに膨らんでいる。中を探ると茶色い革の本のようなものが出てきた。裏表紙にM・Kと刻印されている。

「おっ!」

さっそく開けてみると達也は目を見張った。中には六つのリングに留められたノートが収められていたのだ。

今でこそバインダー式の手帳は様々な種類が売られているが、当時は一九六八年に発売された日本製の〝システムダイアリー〟という、八十二ミリ×百四十ミリサイズで八穴のものしか売っていなかった。一方、茶色い革のカバーの手帳は九十五ミリ×百七十ミリと大きさも違い、革の内側に〝Filofax〟と刻印がしてある。

日本でも英国製の〝Filofax〟のシステム手帳は一九八四年に売り出されることになるが、達也は〝エリア零〟で米国人の教官が使っているのを子供のころから見ていただけに驚いたのだ。

閉じられたノートには、いつも見慣れた加藤の筆跡とは違う文字がびっしりと書き込まれていた。取材メモらしく嘉手納基地の米軍機の訓練の内容とか、キャンプ・ハンセンでの銃撃訓練などが克明に記録してある。日付は昨年の三月六日から七月二十八日まで記されていた。

「なんだ？」

最後の数ページに意味不明のテキストが並んでいる。

〝五／十八、辺、○。五／十九、辺、○。五／二十、辺、○。五／二十一、辺、○。五／二十二、辺、○。……。〟と頭が日付のような数字が続いている。

五の次は六に変わり、〝六／一、金、○。……〟と○が必ず末尾についていたのだが、〝六／五、金、M※S、※8〟とはじめて○以外の文字が書き込まれていた。だが、〝六／六、金、○〟と再び最後の文字は○になり、〝六／二十八〟まで続いている。

次の行は翌月らしく、〝七／一、コ、○〟となっていた。これらの文字列は暗号かとも思ったが、単純にメモ書きを簡略化するためのもので、日付の次の文字は地名を表し、〝辺〟は辺野古、〝金〟は金武村、〝コ〟はコザと解釈して間違いないだろう。

○以外の記載は、〝六／五、金、M※S、※8〟、〝七／十九、コ、M※D〟の二つだけである。メモ書きは基地の取材メモの続きではなく、メモ帳の後ろから書かれていた。

「ん？……」

よく見ると最後のページの次の白紙ページに文字が筆圧で写り込んでいる。

達也はフロントに置いてある鉛筆を勝手に借りてページの上を擦《こす》るように書いてみた。

すると〝三／十八※十一・十六、三／二十※十五・十二、四／二十一※三十八・二、四／三十※二十八・七、五／二十二※三／二十、五／二十三※七十四・四〟と意味不明の数字の羅列が白く浮かび上がったが、筆圧が一定しておらず、同じ人間が書いたとは思えないほど筆跡が違っている。何かの理由で利き腕とは違う手で書いたのかもしれない。

達也は〝エリア零〟で簡単な暗号や英単語のアナグラムを使った伝言文を作る訓練を受けたが、いずれも基礎的なレベルで専門的とまではいえない。

メモ帳を何度も読み返し、暗号の意味も考えてみたが解き明かす手がかりも摑《つか》めずに時間だけが過ぎた。

腹が減ったので時計を見ると午前八時を過ぎていた。一階を覗くとソファーで寝ていたオーナーは、コーヒーを啜《すす》りながら映画館の切符売り場のような小さなフロントにある椅子に腰掛けていた。

「すみませんが、荷物を預かってもらえますか？」

「お客さん、どこから来たの？」

オーナーはきょとんとした顔で階上から降りて来た達也を見返した。

「えっ？」

部屋の鍵を見せると、オーナーは慌ててフロントの後ろにある鍵かけを見て苦笑してみせた。どうやら寝ぼけて鍵を達也に渡してしまったようだ。ホテルの場所が繁華街の近くにあるために夜になっても客が帰って来ない場合は、ソファーをベッド代わりにして出入り口の番を一晩中しているらしい。

達也は理由を話し、加藤の旅行鞄を預かってもらうように頼んだところ、オーナーはわずかな預かり賃で引き受けてくれた。また連泊するようなら宿泊料金も安くしてくれるようだ。

親切そうなオーナーに電話帳を借りて嘉数真一を捜したが、掲載されていなかった。那覇にあるタクシー会社の電話番号と住所を紙切れに書き写した。嘉数の車に何度も乗っているが個人の車に乗っていたために彼の勤めている会社が分からない。加藤が詳しいことを話さなかったこともあるが、いかに漫然と同行していたのかが分かるというものだ。

部屋のシャワーを使ってしまったので、とりあえず一泊分の部屋代と旅行鞄の預かり賃をフロントで支払い、自分のスポーツバッグだけ持ってホテルを出た。昨日と違い朝から曇り空だが思ったほど寒くはない。

達也は那覇行きの琉球バスに乗るために胡屋十字路に向かった。

二

沖縄に到着して四日目になる。まさか、加藤が拉致《らち》されるとは夢にも思わなかった。

達也は胡屋十字路にあるバス停から路線バスである琉球バスに乗って那覇に向かった。タクシーの運転手である嘉数真一を捜し出し、彼から事情を聞こうと思っている。加藤は昨年の十月から十一月にかけて沖縄に取材に来ており、その時も嘉数のタクシーを貸し切りで何度か使ったそうだ。吉原で会ったヤクザは翌日にはドブ川か港に加藤の死体が浮かんでいるだろうと言っていたが、何もしないで待つことはできなかった。

沖縄に来て気が付いたことだが、達也のようなハーフは他県に比べると圧倒的に多いということだ。それだけに人々の生活に溶け込んでいるかというと二極化しており、身近な存在と捉《とら》える人もいれば、〝アメリカさん〟と呼び馬鹿にする者もいる。ハーフの出自が米兵と関わっているからだということは肌で感じられた。

現に那覇に向かうバスの中で達也は乗客から異様な目付きで見られ、席に座ることもできなかった。バスを降りる際、沖縄弁を耳元で囁《ささや》いて行く者もいた。意味は分からないが言葉尻《じり》で馬鹿にしていることは分かった。

一九八〇年の調査では、沖縄に約三千人いたハーフの八十パーセントが非嫡出子、つまり法律上婚姻関係にない男女から生まれた子供だったとある。それだけで彼らの多くが辛酸を舐《な》めたことは容易に想像できる。沖縄出身のハーフの芸能人やモデルなどをテレビ番組で見ない日はない現代では考えられないことだ。

「まいったなあ」

達也は国際通りにある雑貨屋の店頭にある赤い公衆電話の前で頭を掻《か》いた。タクシー会社に電話をかけたが、何も答えない会社もあれば、借金取りと間違われて切られてしまう会社もあり、電話では見つけ出すことはできなかった。おそらく達也の話し方で地元の人間でないことが分かり、警戒されてしまったのだろう。この分では住所をたよりに会社を直接尋ねても、さらに冷たい対応をされることは予想できた。

電話を諦《あきら》めて国際通りを歩いていると、肉を焼く良い匂いがした。近くのステーキレストランから漂ってきたようだ。沖縄は米軍の基地が多いだけにステーキレストランが至る所にあった。朝ご飯も食べていない。匂いに誘われて店の入り口に立ったが、贅沢《ぜいたく》してはいけないと思い、加藤と初日に行った平和通りの裏にある大衆食堂の〝花笠《はながさ》食堂〟に向かった。

この分では滞在が長期化することも考えられる。最悪の場合、自腹で本土まで帰ることを覚悟しなければならないだろう。できるだけ金は使いたくなかった。

店を覗《のぞ》いていみると、午後二時半、昼時はとうに過ぎていたが、市場で働く人なのだろうか、前掛けをした中年の女や労働者風の男で席は埋まっていた。

「そうだ」

達也は喧嘩《けんか》を売って来た運天啓太から農連市場の裏にある〝まさ〟という食堂が家だと聞いたのを思い出した。食事もそうだが、手助けをしてくれるかもしれない。藁《わら》にもすがる思いで達也は平和通りから市場通りに入り、商店街を抜けた。少し広い通りを渡ると雑多な商店街があり、突き当たりは三叉路《さんさろ》になっていた。

三叉路の向こうに橋のような欄干がある。覗いてみるとガーブ川というドブ川だった。歩いて来た道は暗渠《あんきょ》の蓋《ふた》の部分だったようだ。農連市場は左手にあり、頬かむりをした女が野菜を担いで歩いている。市場は夜明け前にはじまるため、昼過ぎのこの時間は店じまいをするところもあり、閑散としていた。

まるでバラックのような市場の脇を通り、裏手に回ってみると、〝玉城ふとん〟という店の横に赤地に白く〝まさ食堂〟という色褪《あ》せた看板を見つけた。だが、表のドアは木の板が釘《くぎ》で打ち付けられて入れないようになっている。入り口を探し、隣の店との間にある八十センチほどの狭い通路に入ってみた。すると布団屋と〝まさ食堂〟の裏口が向かい合わせにあった。

「ごめんください」

迷った末に達也は遠慮がちに裏口のドアをノックした。しばらく待ってみたが、反応はない。もう一度ノックしようとすると後ろでドアが開く音がした。

「ぬーそーがー？」

エプロン姿の中年の女が顔を出して尋ねてきた。

言葉が分からないので、とりあえず頭を下げた。

「すみません」

「何しているんだって、聞いたんだよ」

女は迷惑そうな顔をした。

「運天啓太君に会いに来たんですが」

「啓ちゃんの知り合いかい。驚いた。それともマキちゃんの恋ちゅかい？」

達也の顔をじろじろ見ていたかと思うと、女は何が受けたのか笑い出した。

「恋ちゅって何ですか？」

「あんたヤマトンチューかい？」

達也が頷《うなず》くと、女は目を見開いた。

「二人ともまだ帰って来ないよ。ちょっとこっちにおいで」

「あっ、ちょっと!」

女はいきなり達也の腕を摑んで家に引っ張り込んだ。

「ここにお座り」

有無を言わさず裏口近くの小部屋に上げられた。茶簞笥《だんす》とちゃぶ台だけ置かれた四畳半の部屋で、裏の狭い通路に面した曇りガラスの窓があった。

達也は女の気迫に負けて小さなちゃぶ台の前に正座した。

「恋ちゅは、恋人のことだ。あんたはマキちゃんの何なのさ?」

女は達也の前に座り、好奇心丸出しの顔で尋ねてきた。

「僕は啓太君の知り合いで、彼女のことはよく知りません」

達也は慌てて手を振って否定した。

「本当かい?　私は二人を自分の子供のように思っているんだ。嘘はなしだよ」

「本当ですよ。三日前に啓太君から遊びに来るように言われたんです」

さすがに喧嘩を売られたとは言えない。

「あんたは、マキちゃんと同じようだから、てっきりそうかと思ったんだけど。あの二人を見ていると不憫《ふびん》だからね」

達也がハーフだと言いたいのだろう。女は大きな溜息《ためいき》をついた。

「どうしてですか？」

「マキちゃんの出生の秘密も知らないんだね」

達也はゆっくりと首を振った。

「あの子の母親、恵子《けいこ》さんはね、美人でね。隣の〝まさ食堂〟の主人だった雅夫《まさお》さんとお似合いの夫婦だったのさあ。だけど十九年前、結婚して二年目、まだ新婚みたいなものさあ、母親は米兵に犯されたんだ。それで生まれたのが、マキちゃんさあ。恵子さんは自殺しようとしたけど、雅夫さんがなんとか押しとどめてね」

女は時折声を詰まらせながら話した。

マキエが生まれて二年後に弟の啓太が生まれたのだが、そのころから母親の恵子の様子がおかしくなったようだ。おそらく育児疲れも重なり鬱《うつ》病になっていたのだろう、塞《ふさ》ぎがちだった恵子は啓太が生まれて一年後のある日首を吊《つ》って死んだらしい。以来父親は酒に溺《おぼ》れるようになり、四年前にはとうとう体を壊し、店をたたんでしまったそうだ。

幼い姉弟《きょうだい》は近所のものが面倒をみたが、マキエは小学生の高学年になると歳を誤魔化して国際通りの食堂や喫茶店で朝から晩まで働いて一家を支えるようになったという。

「父親もね、肝硬変になって去年の夏に死んだんよ。雅夫さんには悪いが、亡くなってちょっとはマキちゃんの肩の荷も下りたというものさあ。啓ちゃんもね、去年の暮れから牧港《まきみなと》の米軍施設で夕方まで働くようになったんだけど、あの子は父親譲りの空手で喧嘩が強いから、労働者を仕切っているヤクザから誘われるらしいんだ。それをマキちゃんは嫌っているんだ」

　言われてみると、マキエに当初チンピラと間違えられた。

「親戚《しんせき》はいないのですか？」

「いないんだよ」

　女はしんみりと言った。

　二人きりの姉弟、達也と順子に境遇は似ていた。会うことはできないが、達也には母親も叔父もいる。そういう意味では達也の方が幸せと言えた。

「……あんたの父親も米兵かい？」

　話が一段落すると女は遠慮がちに尋ねてきた。

「違います。ドイツ人だそうですが、死にました。それに……よく知らないんです」

　達也の父親は異常な再生能力を持つドイツ人だったが、彼を実験体とし、研究していた科学者カール・ハーバー博士が銃で殺すところを見たのが最初で最後だった。

「父親を知らないのかい。あんたも、きっと苦労したんだろうね。わんやはあんたたちの味方だからね」

　女はエプロンで顔を覆って、泣きはじめた。

　達也は困惑した。子供の頃から普通の家庭を知らないだけに、自分が苦労しているという感覚はない。そのため同情されると戸惑ってしまうのだ。沖縄には〝ユイマール〟という助け合いの精神があると聞かされていたが、初対面の人間からこれほど優しい言葉をかけられるとは、沖縄に来て差別的な思いもしただけに驚きだった。

見ず知らずの女が自分のために泣いている。彼女の涙が胸に染みてきた。達也は心が渇いていたことに気が付いた。

三

農連市場の裏に店を構える布団屋の女主人は玉城久美《たまきくみ》といい、隣に住む運天マキエと啓太を子供の頃から、何かと面倒を見ているらしく、姉弟の留守中に訪れる借金取りなどの相手をしているようだ。生来の世話好きで、達也が朝から何も食べていないことが分かると、食事まで振る舞ってくれた。

啓太は宜野湾に面した牧港補給地区、通称〝キャンプキンザー〟で朝早くから夕方の六時まで働いているそうだ。バスで通い、力仕事できついらしいが、職場の米兵からはかわいがられ、仲間の受けもいいようだ。だが、港の労働者を仕切っている暴力団から見所があるといって勧誘を受けるのが難点らしい。

姉のマキエは朝から夕方の四時まで国際通りの喫茶店で働き、一旦《いったん》家に戻ってから着替えて中華料理屋の厨房《ちゅうぼう》で働いている。父親の残した借金を返し、金をためて食堂をもう一度開くことが夢らしい。

二人は仲のいい姉弟だが、米兵を毛嫌いしているマキエは弟が米軍基地で働いていることが気に入らないらしく喧嘩になることもあるという。啓太が達也に〝アメリカさん〟と馬鹿にしたのは、ハーフであるマキエと喧嘩でもしたのかもしれない。

久美に甘えついでに加藤が拉致《らち》されたことを話し、タクシー運転手である嘉数真一を捜す手だてを相談してみたが、久美はタクシーをあまり利用しないらしく首を傾げられてしまった。そうこうするうちに時間は経ち午後四時近くになっていた。

狭い通路に面した窓に人影が通り過ぎ、次いで鍵《かぎ》を開ける音が聞こえた。

「あっ、帰って来たよ」

久美は勢いよく部屋を出て行き、裏口のドアを開け、

「お帰り、マキちゃん。お客さん預かっているよ」

と大きな声で言った。

「あっ、預かっているって、そんな」

達也はマキエに会いに来たわけではないので狼狽《うろた》えた。

「だれ？　お客さんって」

マキエの声が聞こえてきた。

達也は慌てて立ち上がり隠れようかと思ったが、狭い部屋で身を隠す場所などない。焦ってじたばたしているうちに久美と一緒に入って来たマキエと目が合ってしまった。

「あっ、あんた。何しに来たの！」

マキエは達也の顔を見るなり、金切り声で叫んだ。

「ぼっ、僕は、啓太君に……」

彼女の顔を見るなり、達也は硬直してしまった。

「啓太を悪いことに誘うようなら、私は絶対に許さないからね」

マキエは腰に手をやり、睨《にら》みつけてきた。

「あらんどー、マキちゃん」

違うと、久美は言って、達也の代わりに事情を説明してくれた。

「その加藤っていう記者がアメリカンにさらわれたって言うのは本当？」

マキエの表情が幾分和らいだ。

「ヤクザの人はそう言っていたけど、夜が明けてから改めて聞きに行ったら、近所の人は話してくれそうにもなかったんだ。言葉も分からないということもあったけど」

達也は吉原での出来事を詳しく説明した。

「関わりたくないから、わざと沖縄弁を使ったのよ、馬鹿ね」

マキエがくすりと笑った。白い歯が見えてやさしい表情になった。誤解が解けてほっとすると同時に彼女の笑顔に胸が高鳴った。

「沖縄で知っている人がいないから、啓太君に会いに来たんです」

「啓太のようなわらばーを頼りにするなんて、よっぽど困っているのね」

マキエは腕を組んで首を振った。

「あっ、いけない。私はお店に行かなくちゃならないの。啓太は六時過ぎには帰って来るから、また出直して来て」

腕時計を見るとマキエは慌てて自分の家に戻って行った。

達也は仕方なく国際通りをぶらついていたが、朝から曇りがちだった空から、小雨がぱらついた。雨を避けて市場や商店街で時間を潰《つぶ》し、六時過ぎに〝まさ食堂〟の裏口で啓太を待った。だが、日が暮れて一時間以上待っても現れない。そのうち隣の布団屋の女主人である久美が、狭い路地裏で濡《ぬ》れそぼっている達也に気が付いた。

「バスが遅れているにしても遅いねえ。外は寒いから家で待っていなよ。啓ちゃんが裏口を開ければ、すぐに分かるからさあ」

家に招き入れられたうえにお茶とお菓子をごちそうになった。久美と一緒に聞耳を立てて待ったが、午後八時半になっても裏口の鍵を開ける音はしなかった。

「おかしいね。仲がいいだけによく喧嘩《けんか》はするけど、啓ちゃんは、マキちゃんのことを心配しているから、迎えに行く時間に遅れるはずはないんだけどねえ」

啓太は姉の勤める中華料理屋に毎日迎えに行くらしい。親が米兵にレイプされたことで姉に同じことがあってはいけないと、必要以上に心配しているに違いない。

「ひょっとすると、遅くなったので直接バイト先に迎えに行ったのかもしれませんね。ちょっと見てきます」

達也は急いで布団屋を出て、雨上がりの国際通りに向かった。だが、中華料理屋の裏口に行っても啓太の姿はなかった。

午後九時を過ぎて店の裏口から仕事を終えたマキエが現れた。

「あれっ、啓太は？」

「それが、ずっと待っていたんだけど、帰って来ないんだ」

「まさかと思うけど、どうしよう」

マキエの顔が蒼白《そうはく》になった。

「心当たりがあるのかい？」

達也が尋ねるとマキエは小さく頷《うなず》いた。

「わけを聞かせてくれませんか」

「でも、話したところでどうにもならないわ」

「それは聞いてみないと分からないでしょう。沖縄にはユイマール精神があると聞きましたよ。それに困ったときはお互い様って、むかしから言うでしょう」

達也はマキエの目を覗《のぞ》き込むように迫った。

「実は……」

マキエは躊躇《ためら》いがちに話をはじめた。

去年死んだ彼女の父親雅夫は、四年前にアル中になっており、食堂は開店休業の状態になってしまったようだ。店を立て直そうと模合に参加したのだが、金を集めていた模合の親が資金を持って夜逃げ、いわゆる〝模合崩れ〟が起きたらしい。そのため一時しのぎにマチ金融から借りた金が借金のはじまりだったようだ。

借りたのは五万円ほどだったが、利息がついていつの間にか三十万近くまで借金が膨れ上がってしまったらしい。雅夫は借金を返そうと近所からも金を借りたが、そのうち体を壊して寝込んでしまった。そのころすでに働きに出ていたマキエが父親に代わり借金を返すことになったが、利息の返済だけで元本は減らないようだ。最近になって不景気のせいか、利息だけではなく元本の返済も迫られていたそうだ。金融業者は暴力団とも繋《つな》がりがある。啓太の身に何かあったのかもしれない。

「その金融業者が怪しいんだね。分かった、僕が行ってみるよ」

達也はマキエを彼女の家ではなく、布団屋の久美に預けると夜の街に出た。なんとしても啓太を助けなくてはならない。達也はマキエと啓太を自分の境遇に重ね合わせていただけに放っておけなかった。それにマキエのためならなんでもできると思った。

湿気を含んだ大気は冷えていたが、心は熱く燃えていた。

四

模合は沖縄では今も生きている相互補助システムである。だが、資金を持って夜逃げするような〝模合崩れ〟やはじめから騙《だま》すつもりで金を集める詐欺模合もあるらしく、社会問題となっている。模合により、沖縄の金融システムの発展は遅れ、大手都市銀行の参入がないこともあり、沖縄の資金調達力は弱い。そのため、本土では影が薄くなったサラ金、現在では消費者ローンと名を変えている金融機関が大手を振っている。

達也は国際通りを渡り、むつみ橋交差点から沖映大通りに入った。マキエから借金をしているマチ金融業者である〝那覇信用商事〟の場所は聞いている。いつものスポーツバッグは布団屋に預け、郵便局の預金通帳と現金を入れた財布を防寒ジャンパーに入れて持って来た。現金は九万四千円ほどだが、預金は二十二万近く残っている。三十一万円、全財産をはたいて運天姉弟《きょうだい》の借金を肩代わりしてもいいと思っていた。

〝那覇信用商事〟はニューパラダイス通りとの交差点の近くにあった。三階建ての雑居ビルの二階に事務所があるようだ。

現在では〝パラダイス通り〟と単に呼ばれるようになった名前の由来は、通りに〝ニューパラダイス〟という有名なダンスホールがあったためらしい。

二階の事務所に電気は点《つ》いていない。だめもとでビルの階段を上がってみたが、やはり店は閉まっていた。だが、ドアには張り紙があり、〝緊急融資の連絡先〟と書かれ、電話番号が記載されていた。

達也は国際通りまで戻り、相手が出た場合の応答を考えたうえで通りの公衆電話で連絡先の電話番号をかけてみた。

——はい、那覇信用商事です。

コール音を数える間もなく低い男の声が電話口に出た。

「すみません。お金を借りたいのですが」

――いかほどご入用ですか。

「十万円です。明日《あした》の朝一番に必要なので、今晩中に借りたいのですが」

本当のことを言えば、電話を切られてしまうと思い、考えてきた嘘を言った。

――おたく、旅行者じゃないですよね？

言葉遣いで地元民でないことはすでにばれているようだが、当然計算済みだ。

「東京から引っ越して来て、コザで店を開いたばかりです。明日の朝、那覇の業者さんにお金を渡す予定になっているんですが、少しだけ資金が足りなくて困っています」

なかなかうまい作り話だと我ながら感心した。四年間の放浪生活で嘘も平気で言えるようになったのは、ある意味大人になった証《あかし》だろう。

――念のために名前と住所を聞いていいですか？

金融業者らしく疑り深い。達也は名前と〝サンライズホテル〟で貰《もら》った領収書に記載されている住所の番地を少し変えて言った。

――免許証はお持ちですか？

「もちろんです」

――分かりました。十万円ならすぐご用意できます。今どちらにいらっしゃいますか。

「国際通りのむつみ橋交差点の近くです」

――それなら、そこから西に向かって歩いて行くと〝コーヒーフランス〟という喫茶店があります。金宝堂サンゴという宝石屋さんの隣の店です。そこで待っていてもらえますか。二、三十分で行きますよ。目印に新聞を右手に持って店に入ります。金田《かねだ》と声をかけて下さい。

「よろしくお願いします」

疑われることなく電話を切ることができた。

達也は指定された店に急いだ。店内は薄暗く、酒を飲んでいる者が多い。ジュークボックスからジャズが流れている。まだ午後十時になっていないが、喫茶店は夜の部に入っているようだ。達也はコーヒーを頼んだが、追加でハイボールを頼んだ。嘘をついたせいか動悸《どうき》がする。少しでもアルコールを入れて乱れた心を鎮めたかった。

新聞紙を持った金田は遅れることなく二十分で店に現れた。目印がなくてもパンチパーマに薬指のごつい金の指輪が嫌でも目につく。闇金業者だと顔に書いてあるようなものだ。四十代後半、腹は出ているが、それがかえって白いジャケットに黒いシャツという格好に貫禄《かんろく》を与えていた。

「金田さん」

席を立って合図をすると、金田は達也の顔を見て一瞬嫌そうな顔をした。ハーフに偏見を持っているのかもしれない。

金田は大儀そうに席に座り、

「ちょっと、水くれる」

店のウエイターを呼び止めて水だけ注文すると、ポケットからハイライトを取り出し、達也に断りもなく吸いはじめた。

「さっそくですが、根岸さん、免許証を見せて下さい」

「実は、借りるのではなくお金の返済のために呼び出しました」

「冗談でしょう。借金する前の返済？　それとも誰かの肩代わりでもするつもりですか」

金田は苦笑してみせた。笑うと奥歯が全部金歯であることが分かった。

「農連市場の裏にある〝まさ食堂〟の借金を僕が肩代わりするつもりです」

達也は真剣な表情で言った。

「それこそ冗談だ。あんな潰《つぶ》れた店の借金を肩代わりして、新しく店を出したところであそこじゃ商売にならない。……それとも、気の強い娘と所帯でも持つつもりですか」

金田は達也の顔をじろじろと見た後、鼻から煙を吐き出しながら笑った。

「そんなんじゃないですよ」

達也は慌てて首を振った。

「むきになった。図星でしょう」

「啓太君が家に帰らないんだ。居所を知っているんでしょう」

達也は声を荒げた。

「大きな声を出すな。人聞きが悪いじゃないか」

金田は真っ赤な顔をして周囲を気にした。

「金は僕が返す。啓太君を返してもらおうか」

達也にしては荒っぽい口調で身を乗り出した。

「違うって言っているだろう。債権を売ったんだ。だからうちはもう無関係なんだ」

「何！　誰に売ったんだ！」

「静かにしてくれ。金星会に頼まれて売ったんだ」

金田は口に人差し指を当てて言った。

「金星会？」

「牧港の労働者を仕切っている組だ。どこで調べたのか、〝まさ食堂〟の借金がうちにあることを嗅《か》ぎ付けて、売れと脅されたんだ。三十三万八千円あったが、端数を切り捨てろと三十万に値切られたんだ。うちも被害者なんだ」

溜息《ためいき》交じりに説明する金田の言葉に嘘はないらしい。

「事務所の場所を教えてください」

達也は頭を下げた。

「まさか行くつもりじゃないだろうな。金を持って行っても何にもならないぞ。やつらは金目当てじゃない。何か魂胆があって債権を買ったに決まっているからな」

金田は掌《てのひら》を大袈裟《おおげさ》に振ってみせた。

「お願いです。この通りです」

達也はテーブルにつきそうなくらい頭を下げた。

「教えてやるよ。だが、殺されても俺は知らないからな」

鼻で笑った金田は事務所の場所を教えてくれた。

五

沖縄県浦添市の西部にある牧港補給地区、通称〝キャンプキンザー〟はベトナム戦争当時、軍事物資の補給および戦地で使われた物資の補修修繕拠点だった。

当時は戦地からトラックなど破損した車両が大量に送られて来た。泥や油で汚れた車両は修理をする前に洗浄するのだが、強力な洗浄剤に猛毒の六価クロムが含まれていた。しかも洗浄した後の廃液は基地の排水溝から垂れ流された。また作業に従事し猛毒ガスを吸って死亡した日本人労働者もいる。

また一九七六年にも、劇薬の臭化メチルを使う清掃作業をさせ、多くの作業員に中毒症状が出たとして問題になっている。沖縄の各基地で表面化した環境汚染問題はいずれも深刻であるが、米軍は事前に危険度を承知していた。

達也はタクシーで牧港がある浦添市に向かっていた。闇金融業者である金田から〝まさ食堂〟の債権を買い取った暴力団金星会に運天啓太が連れ去られた可能性があると考えてのことだ。啓太は港の労働者を仕切る暴力団から誘いを受けていたらしい。最近では労働組合の力が強くなり、暴力団との間でトラブルも起きているという。そのため、暴力団が態勢の強化をしている可能性もあった。当時の全沖縄軍労働組合（現・全駐留軍労働組合）は、米軍だけでなく暴力団や右翼に対しても労働者を守るため徹底抗戦をしていた。

浦添市は那覇市の北に隣接し、車であれば浦添市の中心まで二十分とかからない。達也は国道五十八号から〝キャンプキンザー〟のゲート前の県道である屋富祖大通りに右折したところでタクシーを降りた。通りはスナックやバーや飲食店の看板が連なる繁華街だった。金曜日の夜ということもあるのだろう、人出は多く、米兵ばかりでなく日本人の姿も目につく。

屋富祖大通りに入って四百メートルほど進み、右に曲がった。通りはすぐに二股《ふたまた》に分かれており、まっすぐ入る路地が〝第一横丁〟と呼ばれる沖縄人向けの社交街らしい。狭い路地の両側には小さなスナックやバーが密集している。

「あった。ここか」

達也は金田から金星会の事務所はスナック〝ラブイン〟が入っている二階建てのビルの二階だと聞かされていた。

〝ラブイン〟の脇に二階に通じる階段があった。階段はコンクリートで頑丈にできている。上りきった突き当たりに金星会事務所と書かれたドアがあった。ここが暴力団の事務所であることはドアに鉄板が貼り付けられていることでも分かる。

達也は怖れることもなくドアを開けて中に入った。

八畳ほどの部屋にソファーが置かれ、四人の男が足を投げ出して座っていた。三人が坊主頭で一人がパンチパーマをかけている。歳は全員三十前後というところだろう。煙草の煙でむせ返るほど部屋の空気は汚れていた。

「ぬーやが？　迷ったぬか？」

パンチパーマの男が座ったまま睨《にら》みつけてきた。歳は三十代半ばで一番年上に見える。右頬の大きな傷痕《きずあと》が、長年この世界で生きて来たことを物語っている。

「すみません。こちらに運天啓太君がお邪魔していませんか？」

達也は丁寧に尋ねた。

男の右眉《まゆ》が上がった。無駄足ではなかったようだ。

「たーやがやーや？」

「すみません。僕は沖縄弁がよくわかりません」

達也は軽く頭を下げてにこりと笑った。

「ヤマトンチューか。おまえは誰だ、と聞いたんだ」

男は舌打ちをして、聞き返して来た。

「僕は、根岸達也という者で、啓太君の友人です」

「ダチだと？　何の用だ」

「できれば啓太君と一緒に家に帰りたいと思って迎えに来ました」

達也は馬鹿丁寧に話した。

「馬鹿か、おまえは。ここがどこだか分かっているのか！」

男が大声を上げると手前に座っていた坊主頭の一人が立ち上がった。

「はい、金星会の事務所だと伺っています。スナックには見えませんから」

「ぬうー！」

坊主頭が真っ赤な顔をして達也の胸ぐらを摑《つか》んできた。

「上の方にお取り次ぎ願えませんか」

坊主頭を無視して達也は言葉遣いを変えずにパンチパーマの男の目を見つめた。

達也の目は汚れを知らない。最初に視線を外したのはパンチパーマの男だった。

「おまえのしゃべり方を聞いていると腹が立つ。離してやれ」

男は舌打ちをすると部屋の奥にあるドアを開けて中に入って行った。男が消えるとソファーに座っていた他の坊主頭の男も立ち上がり、達也を取り囲んだ。

「ぬうー！」

胸ぐらを摑んできた男が達也の額につきそうなほど顔を近づけて睨みつけてきた。

「あんまり近付かない方がいいですよ。僕は人に言えない病気を持っていますから。うつると死ぬまで治らないんです」

「ぬっ！」

達也の嘘を真に受けた男たちは慌てて壁際まで下がった。これまで何度も修羅場を潜ったことがあるだけにチンピラに囲まれたぐらいで怯《おび》えることはない。

「大丈夫ですよ。そんなに下がらなくても、直接触らなければうつりませんから」

「わっ！」

胸ぐらを掴んだ男は慌てて入り口近くのトイレに飛び込んで行った。

「はくしょん！」

ついでにわざとくしゃみをしてみたら、達也の前にいた男が反対方向に逃げた。

奥のドアが開き、パンチパーマの男と、啓太が出てきた。

「根岸さん、どうしてここに？」

啓太の顔は青ざめていた。

「迎えに来たんだ。いっしょに帰ろう」

「俺は帰らないよ。今日から金星会の組員になるんだ」

啓太は悲しげな表情で首を振った。

「君は借金を棒引きにしてもらう代わりにヤクザになるつもりなんだろう？」

「違うよ。金星会では俺の腕を見込んで組員にしてくれるんだ。放っておいてくれ」

声を上げたものの啓太は達也の目を見られないでいる。本心でないことは分かった。

「素人のくせに一人で来た度胸に免じて許してやるから、さっさと帰りな。本人もせっかくこの世界で生きて行こうと言っているんだ。余計なことを言うんじゃないぞ」

パンチパーマの男は右頬の傷を歪《ゆが》ませて言った。

達也はおもむろにスポーツバッグから郵便局の通帳を取り出し、ポケットの財布を添えて男の前に出した。

「何の真似だ？」

男は首を傾げた。

「僕の全財産です。全部で三十一万円あります。これで借金をお支払いしますので、啓太君を返してください。お願いします」

達也は深々と頭を下げた。

「笑わせるな。こいつの借金は二百万だ。そんなはした金でどうするんだ」

「債権は三十万で買われたと聞いています。違いますか」

さすがにむっとした達也はパンチパーマの男を睨みつけた。

「馬鹿やろう。闇金からの買値は三十万でも売値は二百万だ。それだけの価値をうちは啓太につけたということだ」

「何て汚いんだ」

達也は思わず叫んだ。

「なんだと。おまえら、やれっ！」

パンチパーマの男が顎《あご》で指図した。途端、二人の坊主頭が殴りつけてきた。それでも我慢して立っていると、遅れてトイレから出て来た男に後ろから蹴《け》られて床に転がされた。

達也は殴られるに任せた。夜の街を知っているだけに、暴力団を相手にしてはいけないことはよく知っていた。

六

顔面を殴られて星が飛ぶのは最初の一撃だけだ。後は殴られるたびに感覚が麻痺《まひ》してくる。だが、ヤクザらが顔を殴って来たのは最初だけで、後は鳩尾《みぞおち》と下半身に集中した。もし達也が死亡し警察に通報されるようなことがあっても下半身なら、殺意がないと判断されるからだろう。

「止めてくれ！」

啓太が割って入ってきた。

「根岸さん。お願いだから帰ってくれ。俺さえ組員になれば、丸く収まるんだ」

達也にも腹違いだが姉がいる。彼の気持ちは痛いほど分かった。

「だめだよ。啓太君。……君のお姉さんが悲しがる」

ちゃんとしゃべっているつもりだが、口の中が痺《しび》れてうまく話せない。

「根岸さんは沖縄を知らないから、そんなことを言うんだ」

彼はヤクザの報復を怖れているようだ。

「たった二人だけの姉弟《きょうだい》じゃないか」

「…………」

啓太は唇を嚙《か》んだ。

「奥の部屋にいる方にお願いします。二百万円は僕が働いて返します。どうか啓太君を返して下さい」

達也は奥の部屋でじっと耳を澄ませている人の気配を感じていた。

部屋から四十前後の目付きの鋭い男が出てきた。身長は百七十センチほどだが、腕の筋肉が盛り上がり、胸板も厚い。手に白鞘《さや》の短刀を持っていた。部屋にいる他の男たちが組長と言って頭を下げた。

「いい度胸だ。だが、この世界には仁義っていうものがある」

組長は低い声で静かに言った。それだけに迫力があった。

「俺たちの世界じゃ、こういう場合、小指を詰めて差し出すもんだ。やってみせろ！」

腹に響く声を上げ、組長は短刀を抜いて、達也の目の前に落とした。

「………」

青白く光る短刀の刃を見つめると言葉が出なかった。再生能力が弱まり、最近ではちょっとした怪我にも注意をしていた。痛みよりも、むしろ回復しないこと、そしてその先の死を何よりも怖れている。

「できないよな。いつも命のやりとりをしている俺たちと違って、素人にできるもんじゃないんだ。許してやるから、帰りな」

組長は達也の肩を叩《たた》き、諭すような口調で言った。

「分かりました」

達也は正座をすると短刀を右手に握り、左の小指の第二関節の上に刃を当てた。

メギドが覚醒《かくせい》している時なら、指を切り落としても生えて来るかもしれない。だが、今の達也の力ではそれは望めないだろう。

「いい加減にしろ、馬鹿やろう。度胸は認めてやると言っているだろう。ここまでやれば、手ぶらで帰っても啓太の姉ちゃんは怒りゃあしないぜ」

組長は煙草をポケットから出すと、側にいた組員が頭を下げたまま火を点《つ》けた。

達也の脳裏に悲しげな表情をしたマキエの顔が浮かび、胸が締め付けられた。

右手の短刀に全体重を乗せた。

鈍い音を立て、小指の先が血飛沫《しぶき》を上げて床に転がった。

「馬鹿やろう！　本当にやりやがった」

組長が目を剝《む》いて吸いかけの煙草を落とした。

「ねっ、根岸さん！」

啓太は叫んで尻餅《しりもち》をついた。

達也は震える右手で小指を拾って、組長に突き出した。

「これで……勘弁してくれませんか？」

激痛に顔が歪んだ。

「だれか、さらしを持って来い！　こいつの手を縛って、止血しろ」

組長の号令に手下たちが右往左往した。

達也はさらしを持って来た組員に礼を言って、自分で傷口に巻き付けて縛った。

「啓太君を許して下さい。お願いします」

傷口を右手で押さえ、達也は必死の形相で頼んだ。

「……負けたよ」

組長は床に落ちている通帳と財布を拾って差し出し、

「持って帰れ。素人の指を詰めさせたんじゃ、金星会の面子《メンツ》が潰《つぶ》れるからな」

と鼻で笑った。

「啓太君は？」

達也は通帳と財布を受け取らなかった。

「かしまさん！　啓太にも二度と声はかけない。これで納得したか」

組長はうるさいと口から泡を飛ばした。

「ありがとうございます」

頭を下げた途端、ふらついて右手をついた。

「いつまで腰を抜かしてやがる。しっかりしろ！　この兄さんを連れていけ」

啓太を怒鳴りつけた組長は、持っていた達也の通帳と財布を無理矢理彼に握らせた。

「根岸さん、大丈夫ですか？」

啓太は受け取った通帳と財布を達也のジャンパーのポケットにねじ込み、左腕を肩に回して立たせてくれた。

「よかったね。帰ろう」

叫びたいほどの痛みを堪《こら》えて達也はどうにか口を利くことができた。

「……はい」

啓太は泣きながら答えた。

反戦記者

一

どこからかヘリの爆音が聞こえる。味方が助けに来たというのか。だが百メートル先を通過し次第に遠ざかって行く。ジャングルの中では見つけることができないのだろう。

ふと目を覚ますと目鼻立ちのはっきりとした美しい女が覗《のぞ》き込んでいた。憂いを秘めた目は沖縄の海のように澄み切っており、少し厚めの唇は情熱的だ。だが、マラリアにかかったのか体が熱く、再び眠りに陥った。

夢の中で脳に埋め込まれた米兵の脳細胞が覚醒していたのだろう。達也はジャングルで救援を請う夢にうなされた。目覚めては眠るという意識がはっきりとしない状態が続き、何度目かに目覚めた時にやっと眠気に打ち勝つことができた。

「おや、気が付いたよ」

女の声に顔を向けると、布団屋の女主人玉城久美だった。

「聞いたよ、啓ちゃんから。あんたも思い切ったことをしたもんだね。どうするんだよ、小指なくしちゃってさあ」

「……さあ」

いつの間にかさらしを巻いていた左手に、包帯が巻き付けられていた。血は滲《にじ》んでいるものの、気にするほどではない。痛みもだいぶ減ってはいるが、指はなくなったままだ。

達也は久美がしゃべるにまかせ、周りの様子を窺《うかが》った。どうやら布団屋の裏口近くの部屋に寝かされているようだ。外の狭い通路に面した窓ガラスは明るい。もっとも南向きだが家の陰になっているために日差しが注ぐことはない。

「今は何時ですか？」

「もうすぐ午後四時になるところだよ。お腹空いたんだろう？」

指を切断したのが、午後十一時を過ぎたころだったので、少なくとも十六時間近く経つはずだ。メギドが覚醒しないかぎり、指の再生は望めそうにないようだ。

「……二人はどうしましたか？」

「マキちゃんは午前中仕事を休んであんたの看病をして、お昼から仕事に出かけたよ」

夢の中の美人はマキエに似ていたような気がする。夢うつつで目覚めた時に彼女を実際に見ていたのだろう。

「啓ちゃんはいつものように朝から仕事に出かけたよ。二人ともあんたの薬代を稼がなきゃって必死さあ」

「薬代？」

「夜中にお医者さんに往診に来てもらったのさあ。傷口からの血はほとんど止まっていたから、消毒だけしてもらったんだ。だけど、ばい菌が入ったらとんでもないことになるって、薬を紹介してくれたけど、それが高いんだ」

「医者に診てもらったんですか」

達也は医者が異常を見つけられなかったことに安堵《あんど》するとともに、いよいよ普通の人間になってしまったと溜息《ためいき》をついた。

「薬代は僕が払うから心配しなくてもいいのに」

「あんたは二人の借金のためにヤクザと渡り合って、指までなくしたんだよ。二人が一生懸命になるのは当たり前だろう。それより何か作って来てあげるよ」

そう言って久美は部屋を出て行った。

達也はゆっくりと起き上がり、壁にもたれて座った。指を切断する時、再生する可能性を考えているような気持ちのゆとりはなかった。そんなことよりも怪我をする恐怖心の方が先に立っていた。だが、マキエの顔が脳裏に浮かび衝動的に行動したのだ。今考えれば思い切ったことをしたものだと、自分でも不思議に思える。

窓ガラスに人影が通り過ぎて、裏のドアがゆっくりと開いた。

「おばさん。いる?」

マキエの声だ。達也がいる部屋は暗いので目が慣れるまでよく見えないらしい。マキエは音を立てないように入ってきた。達也がまだ寝ているると思っているのだろう。達也は何て声をかけたらいいか分からず、黙っていた。

「あっ、起こしちゃった？」

達也と目が合い、マキエは口を押さえた。大きな目がさらに見開かれた後、強《こわ》ばった表情になった。

「もう起きていたんだ」

達也はできるだけ明るく言った。

「どう言ったらいいのか分からない。というより、何てお礼を言ったらいいのか分からない。本当にありがとうございました」

マキエは裏口の土間に立ったまま深々と頭を下げた。

「僕が勝手にしたことだから、お礼なんていいよ」

頭を下げられてはかえって申し訳ない気がしてしまう。

「でも、指を切り落とすなんて普通じゃできないわ」

悲しげな表情でマキエは達也の左手に巻かれた包帯に視線を落とした。

達也は左手を背中に回して隠した。

「事故でなくなったと思えばいいじゃないか。久美さんから聞いたけど、薬代のことも気にしないでね」

「馬鹿なこと言わないで！　そんなこと言われて、そうですかって言えると思う？」

マキエの顔が厳しい表情になった。達也はどうしようもなく悲しくなった。

「僕は別にいいと思っている。それでいいじゃないか」

自分の気持ちはすでに分かっている。彼女のことが好きなのだ。だが、それは口に出して言うべきことではない。

「どうして、そんなに親切にしてくれるの？」

マキエは困惑した表情で首を振った。

「僕にも一人だけ腹違いの姉がいるんだ。彼女は達也の気持ちに気付いていないようだ。子供の頃は一緒に暮らしていたけど僕は施設に預けられたから、大人になるまで離ればなれになっていた。今は時々連絡をとってお互いのことを大切に思っている。君たちとどこか似ているんだ」

達也は自分の感情を悟られまいと、自分の境遇を話した。

「私たちのことは、久美さんから聞いたのね」

マキエは眉間《みけん》に皺《しわ》を寄せた。触れられたくない過去なのだろう。

「君の過去のことは聞いたよ。でも大事なのは現在であり、これからの未来なんだ。生まれた責任は自分にはない。だけど生まれてからの責任は自分にあると思う。過去を気にしても仕様がないじゃないか」

達也は実験のために人工授精で生まれたという自分の出自を知っている。だからと言って生を受けたことに対して恨み言は言うつもりはない。ただ、脳を移植されたことにより、何人もの人が犠牲になったことに対しては申し訳ないと思っている。

「生まれた責任は自分にはないか。そんなこと今まで考えたこともなかった。それにあなた以外の人に同じことを言われても、素直に受け入れることはできなかった。なんだか自分の人生をちょっとだけ受け入れようという気になったわ」

マキエが白い歯を見せて笑った。すると右の頰にかわいいえくぼができた。化粧はほとんどしておらず、口紅だけ薄く引いているようだが、それだけでも充分美しい。達也の胸が高鳴った。

「あなたの具合が良くなったら、力になれるか分からないけど、加藤さんを捜すお手伝いを私たち姉弟《きょうだい》でするわ」

「本当に？」

「もちろん」

マキエは笑顔で頷《うなず》いた。

「やった！　痛《イ》てて」

思わず両手を握りしめて左手に激痛が走り、達也は照れ隠しに笑った。

二

翌朝達也は包帯を換えるために左の小指の傷口を見た。ガーゼに付着しているかさぶたを取ると傷口はすでに皮膚で覆われており、痛みもなくなっていた。熱も下がっているので感染症の心配もないだろう。普通の人間に比べれば驚異的な回復力なのだが、指が再生する兆しはないようだ。

だが、それならそれでいいと思いはじめている。指を自ら切断したことで、これまで怪我を怖れていたことがばかばかしく思えてきたのだ。しかも正反対の性格のメギドの復活を望んでいたことも愚かしい。達也は一人苦笑を漏らすと、怪しまれないように新しい包帯を厳重に巻いた。

包帯で左腕が使えず右腕にはめた腕時計は、午前六時二十一分を示している。達也は布団屋の四畳半から抜け出して裏口から出ると、隣の家のドアをノックした。啓太は七時にバスに乗って牧港に行くことになっている。マキエは勤めている喫茶店が朝の九時に開店するために二人ともまだ家にいるはずだ。加藤のことを思うと一刻もはやく活動をしなければならない。

「うきたんなぁー。根岸さん。起きて大丈夫なんですか？」

ドア口に顔を覗《のぞ》かせた啓太が心配げな表情で尋ねてきた。

「すっかり、よくなっているよ。朝早くからすまないけど、入ってもいいかな？」

「姉ちゃん、根岸さんが来ているよ」

啓太は振り向いて声を上げた。

「ちょっと待っていて！」

奥でどたばたと物音がした。しばらくして、マキエが顔を見せた。突然訪問したにも拘《かかわ》らず、口紅をしている。慌てて引いたのかもしれない。だが、いつも束ねられている髪が下げられていた。肩よりも長く、艶《つや》のある髪が美しい顔によく似合っている。

「起きて大丈夫なの？」

姉弟で同じ台詞《せりふ》を言った。

「僕は人より体力があるから回復が早いんだ。朝早くから申し訳ないけど、加藤さんの件で相談があるんだ。いいかな？」

「入って。ちょうど朝ご飯の用意をしていたところ。できたら啓太に呼びに行かせるつもりだったの」

マキエはぎこちない笑顔で言った。

裏口を入るとそこは三畳ほどの厨房《ちゅうぼう》になっており、土足のまま上がれるようになっている。冷蔵庫は普通の家庭サイズだが、ガスコンロは三口もあり、業務用のものだ。冷蔵庫のすぐ近くに傾斜が急な階段があった。二階が住居スペースになっているようだ。

厨房を抜けると、四人がけのテーブル席が四つあった。いかにも大衆食堂らしく、パイプのテーブルに椅子はすべて丸椅子だ。厨房との間はカウンターになっており、型の古い白黒テレビが置かれている。この家のリビングも兼ねているのかもしれない。

「根岸さん、座って」

啓太に勧められて手前のテーブル席に座った。啓太も達也の前に座った。テーブルの上にはハムエッグにキャベツの千切りが添えられた皿が三つと箸《はし》もちゃんと三膳《ぜん》用意されている。料理を見て思わず生唾《なまつば》を飲み込んだ。

「お待たせ」

マキエが味噌汁《みそしる》の椀《わん》とご飯を入れた茶碗《ちゃわん》を持ってきた。

「食べましょう」

マキエは啓太の横の席に座ると手を合わせた。

「ごちそうだね」

達也はさっそく箸を取り、ハムを口に運ぶと左手で茶碗を持った。だが、小指がないことを忘れて、茶碗がすっぽ抜けた。苦笑がてら右手で茶碗を左の掌《てのひら》に載せ、ご飯を頬張った。気が付くとマキエと啓太が強ばった表情をして達也の仕草を見つめていた。

「食べないの？　冷めちゃうよ」

達也は笑って気が付かない振りをした。

「どうしたら、あなたに償うことができるの？」

マキエは泣きそうな声を出して言った。

「償ってもらう必要はないよ。加藤さんを捜すのを手伝ってもらうだけで充分だから」

「そんなことで済ませられるわけがないじゃない」

啓太が目に涙を溜《た》めて言った。

気まずい沈黙が続き、三人とも箸をテーブルに置いた。

「実は僕の体は特別なんだ。自分の体の秘密を守るために逃げ回っている」

達也は思案したあげく二人に打ち明けることを決意した。これまで秘密がばれそうになると働いていた街から逃げ出すという生活を送ってきた。もし、異端視されるようなら彼らとも別れなければならない。

「生まれたときから、異常に再生能力が高いんだ。だからある製薬会社が僕を実験体として欲しがっている。もし彼らに捕まったら、僕はもう二度と外の世界に出ることはできなくなるんだ」

「どういうこと？」

マキエが首を傾げながら尋ねてきた。

「これから話すことをぜったい誰にも言わないと、二人とも約束してくれるかい？」

達也の真剣な表情に二人はゆっくりと頷いてみせた。

「僕の父親はドイツ人で大空襲でも生き残ったほどの自己再生能力があったらしい。ドイツ軍に拘束された父はハーバーという科学者に連れられて終戦間近の日本にやって来た。ハーバーは戦後も父の研究を続け、拉致《らち》した母親の卵子に父の精子を植え付けて僕は生み出された。父の遺伝子を研究するために沢山の子供が生み出されたそうだ。そして遺伝子を受け継いだ僕と姉の二人だけが生き残ったんだ」

達也は話し終わると二人の顔を見た。二人とも啞然《あぜん》としている。

「ちょっと待って、それじゃ、指を切ってもトカゲの尻尾《しっぽ》みたいにまた生えて来るの？」

啓太は子供のような質問をしてきた。

近年米国の自己免疫疾患の研究をしていた生物医科学研究所で、マウスに遺伝子操作をあながち大袈裟《おおげさ》とは言えない。

したところ原生動物並みの再生能力を持つようになったという報告もある。啓太の表現は

「今の僕では時間がかかると思うけど、いずれは生えて来ると思う」

達也はメギドのことを話す気はなかった。ただでさえ信じられないようなことなのに、メギドのことまで話せば頭がおかしいと思われるのがオチだからだ。

「すげえー」

啓太は単純に信じたらしく目を見開いた。

「私たちを安心させようと思ってくれるのはありがたいけど、そんなつくり話を聞かされるより、素直に何か要求してくれた方が私は楽よ」

怒りを含んだ目で見つめ、マキエは首を横に大きく振った。

達也は何も言わずに包帯を解き、左手をテーブルの上に載せて傷口を見せた。きれいに皮膚に覆われた小指の関節を見て二人の表情がさっと変わった。

「普通の人間が、たった二日で傷口が塞《ふさ》がるはずがないだろう。僕の姉は自分のことを化け物だと言って悲しんでいる。僕らは何とも思わないが、他人から見ればやっぱりそう見えるだろうね」

達也はうっかり複数人称で言ってしまった。

「僕ら？　昨日はお姉さんと二人だけって言わなかった？」

マキエは首を捻《ひね》った。

「もう四年も会ってないけど、実は僕には双子の兄弟がいるんだ。彼も僕と同じ能力を持っている。仲がよくないからあまり話したくないんだ」

達也は慌てて誤魔化した。だが、嘘を言ったわけではないので後ろめたさはない。

「あなたが言ったこと、本当なの？　信じていいのね」

左手の傷痕《きずあと》を改めて見たマキエの目には憂いがたたえられていた。

「本当さ。気持ち悪いかい？」

マキエは首を振った。左手を引っ込めようとすると、彼女は達也の左手を両手で握りしめてきた。

「かわいそう。でも……ほっとした」

彼女の目から大粒の涙が溢《あふ》れた。

三

運天姉弟の協力を得た達也は、まずはタクシー運転手の嘉数真一を捜すことからはじめた。マキエは午前中だけ店を休み、啓太はいつも通り出勤させた。

黒電話はマキエのところにはないので、隣の布団屋の久美に頼んで借りた。いつもは別の部屋に置いてあるそうだが、電話線が長いので裏の四畳半の部屋まで持ってきてくれた。農連市場の喧噪《けんそう》が聞こえないように久美が気を遣ってのことだ。

達也に代わりマキエが那覇のタクシー会社に電話をかけてくれた。三社を調べた段階では嘉数の名の運転手は二名いたが、真一という名の運転手はいないらしい。達也と違って電話の相手が若い女というので警戒されることもないが、変に勘ぐって笑いながら答える者もいたようだ。バーかスナックからのお誘いだとでも思っているのだろう。

最後の会社を調べ電話の受話器を置いてマキエが首を横に振った。

「おかしいね。その運転手はひょっとして個人タクシーなんじゃないのかい？」

側で聞いていた久美が首を捻った。

「加藤さんは自宅に直接電話をかけたと言っていたので、会社勤めの運転手さんだと思うのですが」

個人タクシーなら、わざわざ自宅にかけたとは言わないはずだ。

「加藤さんは那覇のタクシー会社だと言っていたの？」

二人の話を聞いていたマキエが質問をしてきた。

「えっ、それは……」

那覇のホテルから車に乗ったので那覇市のタクシー会社だと思い込んでいたが、加藤や嘉数から会社の所在地については何も聞いていなかった。

「頼りないね。それじゃ、隣の浦添市から調べてみようか」

久美は溜息《ためいき》を漏らして、電話帳を拡げてタクシー会社を調べた。久美が調べた電話番号にマキエが電話をかけたところ、二つ目の会社で見つけることができた。マキエは達也の名前で嘉数を無線で呼び出してくれた。

　三十分後、車体が緑のタクシーが布団屋の前に停車した。嘉数は店先に立っていた達也の姿を見つけると車から下りてきた。

「加藤さんに何かあったのですか？」

　嘉数はすでに予見していたのか、青ざめた表情をしている。

「そうなんです」

「別の場所で話をしましょう。車に乗って下さい」

　達也が慌てて後部座席に座ると、運転席に戻った嘉数は車を出した。午前中の農連市場は買い物客が多いため、車を長くは停めておけなかった。行く先は聞いていないが、どこでも構わない。

「一昨日《おととい》、加藤さんが米兵らしい外人に拉致されたんです」

　達也はさっそく詳細を教えた。

「吉原でさらわれたんですか。大胆なことをするもんですね。ヤクザに見つかったら、アメリカンでも戦争ですよ」

「ヤクザの人はよっぽど恨みを買っていたのだろうと言っていましたが、嘉数さんは加藤さんの取材のことで何か知りませんか？」

「……………」

　嘉数は答えずにタクシーを西に走らせ、那覇港に近い街にある公園の脇に車を停めた。

他にも車が停められており、中を覗《のぞ》くと営業マン風の男がシートを倒して昼寝をしている。車で仕事をする者にとって穴場のようだ。

「ここなら、人の目も気になりません。公園で話しませんか」

夜の街らしく公園の周囲にある建物には風俗店らしい看板が掲げられている。そのため昼近いが人通りが少ないようだ。

「夜に賑《にぎ》わう街なんですね。ここも特飲街なのですか？」

車を降りてあらためて街の様子を見た達也は人気のなさに驚いた。

「戦前は遊郭があったところで、沖縄でもっとも古い特飲街だったとも言えます」

「そんなに古いんですか？」

「沖縄がまだ琉球王朝だったころ、海外との貿易は大きな収入源でした。しかし、外国から出入りする船乗りが、沖縄の女を襲うという事件が後を絶たなかったようです。米軍が沖縄を占拠したころと同じさあ。そこで王朝政府は、性犯罪を防ぐために沖縄各地の遊女を集めて、港近くの荒れ地だった辻に公設の遊郭を作ったのさあ」

「歴史は繰り返すということですね」

人間は何百年経っても進歩しないと思うと、寂しい気持ちになった。

「戦後は米兵相手のホテル街だったらしいのですが、今では日本人相手の風俗街になっています」

現在では遊郭の面影などなく、風俗街としても寂れているが、それでもファッションへルスやホテルが軒を連ねている。

嘉数は公園の高台になっている場所に上り、達也の風下に立つと、ポケットからハイライトを出して吸いはじめた。

「ここはね。ちょっとさぼるのにいいのさあ」

人気のない場所で煙草を吸いたかったようだ。達也を客というより身内のように気を許しているのだろう。

「加藤さんを見つけて救いたいと思っています。何か手がかりになるようなことをご存知ありませんか」

「私は加藤さんの足になっていただけで詳しい話は知りません。加藤さんも教えてはくれませんでした。私に危険が及ばないように気を遣われていたのでしょう」

「これを見ていただけませんか？」

加藤の旅行鞄《かばん》に入っていた茶色い革の手帳をポケットから出した。

「これは……」

嘉数がメモ帳を見て絶句した。

「知っているんですね」

嘉数は頷《うなず》いてみせた。

「このメモ帳を使っていたのは、川島大というルポライターです。とても大事にメモ帳を使っていました。それがここにあるということは……」

悲しげな表情をして嘉数は首を振った。革の手帳にはM・Kという刻印がされていた。川島大という名前と符合する。間違いないだろう。

「加藤さんの旅行鞄に入っていました」

「なるほど、そうですか。……川島さんは昨年の三月から米軍基地のことを調べていました。遠出するときはいつも私を指名してくれたのです。仕事に大変熱心な人でね、私はいろいろお世話してあげました。加藤さんは昨年の十月からのおつきあいです。でも二人が一緒のところを見たことはありません」

面識がない二人が偶然同じタクシーを使っていたとしても、職業や目的まで同じというのは納得できない。嘉数が知らなくとも二人は関係があったに違いない。

「嘉数さんが会社の中で特に基地に詳しいということで、指名されたのですか？」

「そんなことはないさあ」

嘉数は煙草の煙を風下に流しながら首を振った。

「川島さんも米軍基地のことを調べていたんですね」

加藤は〝基地のある街〟というタイトルで、〝週刊朝読〟に記事を書くことになっていると言っていた。ひょっとすると川島も〝週刊朝読〟と契約していた可能性もある。嘉数が接点でないとしたら、二人はもともと旧知の仲で、先に嘉数を使っていた川島が信頼できるタクシードライバーとして加藤に紹介したのではないだろうか。

加藤の行方を知ることはできなかったが、彼の謎めいた行動を解明することで手がかりを見つけて行くほかない。

　達也は嘉数に農連市場の近くまで送ってもらった。料金を払おうとしたが、メーターも倒されてはおらず、嘉数はかたくなに受け取ろうとはしなかった。

「何か思い出したら連絡をください」

　達也は降りる際に、久美の〝玉城ふとん〟店の電話番号を書いたメモを渡した。すると嘉数は自宅の電話番号を気軽に教えてくれた。加藤と川島が彼を好んで使った理由が分かるような気がした。

四

　布団屋に戻った達也は自分で連絡を取ることにした。久美は店番をしなければならないので黒電話は自由に使っていいと言われていた。マキエが四畳半の部屋で待っていたが、彼女の出勤時間が迫っていることもあり、わざわざ彼女の手を煩わせることはないと思ったからだ。

　日曜日だったがとりあえず朝読出版社に電話してみると、〝週刊朝読〟の編集は締め切りのため出勤していた。担当者に加藤の助手として取り次いでもらった。

　──加藤さんから連絡がないから心配していたが、どうしたんですか？

　柴本《しばもと》と名乗った担当は咎《とが》めるような口調で聞いてきた。締め切りで苛立っているのかもしれない。

「それが、拉致《らち》されたらしく、行方不明なのです」

達也は拉致された場所が吉原とは言わずに報告した。

——本当ですか。まさか本当に事件に巻き込まれるとは思わなかったな。

「加藤さんから危ない取材だと聞いていたのですか？」

——加藤さんからの持ち込み企画だからね。誇張していると思ったんだ。米軍基地と住民の過酷な生活ということで、取材するから、米軍に恨まれるかもしれないと言っていたよ。

「どういう内容か聞いていましたか？」

加藤からは〝基地のある街〟というタイトルで取材すると聞いているが、持ち込み企画だとは聞いていなかった。柴本に確かめる必要がある。

——ＶＯＡの基地局とか嘉手納基地の〝燃える井戸〟がある村とか、面白そうな題材だったな。三日前に聞いたばかりだけど、間に合えば来月号の記事の穴に使いたいと思っているんだ。

「三日前！　何かの間違いじゃないですか？　僕は二週間以上前に沖縄の取材の話は聞いているんですよ」

——加藤さんのことだから、他社の取材の件で行っているはずだ。ほかの取材企画と間違えているんじゃないのか。うちはまだ取材費も払ってないからね。

「そうなんですか……」

取材費は前金で出ていると聞いていたが、それすら否定されてしまった。

「それじゃ、川島大という記者を知っていますか？」

――川島大？……聞いたことがあるなあ。今はちょっと思い出せないが、分かったら連絡して上げるよ。

「ありがとうございます」

達也は連絡先として〝玉城ふとん〟店の電話番号を教えた。

――根岸さんは助手と聞いたけど、もし加藤さんの代わりに写真や原稿を速達で送ってくれたら、ちゃんと原稿料は払うよ。二、三日中になんとかならないかな。

柴本は加藤が拉致されたことなど、どうでもいいようだ。

「また、連絡します」

達也は腹が立って電話を切った。

「何か、分かった？」

店に出勤しようとしていたマキエが裏口から心配げな表情で入って来た。彼女は地味な色のワンピースに、男もののジャンパーを着ていた。いつもできるだけ目立たないようにしているようだ。

「とりあえず、もう一社にも聞いてみるよ」

達也は〝週刊民衆〟を出版している三葉社に緊急の用件だと電話をかけたところ、日曜出勤していた社員が担当者の自宅に連絡をしてくれた。数分後、副編集長の岩崎《いわさき》という男から電話が入ったので、事情を説明した。

――何だって、加トちゃんがさらわれた！　だから注意した方がいいって言っておいたんだ。沖縄のヤクザは怖いよって。

岩崎は加藤をあだ名で呼ぶほど旧知の仲のようだ。

「加藤さんを拉致したのは、ヤクザじゃなくて米兵らしいです」

――何で、米兵が関係してくるの？　まさか特飲街で米兵相手に問題でも起こしたんじゃないだろうね。

「それは関係ないと思いますが」

コザの一件を正直に話した。

――その程度のことなら、大したことないよ。米兵の女を寝取ったとか、金銭的なトラブルじゃない限り、あいつらも馬鹿じゃないからね。もっとも些細《ささい》なことで米兵に住民が射殺されたケースもあったから、まったくあり得ないとは言えないけどね。

岩崎は沖縄について詳しいようだ。

「加藤さんから、取材の話はいつごろ聞いていましたか？」

――加トちゃんに企画を持ちかけたのは僕なんだ。去年の記事が評判だったからね。第二弾ということで頼んだんだ。だから取材費と原稿料の前金として二十万渡したんだよ。〝週刊民衆〟に関しては加藤から聞いた話には矛盾がないようだ。

「ところで、川島大という記者についてなにかご存知ありませんか？」

だめもとで聞いてみた。

――聞いたことがあるもなにも、元朝読新聞の記者で米国の反基地運動の取材中に行方不明になった川島大のことだろう。

「知っているのですか？」

――実は僕も元朝読新聞の記者だったんだ。加トちゃんは一年後輩で、川島は三年後輩だった。三人とも辞めてしまったがね。川島が行方不明になったのはもう四年前の話だよ。どこで川島のことを聞いたんだね？

「聞いたわけじゃないんです」

達也は茶色い革のシステム手帳のことを話した。

――川島は日本にこっそりと戻っていたということか。けしからん。僕に黙って、加トちゃんと川島は何かを取材していたんだな。

岩崎は仲間はずれにされたことを怒っているようだ。

――根岸さんって言ったね。川島のメモ帳か、あるいはメモ帳のゼロックスでも送ってくれないか。僕の方でも手がかりを摑《つか》む努力をしてみるよ。

ゼロックスは会社名だが、当時はコピーの代名詞だった。岩崎は本気で加藤らのことを心配しているようだ。

「分かりました。至急、複写して速達で送ります」

ファックスが普及していない時代、現物を郵送するのは当たり前のことだった。今ならホテルに置かれたファックスでなくてもパソコンやスマートフォンで画像のやり取りは簡単にできる。

――根岸さん。加トちゃんの助手と言っていたが、取材費は足りているのかね？

岩崎は心配りができる人間のようだ。

「大丈夫です。ご心配ありがとうございます」

達也は黒電話に頭を下げて受話器を下ろした。

「何か分かったのね」

いつのまにかマキエが達也のすぐ横に座り、聞耳を立てていた。

「お店に、遅れるんじゃないの？」

あまりにも接近しているので思わず達也は腰を浮かせた。

「電話が気になって。それに少しぐらい遅れても平気よ」

達也が移動したのでマキエが体をよじるように近付いてきた。

「そろそろ店に行った方がいいんじゃないかな」

達也は胸の鼓動をマキエに聞かれるのではないかと焦った。

「私のこと、嫌い？」

マキエの顔が触れそうになるくらい近くなった。

「僕は、……」

好きと言う前にマキエの唇が達也の唇を塞《ふさ》いでいた。

熱く柔らかい唇に目眩《めまい》を覚えた。

夢でないことを確かめるために達也はマキエを抱きしめた。

五

達也ははじめてマキエを見たときから心をときめかせていた。

一方マキエは達也にはじめて会った時、冷たい態度で臨んだ。後で彼女から聞いた話だが、達也を見た瞬間、態度とは裏腹に彼女も胸が高鳴ったからだと言う。不思議に思って尋ねてみると、二人が結ばれれば生まれて来る子供の容姿がさらに日本人とかけ離れてしまうことを怖れたためだった。女は感情だけで動くものではない。本能的に身を守るために行動するものだ。

二人は布団屋を抜け出し、マキエの家の厨房《ちゅうぼう》で再び抱き合った。激しいキスの後、達也は彼女のワンピースのボタンを外した。

「待って、だめよ、今は。まだ明るいもの」

マキエは腕を突っ張って達也の体から離れた。

「ごめんよ」

達也は北向きの磨《す》りガラスの窓を恨めしげに見つめた。

「私が帰るまでにあなたも仕事を終わらせて。帰ったら二人でどこかに出かけましょう」

そう言うとマキエは達也の唇に軽くキスをして裏口から出て行った。

彼女が出て行った後も胸の鼓動は収まらず、三十分ほど厨房で佇《たたず》んでいた達也は、大きな深呼吸をするとマキエの家を出た。

〝週刊民衆〟の副編集長である岩崎から、川島大のメモ帳かその複写を送って欲しいと言われた。メモ帳自体は大事な手がかりなので送るつもりはない。だが、コンビニで誰でも簡単にコピーをとれる現代と違い、一九七〇年代半ばでは複写機自体、一般に普及していなかった。

布団屋の久美に尋ねたところ、彼女は黒電話を使って知人に聞いてくれたが、近所で複写機を置いている店や知人の会社はないらしい。仕方なくメモ帳を書き写すことにした。

茶色い革のシステム手帳で、書き込まれているページは二十ページ以上ある。わら半紙と鉛筆を借りて布団屋の奥の四畳半で書き写したが、取材メモを書き終わるころには午後五時を過ぎていた。

「待てよ」

達也は、最後の数ページに書かれている記号を書き写そうとして、文字列のアルファベットのMの文字に目を留めた。

〝六／五、金、M※S、※8〟、〝七／十九、コ、M※D〟とMは同じだが※印の後が数字やアルファベットに変化している。去年の六月五日は木曜日なので、日付の後の金は金曜日ではなく、金武村の略だということは分かるのだが、その後の記号の意味が分からなかった。だが、金武村で加藤と一緒に行った店の名前を思い出すと、ロックを聞いたのは〝スカイライン〟というバーで、〝エイトボール〟というビリヤード場にも行っている。またコザでは、B・C・ストリートのアイリッシュ・パブ、〝ダブリン〟という店に行った。頭文字はそれぞれ〝S〟と〝8〟、それに〝ダブリン〟の〝D〟で、メモ書きと符合する。やはり、これは単純な取材メモで暗号ではなさそうだ。

とすれば、店の次のアルファベットの〝M〟は加藤が捜していた白人の米兵である〝マイケル・オブライエン〟のイニシャルと考えてもいいのではないか。加藤は川島大から店の名前を聞かされており、川島のメモ帳と同じコースを辿《たど》ったのに違いない。

達也は最後の数ページを写し終えると、記号の意味も書き足し、〝マイケル・オブライエン〟は誰なのか調べて欲しいと追記した。

「どうしようかな」

鉛筆を擦《こす》り付けて文字を浮かび上がらせた白紙のページまで書き写したものか、達也は迷った。面倒というのではなく、位置関係まで正確に写さないと意味をなさない可能性もあるからだ。

今度は数字ばかりの文字列だ。〝三／十八※十一・十六、三／二十※十五・十二、四／二十一※三十八・二、四／三十※二十八・七、五／二十二※三／二十、五／二十三※七十四・四〟と、頭の数字は日付と見て間違いないだろう。だが※印の後が三十八や七十四という大きい数字もあるために日付でないことは分かるが、意味は不明だ。やはり暗号なのかもしれない。しかも、乱雑に書かれているというより、震えた手で書いたように字が躍っている。

「やるか」

今日は十八日の日曜日で、どのみち郵便局はやっていない。速達で送れるのは明日の朝になるが、加藤を捜す重要な手がかりになると思うと書類は早く作っておきたかった。

メモ帳を完璧《かんぺき》に書き写すと七時近くになっていた。久しぶりに鉛筆を握ったため、指先が痛くなってしまった。複写したわら半紙を丁寧に畳み、封筒に入れて三葉社の岩崎宛《あて》に住所を書くと封を閉じた。

「終わった！」

達也は両手を上げて背伸びをした。途端に腹の虫がなった。夢中で作業をして昼ご飯も食べていなかった。

これまで最高で二日間ほとんど食事を摂らなかったこともあったが、このときは体が超人的な再生能力の持ち主だろうと関係なく命の危険を感じた。あるいは達也の場合、細胞の再生能力が高いだけに人より基礎代謝が高いのかもしれない。

達也は布団屋を出て隣のマキエの家の裏口を叩《たた》き、ドアノブを回してみた。鍵《かぎ》は掛かっていない。

「啓太君、いるかい？」

「いるさあ」

ドアの隙間から覗《のぞ》くと、厨房の横にあるドアから上半身裸の啓太がタオルで頭を拭《ふ》きながら出て来た。港で働いた汗を流していたのだろう。

「根岸さん、入っておいでよ。ビール飲む？」

啓太は厨房にある冷蔵庫から缶ビールを出した。マキエが十九歳だから二つ年下の啓太は十七歳のはずだ。とはいえ港湾労働者として働き、見た目も大人と変わらない。

「僕はいいよ」

達也が食堂の椅子に座ると、ランニングシャツ姿になった啓太は首にタオルをかけ、缶ビール片手に煙草をくわえて達也の前の席に座った。

「根岸さんは、煙草吸わないの？　大人なのに変わっているね」

啓太は一応未成年だと自覚しているようだ。

「そうかな。吸いたいと思わないだけだよ」

答えたものの実は理由がある。〝エリア零〟では特殊な戦闘訓練を受けていた。中でもジャングルで敵の存在を知るため、五感を研ぎ澄ますという訓練があった。実際、風下に回れば体臭や煙草の匂いは嗅《か》ぎ分けられる。〝エリア零〟では体臭を増幅させる喫煙は厳しく戒められていたために未《いま》だに吸おうとは思わない。

「ところで、根岸さんの武道は何？」

啓太はうまそうにビールを飲みながら聞いてきた。

「僕の武道はいろいろだけど、一番は甲武流という日本古来の武術だよ。君のは？」

達也は〝エリア零〟で厳しい格闘技の訓練を受けているが、もっとも得意とするのは頭に埋め込まれた甲武流の達人である唐沢喜中が使う古武術だ。

「俺のは沖縄空手で、運天の家系は琉球王朝に仕えていた侍の末裔《まつえい》なんだ。侍と言っても貧乏な下級武士だったらしいけどね。だから代々空手をやっているんだ」

沖縄空手は琉球王朝時代に中国伝来の拳法《けんぽう》と沖縄武術〝ティー〟とを融合発展させたものといわれている。だが、琉球王国の第九代尚真王が中央集権化を図り、反乱を防ぐために〝禁武政策〟を出して国民から武器を没収した。そのため国民は徒手空拳である沖縄空手を発展させた。また一六〇九年の薩摩《さつま》藩による琉球侵攻により、沖縄はその支配下に置かれた。表立って武術を練習することも出来なくなったため〝一子相伝〟で秘密裏に沖縄空手は伝えられるようになったという歴史を持つようだ。

「根岸さん、今度甲武流の武術を教えてよ」

「いいとも。その代わり沖縄空手も教えてくれる？」

二人は武術談義で盛り上がった。

「いけない。姉ちゃん迎えに行かないと」

啓太は食堂の壁掛け時計を見て席を立った。八時四十六分、マキエが勤めている国際通りの店までは急げば五分で行けるが、彼は姉思いなのだろう。

「一緒に行くよ」

達也も席を立った。

着替えた啓太とともに中華料理屋の裏の暗闇で待っていると、九時を五分ほど過ぎたころにマキエは裏口から出て来た。

「お待たせ」

彼女は二人の顔を見て嬉《うれ》しそうな顔をした。

「啓太、これから根岸さんとちょっと食事に行きたいけど、いいかな?」

マキエは啓太に紙袋を渡しながら言った。

「これさえ、もらえればば、ぬぅーんいらん。どこへでも行けぇー。根岸さん、姉ちゃんをよろしくね」

紙袋を小脇に抱えた啓太は、手を振るとあっという間に狭い路地から消えた。

「いつまでたっても育ち盛りの子供なんだから。おかしい」

マキエは口を押さえて笑った。

「何を渡したの?」

「お店で毎日余り物をもらうの。だから食堂に勤めているんだ」

お昼ご飯は昼間勤めている喫茶店のまかないを食べ、夜は皿洗いをしている中華料理屋から余り物をもらって姉弟《きょうだい》で晩ご飯のおかずにしているそうだ。啓太が毎日姉を迎えに行くのは姉思いというより、おかず思いだったようだ。

「いい考えだね。僕も働く時は食事が出るかどうかで決めていたんだ。前勤めていた店では僕がまかないを作っていたから、好きなものが食べられたよ」

逃亡者である達也にとってもまかないは重要な要素だった。

「料理が作れるの？」

「レパートリーは少ないけど、評判はよかったよ」

「うちの店を開く時、コックをしてくれる？」

マキエが悪戯《いたずら》っぽい顔で言った。

「もちろんさ。いつでも声をかけてね」

達也はマキエの肩に手を置いた。

「それじゃ、今日から」

マキエが目を閉じた。

達也はマキエを抱き寄せ、艶《つや》のある唇にキスをした。

六

時おり乾いた北風が通りを吹き抜けた。街行く人はコートの襟を立てて歩いている。だが冬の使者も達也とマキエの若い肉体から熱を奪うことはできないだろう。

少し贅沢《ぜいたく》をして国際通りにあるステーキ屋で夕食を満喫した後、ネオンが煌《きら》めく通りを二人は腕を組んで歩いた。逃亡生活を続ける達也にとって異性と付き合うのははじめてのことだった。マキエもこれまで男性恐怖症だったらしく、経験がないらしい。はじめのうち腕を組むことすらぎこちなかったマキエだが、それがかえって初々しくかわいらしい。

宝石屋のショーケースを見たり、お土産屋を覗いたり、一緒にいるだけで何をしても楽しかった。二人は西に向かって歩き、国際通りの起点であり、角に那覇警察署がある〝那覇署前交差点〟の歩道橋に上った。

「これまで生まれたこの街が大嫌いだった。でも今は輝いて見える」

呟《つぶや》いたマキエの目に涙が溜《た》まっていた。達也は何も言わずに後ろから抱きしめ、彼女の手を握りしめた。水仕事で荒れた手は冷たかった。

一九八八年に那覇警察署は移転し、一九九〇年には県庁前の県道も四車線に拡張されて陸橋も撤去された。交差点名も今では〝パレットくもじ前交差点〟あるいは〝県庁北口交差点〟と呼ばれている。現在では望むことができない地上数メートルの位置から、二人は〝奇跡の一マイル〟と呼ばれる国際通りの夜景をあきることもなく見つめた。

あと十分もすれば零時になる。達也は腕時計を見て溜息《ためいき》をついた。はじめてのデートなのに女の子を夜遅くまで連れ回すのはよくないことだ。マキエに夢中になるあまり時が経つのを忘れていた。

「すっかり遅くなってしまったね。家まで送って行くよ」

達也は通りを走り抜ける車を見つめているマキエに言った。

「まだ十二時よ。ウチナンチューは気にしないわ」

マキエは首を傾げて言った。

「残念ながら、ぼくはウチナンチューじゃないんだ。啓太君もきっと心配しているよ」

苦笑を漏らしながら達也は言った。

「嫌みで言ったつもりはないの。あの子なら、今頃一人でビールを飲みながらテレビを見ているわよ。私たちを心配なんかしてないわ」

「そうかな」

「家族は二人だけだからよく分かるの。あなたと会った翌日に、怒った振りをして実は達也さんに一目《ひとめ》惚《ぼ》れなんだろうって、啓太に言われたわ」

マキエは笑いながら言った。彼女の性格なんだろうか、それとも沖縄人、ウチナンチューはオープンで情熱的なのだろうか。だが、自分にはない彼女の開放的な性格も魅力に思えた。

「それじゃ、桜坂にでも飲みに行こうか？」

「私は一日働いているから、疲れてしまったわ」

マキエは小さく首を振った。

「……とりあえず、歩こうか」

収まっていた動悸《どうき》がしてきた。なぜか膝《ひざ》に力が入らない。達也は歩道橋の階段をなんとか踏み外さないように降りると、県道を国際通りとは反対方向に進みはじめた。なんとなくネオンや看板で溢《あふ》れる明るい通りを歩きたくなかったからだ。マキエも抵抗することなく寄り添って歩いている。

道は大きく左にカーブしており、二、三分歩いたところに〝チュル琉球〟という真新しいホテルがあった。連れ込みホテルでない普通のホテルだ。二人の足は自然に止まった。

「……休んで行くかい」

戸惑った末に言った言葉は、喉《のど》の奥から振り絞ったようにかすれていた。

マキエは何も言わずにこくりと頷《うなず》いた。

荷物も持たない若いカップルにフロントも最初は少々気難しい表情をしたものの、チェックインをすませると営業スマイルで鍵《かぎ》を渡してくれた。

部屋は二階のツインで、広々としている。だが、そんなことは二人にはどうでもよかった。ドアを閉めるなり、二人は抱き合い唇をむさぼるようにキスをした。達也は彼女のワンピースのボタンを外し、ブラジャーも慣れない手つきで外すと自分もジーパンとTシャツを脱いだ。

マキエを抱きかかえるとベッドに運び、彼女の絹のような美しい肌に唇を這《は》わせた。そして身につけている最後の下着であるパンティーもはぎ取ると、彼女は小さな悲鳴を上げて、達也に抱きついてきた。気が付くとマキエは微《かす》かに震えていた。

「怖いのかい？」

母親は米兵に犯され、彼女は生まれた。セックスは彼女にとってトラウマなのかもしれない。マキエから離れようとすると、彼女は達也の背中に回した両腕に力を入れてきた。

「放さないで、私を。うれしいの。私はずっと男を恨んできた。だけど、今はあなたを心の底から愛して、抱きしめている。こんな瞬間が来るとは夢にも思わなかったわ」

マキエの頬にうっすらと涙が流れていた。

達也は掌《てのひら》で彼女の涙をやさしく拭《ぬぐ》い、額、両目、鼻、唇の順にキスをし、彼女の中に入った。はじめての行為なのに迷いはなかった。マキエは達也を抱きしめ、忍びやかな嗚咽《おえつ》を漏らした。二人は長い間抱きしめ合い、いつしか眠りについた。


まどろみの中、天井を見上げると薄汚れたシーリングファンが湿った空気をかき混ぜていた。パイプの粗末なベッドから降りて部屋を出た。どこからか鞭《むち》を打ち下ろすような音が暗闇に響き、そして押し殺した悲鳴が聞こえる。

悲鳴のする方向に進むと二本のヤシの木の間にベトコンが両手首をロープで縛られて吊《つ》るされていた。

「さっさと白状しちまいな！」

白人の男が水に湿らせた革の鞭を振ってベトコンを拷問していた。

「止めろ」

鞭打ちを止めさせ、引き裂かれたベトコンの背中を見た。

傷口が、〝三／十八※十一・十六、三／二十※十五・十二、四／二十一※三十八・二〟と数字の羅列になっている。

「馬鹿な！」

驚いて引き下がると、ベトコンが顔を上げた。拷問で崩れた顔は原形を留《とど》めていない。

「背中の傷を読んで下さいよ」

男はしわがれた声を出した。

「嫌だ」

「乱数を使う簡単な暗号さ。誰にでも作れるような簡単なものだ」

男は手首に巻き付いていたロープを自分で外した。達也は思わず後に下がった。いつの間にか後ろは断崖《だんがい》になっていた。

「誰にでも作れるんだ」

男は同じ言葉を繰り返し、薄気味悪く笑いながら迫ってくる。

「よっ、寄るな！」

達也は思わず後ずさりし、崖《がけ》から落ちた。体に軽い衝撃を受けた。目を覚ますとホテルのベッドから落ちていた。

「どうしたの？　すごくうなされていたわよ」

下着姿のマキエがベッドの上から心配そうに見つめている。

「ちょっと怖い夢を見ただけだよ」

床に尻餅《しりもち》をついたまま答えた。

「おかしい。子供みたい」

マキエは腹を抱えて笑いはじめた。

「子供じゃないさ」

達也も苦笑いを浮かべてベッドに戻った。だが、脳に埋め込まれた米兵の意識が夢の中にまで侵入してきたことに危機感をつのらせていた。あるいは彼の脳細胞が手帳の暗号の意味を勝手に考えているのかもしれない。このままではいつか自分自身を制御できなくなるのではないかという不安が頭をもたげた。

蘇《よみがえ》る悪魔

一

沖縄海洋博は様々な批判を浴びながら一九七六年一月十八日に閉幕した。海洋博の目玉でありシンボルでもあったアクアポリスは、未来の海上都市をイメージされて建造され、半潜水型浮遊式という構造で注目された。博覧会終了後は、観光資源として沖縄県に二億円で売却されるも、幅百四メートル、奥行き百メートル、高さ三十二メートルと巨大な鉄の構造物に観光客を引き寄せるだけの力はなかった。百三十億円もかけて制作されたアクアポリスの最後は鉄くずとして千五百万で海外に売却された。

達也はマキエと十八日の夜をホテルで過ごし、翌朝彼女を家まで送った。彼女は休みもとらずに毎日働いているらしい。着替えて仕事場に向かう彼女を送り出した達也はコザ行きのバス停に向かった。タクシー運転手の嘉数真一はいつでも声をかけてくれと言ってくれたが、贅沢《ぜいたく》はできない。それに嘉数のことだから商売抜きで手伝うと言うに決まっている。かえって悪い気がしたのだ。

その代わり、月曜日が休みという啓太と一緒に行くことになった。加藤の旅行鞄《かばん》を取りに行くだけなので断ったのだが、付いて行くと言ってきかない。達也に怪我をさせたという負い目があるのだろう、どんなことでも手伝うというのだ。

達也が加藤の旅行鞄をコザの〝グレイスホテル〟に預けて那覇に来たのは、嘉数真一と連絡が取れたらすぐに戻るためだった。嘉数からは有力な情報は得られなかったが、加藤が拉致《らち》された理由は川島大の残したメモ帳に関係していることが分かってきた。それならコザをあてもなく捜すよりも、那覇でマキエや布団屋の久美に協力を得た方が、いいと判断したのだ。

胡屋十字路の近くのバス停で降りた二人はゲート通りとは反対側の県道二十号を東に向かった。通りは二年前の一九七四年に、沖縄としては珍しいクスノキが街路樹として植えられた。今日では〝くすの木通り〟と呼ばれ、市民に親しまれる沖縄随一と言われる並木道になっている。

通りから三本目の角を左に曲がり、緩い坂を上って行くと右手の角に三階建ての〝グレイスホテル〟がある。外見はホテルというより、造りがしっかりとしたモーテルのような感じだ。十年前の創業時は二階建てだったというから、ある意味頷ける。場所的にも大通りから少し中に入っており、当時は雑草の生える丘にぽつんと建ち、客室の窓から海が見えたらしい。

コザの古いホテルは米軍相手に開業したところが多く、沖縄の本土復帰、ベトナム戦争終結と時を刻むたびに米兵の客足は遠のいた。さらに一九七八年からはじまる〝思いやり予算〟など日本政府の手厚い援助により、補助金を手にした米兵は安宿には目もくれず新しくできた高級ホテルに宿泊するようになる。

達也は〝グレイスホテル〟のフロントに預けてあった旅行鞄を受け取る際、ホテルのオーナーに言われて鞄の中をチェックした。加藤の荷物は間違いなく入っている。もともと金銭や財布は入ってはおらず、貴重品といえばカメラだけだった。

カメラは洋服に埋もれるように収められており、加藤が拉致される当日まで読んでいた小説も鞄の内ポケットへ無造作に突っ込んでおいた。

改めて取り出して本をめくってみた。現代の新書判よりも一センチほど縦に長い、縦十八・四センチ、横十・六センチあるポケット・ブック判と呼ばれるものだ。手製のハトロン紙のカバーがかけられている。加藤は友人から貰《もら》った本だと大切にしていた。

「レイモンド・チャンドラーの〝プレイバック〟か」

達也は題名を見て、元新聞記者の加藤もハードボイルドの推理小説を読むのかと感心をした。米国のハードボイルド作家の第一人者であったレイモンド・チャンドラーは一九五九年に亡くなっているが、未《いま》だに日本ではファンが多い。達也も二冊ほど読んだことがあるが、米国の豊かな文化の香りと粋な主人公の言動には憧《あこが》れさえ覚える。

「あれっ？」

本の中程に挟まっているものがしおりかと思って開いてみると、二つ折りにされた紙だった。手帳を破ったのだろう、加藤の筆跡らしきメモが残されている。

「〝バフォメットの扉〟？」

紙の一番上に〝バフォメットの扉〟と書かれ、その下には引き出し線で導かれた先に〝悪魔の僕《しもべ》〟、〝山羊《やぎ》〟、〝ヨハネの黙示録十三章十八節〟、〝獣の数字〟と単語が並べられ、〝666〟という数字が一番下に二重丸の中に書き込まれてある。意味不明の単語は川島のメモ帳の謎と関係しているのだろうか。そう言えば、〝悪魔の数字〟と、加藤が寝言を言っているのを聞いたことがある。

「しまったなあ」

迂闊《うかつ》だった。那覇に行く前に荷物をもっとよく調べるべきだった。それに加藤が暇さえあれば小説を読んでいたことを思い出した。

達也は小説を旅行鞄に仕舞い、ホテルを出ようとすると、横から引ったくられるように鞄を取られた。

「俺に任せてよ」

啓太はやっと仕事になったとにこにこしている。身長は達也より三センチほど低いが港で力仕事をしているだけあって逞《たくま》しい体をしていた。

「任せた。那覇までよろしくね」

達也は右腕にしている腕時計を見た。午前十一時、左手は小指の先がないだけで傷は完治しているが、指先がないことを隠すために包帯を巻き付けている。

「早いけど、どこかで食事をして帰ろうか。おごるよ」

空きっ腹でバスに揺られることは避けたかった。

「やった！」

啓太はうれしそうに鞄を軽々と持ち上げてみせた。

二

加藤が吉原で拉致されて三日が経つ。

未だにどこを捜せばいいのか皆目見当がつかない。達也はフライドポテトがルーに入った風変わりなカツカレーを食べながら溜息《ためいき》をついた。

昼飯はバス停に近い胡屋十字路にある中華食堂ですませようとしたが、毎晩中華料理を食べている啓太が不満そうな顔をしたので、〝保健所通り〟にある〝レストランモンブラン〟に行った。午前十一時の開店早々に入ったため、店に客はいなかった。啓太はハンバーグライスに以前加藤と一緒に食べた〝サブマリンサンド〟を注文し、満足げに頬張っている。

「根岸さん。姉ちゃんのことどう思っているの？」

啓太は最後に残ったサンドイッチも片付けると、顔色を窺《うかが》うように尋ねてきた。

「どうって？」

二人でホテルに泊まったことを聞かれているようで戸惑った。

「昨日の夜、帰ってこなかっただろう？」

啓太の顔は真剣だった。

「とても好きだよ。……大切に思っている」

達也は顔を赤らめながら答えた。

「それだけ？」

姉思いの啓太は二人の将来のことを心配しているのだろう。正直言ってそこまで考えてなかった。

「マキエさんから店でコックを募集していると聞いたから、雇って貰うように返事をしたけど……」

結婚という文字は若い達也の頭の中にはなかった。

「それ本当？」

「店をまた開けるように手伝うつもりだよ」

「やった！　それじゃ、根岸さんのことをこれから兄ちゃんと呼んでもいいんだね」

啓太は両手を上げて喜んでいる。

「兄ちゃんって？」

「死んだ親父もコックだった。だから姉ちゃんは結婚するなら、コックと決めていたんだ。根岸さんと姉ちゃんが結婚したら、俺の兄ちゃんだろう」

「そっ、そうなんだ」

　達也は単純にマキエが好意を示しているだけだと思っていたが、あの時、彼女からプロポーズされていたようだ。だが、悪い気はしなかった。マキエと結婚できるのなら、苦労は厭《いと》わない。二人を思って左小指を切り落としている。あんなことができるのなら、どんな困難でも乗り越えられる気がする。

「啓太君、でも君からは何も言わないでくれ。マキエさんには僕からもう一度、ちゃんと話すから」

　だが、彼女と一緒になるのなら、達也の抱えている秘密をすべて話す必要がある。眠ったままとはいえ、メギドのことを考えると憂鬱《ゆううつ》になった。

「分かった。思い切って聞いてよかったよ」

　啓太がコザまで付いて来たのは、はじめからマキエのことを聞くためだったのかもしれない。

　達也は会計をすませようと店の奥にあるカウンターに行った。カウンターの近くには裏の路地に面した窓がある。換気のためか窓は少し開いており、隙間から路地に停められた白い外車が見えた。

「…………」

　顔から血の気が引くのが自分で分かった。外車は沖縄に来てから何度も見ているフォードのマーベリックに間違いない。

「啓太君、悪いが鞄を持って一人で帰ってくれないか」

達也は支払いを済ませ、入り口近くで待つ啓太の耳元で囁《ささや》いた。

「どうして？」

「外に加藤さんを拉致《らち》した連中がいるようだ。白い外車が窓から見えたんだ。君はバスで帰ってくれないか。僕は裏口から出て、連中をまいて尾行がないことを確認してから戻るよ。君たちの家まで尾《つ》けられてはまずいからね」

「分かった。俺にできることはない？」

「店の外に立って二、三分でいいから、僕が出て来るのを待つような仕草をして、連中の目を惹《ひ》いてくれないか。僕は裏口から出る」

「分かった。任せてよ」

達也は啓太が店を出るのを確かめると、厨房《ちゅうぼう》の横にある裏口からこっそりと出た。マーベリックは〝保健所通り〟に近い交差点の手前に停められているが、通りからは覗《のぞ》き込まないと分からない場所にある。誰も乗っていないところを見ると、ゲート通りの方から監視しているのだろう。

店の裏通りを〝保健所通り〟とは反対方向に進み、別の通りに出ようとしてはっと立ち止まった。交差点を曲がったところに別の白いマーベリックが停まっていたのだ。達也は後戻りしてB・C・ストリートの方角に向かう車も通れない狭い路地に入った。四十メートルほどで広い通りに出られる。走りはじめると、路地の出口をマーベリックが塞《ふさ》いだ。

「馬鹿な！」

振り返ると別のマーベリックが反対側の出口に停まった。路地に誘い込むように複数の車が配置されていたようだ。

達也は立ち止まり、成り行きを見守った。できるだけ争いは避けたかったが、すでに最悪の状況になりつつある今、手段を選ぶ余地はない。

正面と背後のマーベリックから同時にグレーのスーツを着た男が二人ずつ降りてきた。四人の男はいずれも白人でサングラスをかけ、表情が読めない。全員百九十センチ近い体格があり、武器を何も持っていないところを見ると、腕によほどの自信があるのだろう。タイミングを合わせているのか男たちは路地のほぼ中央にいる達也に向かって、ゆっくりと近付いてくる。

「抵抗するな！」

正面の男が表情を変えることもなく言った。

「悪いけど、僕は捕まるつもりはない」

達也は身構えることもなく自然体で立った。敵は四人いるが、狭い路地で同時に闘えるのは前後の二人だけで、彼らの後ろにいる男たちは攻めてはこられない。身動きがとれないのはむしろ彼らなのだ。未《いま》だかつてない闘争心が体中にみなぎった。敵を叩《たた》きのめし、マキエの元に行く。加藤を必死に捜していたはずだが、咄嗟《とっさ》に頭に浮かんだのは彼女のことだった。

達也は正面の敵に向かってゆっくりと歩きはじめた。距離は三メートルを切った。その時、背後の二人が動いた。達也は正面の男たちに注意を払いながら、振り返った。

プシュッ、プシュッ！

「何！」

背中に軽い衝撃を覚えた。後ろの男たちはおとりだった。

前を見ると、正面にいた男は路地の壁に身を寄せ、その後ろにいた男が銃身の長い銃を握っていた。前を歩く男を隠れ蓑《みの》にして銃を持っていたようだ。

達也は風景が次第に霞《かす》んでくることに気が付き、慌てて前方にいる男に襲いかかった。だが、すでに体の自由は利かず、駆け出そうとして前のめりに倒れた。麻酔弾を撃たれたようだ。

路地に新たな男が現れ、達也の側に立った。

「弱くなったんじゃないのか、メギド」

達也を見下ろし、男があざけり笑った。

「誰だ？」

なんとか両手をついて体を起こした。

「私を忘れたのか？」

男はしゃがみ込んでサングラスを外して顔をみせた。

「おまえは……」

達也はむなしく空を摑《つか》んで気絶した。

三

足が痙攣《けいれん》したのか、びくりとした衝撃が下半身から伝わり達也は目覚めた。

全身に力が入らず、目に映る灰色の空間がコンクリートの打ちっぱなしの天井だと気付くのに時間がかかった。

頭を起こしパイプのベッドに両手が手錠で繫《つな》がれ、足もロープで縛られていることは分かったが、理由までは分からない。右手にはめていた腕時計は見当たらず、左手に巻かれていた包帯もなくなり、指先がなくなった小指が露出していた。

十畳ほどの部屋は天井だけでなく壁もコンクリートが剝《む》き出しの素っ気ない造りで、右手の奥に黒く塗られた鉄のドアがあるが、なぜか以前にも見たことがあるような気がする。

足下を見ると、壁に四角くオレンジ色の光があたっている。おそらく反対側に小さな西日の射す高窓でもあるのだろう。それとも朝日が当たる東向きの窓かもしれない。

記憶を呼び起こそうとしたが、啓太とコザのレストランで昼飯を食べたことまでは思い出せるが、店を出た覚えはない。ただ、彼からマキエのことを聞かれたことははっきりと思い出せた。彼女からは実はプロポーズされていて達也は知らずに返事をしていたのだ。啓太がその話を聞いて喜んでいたことを思い出し、思わず苦笑を漏らした。

鉄のドアが耳障りなきしみ音を立てて開いた。軍服を着た身長百九十センチはある白人が現れた。いつでも眉間《みけん》に皺《しわ》を寄せているのだろう、額の中央に二本の深い皺があった。狼を思わせる薄いグレーの瞳《ひとみ》は冷酷な表情を際立たせている。長年軍人を生業《なりわい》とした男の顔に見覚えがあるが、はっきりとは思い出せない。

「メギド、どうしてここにいるのか分からないのだろう。おまえは〝セリトーニ〟を打たれて、記憶がぶっ飛んじまったんだよ」

英語で話す男の声も聞き覚えがある。

「〝セリトーニ〟？　大島産業の開発した薬か」

達也の顔が険しくなった。

〝セリトーニ〟は、大島産業の関連会社である大島製薬が開発した麻酔薬だ。〝悪魔の惰眠〟と呼ばれ、副作用として強い幻覚症状や記憶喪失を引き起こすため国の認可を受けることができなかった。だが、米軍と癒着していた軍需会社である大島産業が、密《ひそ》かにベトナム戦争で代替麻酔薬として米軍に流していた。

「あなたが誰なのかは知りません。それに僕はメギドじゃありません」

「しらばっくれるな！」

男は舌打ちをし、眉間に皺を寄せると、いきなり達也の首を締め上げてきた。達也はなす術《すべ》もなくただ首を横に振った。

「四年前、俺は大島産業から賄賂《わいろ》をもらった上官から命じられ、長野の片田舎に自分のチームと共に派遣された。命令は大島産業が開発した人間兵器と闘って評価せよというものだった。その人間兵器こそ、メギド、貴様だったんだ」

達也は自分を産んだ母親の存在を知り、訓練施設〝エリア零〟を脱走した。だが、施設を抜け出すと〝記憶ブロック〟という強い暗示をかけられていたために、一時的に記憶喪失になり、もう一人の人格であるメギドと記憶の共有もできなくなっていた。

男が闘ったのはメギドであり、達也ではない。メギドが表に出ているときの行動は、〝記憶ブロック〟から解放された後にある程度取り戻したが完全ではなかった。

「俺のチームはベトコンから〝デビル・スコーピオン〟と呼ばれて恐れられていた。おまえは四人の仲間を殺し、チームを壊滅させた。俺は復讐《ふくしゅう》を誓い、おまえを捜していたんだ」

「すみません。四人を殺したのは今の僕ではないために記憶もありませんが、僕が暗殺者として作られた人間兵器であることは事実です。攻撃されたのなら、反撃したはずです」

言い訳を言うつもりはないが、メギドが闘ったのは正当防衛のはずだ。彼は殺人鬼と呼ばれるが無意味な殺人を犯すようなことはしない。

「四人も殺して記憶にないだと、それじゃ教えてやる。俺はチームでただ一人生き残ったウイリアム・マードックだ。よく覚えておけ」

マードックは達也の胸ぐらを掴み、口から泡を飛ばして言った。

「マードックさん、大島産業からの差し金ですか」

達也は興奮状態のマードックを鎮めるべく丁寧に尋ねた。

「大島産業とは関係ない。俺たちを利用したあの会社にはむしろ恨みさえ持っている。俺は沖縄に来たある男を拘束するように命令を受けた。その男を追っていたらラッキーなことにおまえが一緒に付いて来たというわけだ。四年も捜していたおまえの方から姿を現したんだ。運命を感じたよ」

マードックは達也をベッドに叩き付けるように離した。

「ある男って、加藤さんのことですか?」

「そういうことだ。あいつはある部隊の要請で引き渡した。おまえと一緒で二度と日の目を見ることはないだろう」

マードックは笑いながら言った。

「殺したのか!」

達也は声を荒らげた。

「多少いたぶられただろうが、おまえが持っていたメモ帳を渡さない限り、殺されることはない」

「メモ帳? 川島さんのメモ帳のことですか?」

「なんでも軍の機密を書いたと川島は自供したそうだ。俺も見たが、日本語で書かれているから分からない。それに最後に書かれた暗号の意味もさっぱりだ。おまえが持っていたんだ、何か知っているだろう。白状すれば加藤は助けてやる」

「本当ですか？」

「嘘はつかない。情報の重要性によってはおまえも助けてやることができるかもしれない」

マードックはまじめな顔になって言ったが、嘘だということは分かっていた。薄いグレーの瞳は平気で嘘をつく目をしている。

「こんな格好じゃ、何もできません」

「協力するなら、自由にしてやる」

達也が頷《うなず》くと、マードックは部屋の外から部下らしい男を二人連れてきた。左腕の手錠が外され、パイプに繋がれていた右腕の手錠を外して左腕にかけられた。足を自由にされるとベッドから引きずり下ろされ、二人の男に両脇から担がれるように鉄のドアから外に出た。

「ここは……」

ドアの向こうは別の部屋になっていた。壁際に段ボール箱が積まれ、机や椅子が置かれている。隣の部屋と同じように西日が射す高窓があった。軽い目眩《めまい》を覚えて目を凝らすと、段ボール箱の山がロッカーに変わり、その前で着替える白人の男たちの姿が部屋に突如として現れた。

「ジョン、バート、……ブレイク、テッド、それにビンセントもいるのか。懐かしいな。俺だ。ジェレミー・スタイナーだ。帰って来たぞ」

達也は脳裏に浮かぶ男たちに声をかけると崩れるように気を失った。

四

風の吹きすさぶ音は不快ではない。それは東シナ海から吹き付ける海風だと知っているからだ。だが、それを心地よいと思っているのは達也ではなく、ジェレミー・スタイナーという米兵であることは分かっていた。

達也の脳には六人の脳細胞の一部が埋め込まれている。松宮健造によって移植手術を受けた脳細胞で最初に達也に影響を及ぼしたのは唐沢喜中という古武術の達人のもので、達也とメギドは子供の頃から甲武流の達人の域に達していた。だが、それは不完全な状態であり、喜中の脳細胞が完全に目覚めたのは、四年前のことだ。覚醒《かくせい》には記憶の再生を伴うらしく、白昼夢となって現れた。

だがスタイナーの場合は、彼の記憶がときに達也の意識をコントロールするほど暴走している。おそらく彼の脳組織に過去の記憶が多く残されており、記憶が蘇《よみがえ》るたびに達也の脳の活動を阻害するために違いない。

夢の中で風の音を子守唄《うた》のように聞いていた達也は、喉《のど》の渇きを覚えて目を覚ました。コンクリートの床に膝《ひざ》を抱えて眠っていたらしく、足腰が冷えきって強《こわ》ばった筋肉に痛みを覚えた。両手首にかけられた手錠は相変わらずだが、足首は自由になっていた。

パイプベッドが一つぽつんと置かれている。最初に拘束されていた部屋に戻されたようだ。高窓からは星が煌《きら》めいているのが見える。腹の空き具合からして深夜というほどでもないだろう。

「誰かいませんか？」

達也は立ち上がり、黒い鉄のドアを叩《たた》いた。一刻もはやくここを抜け出し、加藤を助けなければならない。自分が今どこに拘束されているのか正確に把握している。スタイナーの記憶から知ることができた。他人の脳細胞が災いだけをもたらすとは限らないようだ。

彼がどうして脳を移植されることになったのかは知らないが、生前沖縄のトリイステーションと呼ばれる基地に駐留していたようだ。階級は大尉で狙撃銃を扱う特殊部隊にいたことまでは認識している。

「開けるから、下がっていろ！」

マードックの声がドア越しに聞こえてきた。鍵《かぎ》が外れる音に続き、ドアが足で蹴《け》られて乱暴に開いた。

「出ろ！　下手に動くと、容赦なく鉄の弾をぶちこんでやるからな」

ガバメントを右手に持ったマードックが立っていた。他には誰もいないようだ。あえて部下を下げているのかもしれない。

達也は両手を軽く上げて部屋の外に出た。

「トイレに行かせてください」

監禁されてから数時間は経つ。しかも体が冷えたために尿意を催していた。

「妙なことは考えるな。おまえが脱走すれば、加藤はすぐに殺される」

「分かっている。それにここがトリイステーションだということも、この部屋を出て、廊下のすぐ左手にトイレがあることも知っている。だから馬鹿な真似はしない」

「なっ！」

マードックの冷酷な瞳《ひとみ》が大きく見開かれた。

〝トリイステーション〟と呼ばれるトリイ通信施設は陸軍特殊作戦コマンド第一特殊部隊群、通称グリーンベレーの駐屯地であり、第五〇〇軍事情報分遣隊および通信大隊や米軍犯罪特捜隊なども駐留する基地である。そのため、西太平洋地域における戦略通信網の最重要施設で、他の基地よりも軍事情報戦略上、機密性が高い。一般人が基地内部にあるトイレの場所など知りうるはずがないため、マードックは驚いたのだ。

達也は部屋を出て廊下の左手にあるトイレで用を足し、銃を構えるマードックとともに段ボールが積まれた部屋に戻った。

「座れ！」

マードックは机の前に置いてある折り畳み椅子を足で蹴って部屋の中央にずらして、達也を座らせた。

「おまえは、何者だ。どうして、ここがトリイステーションだと分かった。麻酔薬で眠らせたおまえを他の兵士に見られないように袋に入れて連れて来たのだ。分かるはずがない」

達也が座ると銃を構えたままマードックは机の上に腰を下ろし、左手でポケットからキャメル・ボックスを出すと、片手で蓋《ふた》を開けて煙草を口にくわえた。

「建物は暗号部隊が使っている十号棟の隣にあります。隣の部屋は、以前は倉庫だった。この部屋には壁際にロッカーが並べてあり、ジェレミー・スタイナー大尉が率いる狙撃チームが使っていたはずです」

「………」

答える代わりにマードックは生唾《なまつば》を飲み込んだ。

「違いますか？」

マードックは達也から視線を外し、押し黙った。

「この兵舎がむかしどうだったかなんて俺は知らない。古くて今は使われていないからだ。だがジェレミー・スタイナー大尉の名前は知っている。俺がまだ軍曹だったころ、彼はグリーンベレーの英雄だったからな。だが、彼が狙撃チームを率いていたことなど、グリーンベレーでも知っている者はごくわずかだ。俺でさえ、知らなかった」

しばらくして口を開いたマードックは意外なことを言った。

「知らなかった？」

「おまえが一時間ほど前、気絶する寸前にうわ言のように言った言葉の事実確認をして知ったのだ。スタイナー大尉の元チームのメンバーで、今は普天間基地にいるジャンセン中佐に確かめた」

マードックは思い出したかのように、煙草にジッポで火を点《つ》けた。さきほどまでの威圧的な態度は鳴りを潜めていた。あきらかに動揺している様子が見て取れる。

「ブレイク・ジャンセンのことですか。彼は僕が知っている限りでは中尉だった」

達也はスタイナーの脳細胞にある情報をまるで自分の知識のように引き出すことができるようになっていた。かつての駐屯地にいるという刺激でスタイナーの脳細胞が完全に覚醒したのだろう。

「どこからそんな機密情報を得たのだ」

舌打ちをすると、マードックは苛立《いらだ》ち気味に煙草の煙を吐いた。

「もちろんジェレミー・スタイナー大尉から聞きました」

「嘘をつけ！」

マードックは口にくわえた煙草を嚙《か》み切り、口に残ったフィルターを吐き出すと、ガバメントを達也の額に付けて怒鳴った。

「嘘じゃない。でもあなたはジェレミー・スタイナーがとっくに死んでいるから疑っているんでしょう。もっとも僕は彼が死んだ理由を知りませんが」

達也はひるむことなく答えた。

「十三年前に横田の酒場でマリンの馬鹿どもと喧嘩《けんか》になり、致命傷を負って病院で手術を受けたが、そのまま帰らぬ人となった。生前話を聞けたとしても、おまえはまだ鼻をたらした糞《くそ》ガキだったはずだ」

　十三年前と言えば、達也が八歳のころだ。横田基地に隣接する〝エリア零〟で生活していた。しかも、大島産業が経営する〝福生《ふっさ》大島総合病院〟もすでに基地の近くにあった。瀕死《ひんし》のスタイナーが〝福生大島総合病院〟に担ぎ込まれ、松宮健造に脳細胞の一部を摘出されたとしてもおかしくはない。大島産業は米軍の機密を握っていた。スタイナーが特別に優秀な兵士だと知り、脳細胞を達也に移植する手術をした可能性は極めて高い。

「話しますから、銃を下ろしてください。抵抗はしませんから」

「本当のことを言うんだ！」

　マードックは達也から離れ、ガバメントを下ろした。

「僕が人間兵器だということは知っているんですね」

　達也は念を押すように言った。

「さっきも言ったはずだ。大島産業の岩村茂雄からはそう聞いている。もっともあいつも死んだらしいがな。まさかおまえが殺したんじゃないだろうな」

　冗談のつもりなのか、マードックは鼻で笑った。

「母と仲間を助けるために、やむなく僕が殺しました。……そんなことより、どうして僕が人間兵器と呼ばれているのか分かりますか」

　達也に質問で返され、マードックはたじろいだ。

「それは僕の脳に高度な殺人の技術を持つ人間の脳細胞が移植されたからです」

「冗談はやめろ」

マードックは眉間《みけん》に皺《しわ》を寄せ達也の胸ぐらを摑んだ。

「もう分かっているはずですよ。僕の脳にはあなたが英雄だと思っていたジェレミー・スタイナーの脳が移植されているのです」

「嘘をつけ！」

顔を真っ赤にしたマードックは殴り掛かってきた。達也は座ったままマードックの膝《ひざ》頭《がしら》を蹴り、立ち上がる勢いで彼の急所を膝で蹴り上げた。崩れるマードックを床に転がし、達也は手錠をしたまま部屋を出た。

廊下の奥から物音を聞きつけて四人の男が駈《か》けて来た。昼間コザで襲ってきた男たちなのだろう。達也は怖れることなく男たちに向かって走り、勢いよく跳躍して先頭の男の顎《あご》を蹴り抜き、着地する前にそのすぐ後ろの男の首筋に手刀を入れて昏倒《こんとう》させた。そして三人目の男のパンチを避《よ》けると、顎に掌底を当てて壁に後頭部を打ち付けた。コンパクトに振り抜けば、手錠をされていても充分闘える。

「メギド！」

背後でマードックの叫び声。四人目の男のパンチを避けて振り返るとマードックは麻酔銃を構えていた。

達也は舌打ちをし、前にいる男の左腕を引いて、体勢を入れ替えた。その瞬間マードックが発砲してきた。

「ウッ！」

男の背中に三発の麻酔弾が当たった。だが、男が腰を落とすように倒れてしまい、前面に空間が空いてしまった。

「くそっ！」

男の首を絞めながら盾にするべきだった。二発の麻酔弾を胸に受け、達也は壁にもたれかかりずるずると床に沈んだ。

五

どこかで会話する声が聞こえる。近くで話しているようでもあり、遠くで話しているような気もするが、どちらでもよかった。ただ邪魔されずひたすら眠らせて欲しかった。

だが、世に起こる事象の大半は、期待とは反対の方向へと進んで行く。

「目を覚ませ、メギド！」

男のだみ声を耳元で浴びせられ、頭から冷水をかけられた。それでも眠気の方が勝っていた。体が、脳が、睡魔に打ち勝とうとは思っていないのだ。

「起きろと言っているんだ」

今度は左右の頰を殴られ、瞼《まぶた》に星が飛んで目覚めた。

気が付くと折り畳み椅子に座らされ、後ろ手に縛られていた。殴ったのは目の前にいるマードックだということが分かったが、その後ろに見覚えのある中年の男が立っていた。

「ブレイク・ジャンセン、……中尉か」

スタイナーの記憶にあるブレイクは若々しい姿だったが、目の前の男は腹が出ており、目尻《めじり》の皺も目立っている。しかも自慢の金髪は色褪《いろあ》せて白髪が交じっていた。マードックから普天間基地にいると聞かされたが、夜中にも拘《かかわ》らずやって来たようだ。

「私の名を気安く呼ぶな、小僧。それに私は中佐で、中尉ではない。ジェレミー・スタイナー大尉の脳を移植されたなどと戯言《たわごと》を言っても騙《だま》されないぞ。どうせ退役して落ちぶれたグリーンベレーが金欲しさに情報をばらしたんだろう。目的はなんだ。ゴシップ好きのタブロイドに金をもらって、いいかげんな記事を載せるつもりか」

ブレイクはマードックを脇にどかして達也の前に立つと、いきなり拳《こぶし》で顔面を殴りつけてきた。達也は避けることもできずに椅子から転がり落ちた。

「いいか小僧、スタイナー大尉はグリーンベレーでも最強の男だった。部下にも慕われていた。彼の死は残念なものだったが、栄光ある軍人だったことは確かだ。彼を侮辱するような真似は断じて許さない」

肩で息をするブレイクの体から怒りが滲《にじ》み出ていた。

「侮辱するつもりはありません。僕は事実を言ったまでです」

達也は口から流れる血を右手で拭《ぬぐ》いながら答えた。

「まだ言うか、小僧！　おまえに情報を漏らしたのは誰だ」

ブレイクは立ち上がろうとした達也の脇腹を先の尖《とが》った革靴で蹴《け》り上げた。達也の体は五十センチほど浮き上がり、コンクリートの壁まで転がされた。

「それじゃ、一九六二年、北ベトナムで行った作戦のことは誰が知っているのですか」

達也は脇腹の激痛に耐えて言った。

「何！　一九六二年の作戦だと！」

ブレイクは声を上げた。

「ベトナム人民軍の大佐を暗殺する秘密作戦でしたよね。作戦は成功、犯人は南ベトナム軍なのか大佐の個人的な恨みからなのかも分からずうやむやになったはずです。作戦を知っているのは誰ですか？　落ちぶれたグリーンベレーが知っているのですか」

「誰が漏らしたのかは分からない。米軍の機密書類が盗まれた可能性もある」

達也の気迫に押されてブレイクのトーンが落ちた。

「それじゃ、百歩譲って機密書類から知ったとしましょう。だったら、狙撃する前に狙撃手であるジェレミー・スタイナー大尉とあなたが、タイミングを合わせるためにバート・ブラントン少尉にカウントダウンさせたことまで書類に書かれていましたか？」

「止めろ……」

ブレイクの両目が泳ぎはじめた。

「スタイナー大尉はあなたに〝ブレイク、最初のFだぞ〟と言いましたね」

「止めろ……」

ブレイクの目は血走っていた。

「〝任せな、兄弟〟とあなたは答えた」

達也は記憶に取り憑《つ》かれたように過去の台詞《せりふ》を言い続けた。

「止めろ！」

ブレイクは叫び声を上げると、腰のホルスターからガバメントを抜き、続けざまに四発達也に向かって撃った。

「なんてことを！」

呆気《あっけ》にとられていたマードックが慌ててブレイクからガバメントを取り上げ、マガジンを抜いた。四発の内二発は大きく逸《そ》れてコンクリートの壁にめり込んだが、二発は達也の腹に命中していた。

「マードック少佐、確か、残波《ざんぱ》岬は自殺の名所だったな。若い日本人の男が人生を悲観して崖《がけ》から飛び降りてもおかしくはあるまい」

呼吸を幾分落ち着けたブレイクは達也から視線を外して言った。

トリイステーションから七キロ北にある残波岬は読谷村《よみたんそん》にある風光明媚《ふうこうめいび》な場所だが、三十メートルの高さがある崖が二キロ続くという難所でもある。

「しかし、二発も弾丸が当たっていますから……」

腹から血を流して踞《うずくま》っている達也を見て、マードックは首を捻《ひね》った。

「うるさい！　いいかマードック。どこの馬の骨か分からないような日本人の頭の中に我が軍の栄光ある指揮官の脳細胞が、たとえ一片でもあっていいはずがない。我々は悪い夢を見ているのだ。一刻もはやく悪夢を片付けて来い！」

ブレイクは人差し指を立ててマードックに命じた。

「かしこまりました」

マードックは部屋を出て行くブレイクを敬礼で見送った。

「残念だったよ。メギド。おまえを殺すのは俺の仕事だったんだ」

達也の側に跪《ひざまず》いたマードックは表情もなく言った。

「僕は死なない。死ねないんだ」

薄れ行く感覚の中で、達也はマキエの笑顔を思い浮かべた。

「勝手にほざいていろ」

マードックの高笑いを最後に達也は無音の闇に陥った。

六

背中が硬い物にぶつかる衝撃で達也は目を覚ました。

少なくとも瞼は開いたのだが、視覚を失ってしまったのか闇の世界にいた。体の自由が利かない。腹に二発の銃弾を受けたことを思い出した。先月流れ弾を右胸に受けて負傷した時も治るのに時間がかかった。今度は二発も腹に受けている。出血によってこのまま死んでしまうのかもしれない。だが、死ぬわけにはいかなかった。

腕を動かしてみると手錠がかけられていないことに気が付いた。飛び降り自殺に見せかけると聞いている。さすがに拘束したままではまずいのだろう。

体が妙に折れ曲がっているので伸ばそうとすると、足が何かにぶつかった。しかも腕を拡げようとしても固い布に邪魔される。注意して右手を動かすと、頑丈なファスナーが指先に触れた。死体を入れる袋にでも詰め込まれているようだ。

耳を澄ませると車のエンジン音が聞こえてきた。背中の感触からすると車のトランクに入れられているに違いない。小刻みに振動が伝わってくるのは走っているためだろう。苦もなく基地の外には出られたようだが、このままでは残波岬から投げ捨てられてしまう。だが、今無駄な動きをして体力を使うべきではない。車から降ろされたところを狙って反撃するのが一番の得策だ。

しばらくして車は停まった。ドアの開閉音、足音、トランクが開く音が続き、袋のファスナーが下ろされた。気付かれないように薄目を開けていると、マードックの無骨な顔が視界に入った。

「人間兵器もたった二発の銃弾で死ぬようじゃ、ただの人間と変わらないじゃないか。どうせだったら、ドラキュラのように死んだら灰になって跡形もなくなって欲しかったぜ」

マードックは達也の脇の下に両腕を回して持ち上げた。体が袋から引きずり出され、上半身がトランクから出た。瞬間、達也はトランクの床を蹴ってバク転をし、マードックの背中に覆いかぶさり、その太い首に腕を絡ませて締め上げた。

「馬鹿な……」

マードックの声はうめき声に変わり、よろよろと体を回転させた。

「離せ……、くそっ！」

苦し紛れにマードックは勢いよく後ろに倒れた。

「うっ！」

マードックの全体重が銃弾を受けた腹を押しつぶし、あまりの痛みに達也の腕は外れた。

「まったく、どこにそんな力が残っているんだ。この死に損ないが！」

巨体の割にすばやく起き上がったマードックは達也の腹を蹴った。

激痛に思わず両手で腹をかばったが、ガードされた腕の上からマードックは容赦なく強烈な蹴りを入れてきた。三度目の蹴りで達也は気絶し、五度目の蹴りで心臓は痙攣《けいれん》をはじめた。

「手こずらせやがって」

肩で息をしながら、マードックは達也の首筋に指を当てて脈を調べた。

白い光に包まれた達也は四角い穴をくぐり抜け、灰色のドアが並んだ〝アパート〟に辿《たど》り着いた。薄暗い廊下を進み、達也は黒い出口の近くにあるドアを叩《たた》いた。

「メギド、起きてくれ！　お願いだ。このままじゃ、死んでしまう！」

必死に呼びかけたが反応はない。

〝アパート〟が大きく揺れた後、静かになった。心臓が停止したのだ。

「もうだめだ」

達也は力なく床に倒れた。

ドアの開く音がした。

見上げるとメギドが立っていた。

「メギド！」

「…………」

メギドは無言で達也に頷《うなず》くと、目にも留まらぬ速さで黒いドアから外に飛び出した。

停止していた心臓が再び動きはじめた。

目覚めると、崖の上に立っているマードックにメギドは担がれていた。

「離せ！」

メギドはマードックの首を締め上げようと右手を伸ばした。

「何っ！」

マードックは反射的にメギドを突き放した。

「くそっ！」

体が宙を舞い、崖から落ちる寸前でなんとか岩に両手でしがみついた。

「おまえのように往生際の悪いやつを俺は見たことがないぜ」

マードックはポケットから葉巻を出し、匂いを嗅《か》ぐと端を噛《か》み切って吐き出した。

「おまえを殺した暁には、キューバ産の葉巻を吸うことに決めていたんだ」

そう言ってマードックはジッポで葉巻に火を点《つ》けた。

「祝いの葉巻はなんとも言えずにうまいぜ」

うまそうにマードックは葉巻の煙を吐き出した。

メギドは必死で足を岩に掛けようとしたが、腹に受けた傷のダメージで下半身に力が入らなかった。

「言い残すことがあったら、聞いてやろう」

「おまえのようなクソ野郎は絶対殺してやる」

メギドは急速に肉体が再生されるために生じる激痛に耐えながら言った。

「下品な口を利くようになったな。それがおまえの本性なのだろう。だからと言って、丁寧な言葉遣いをしても事態は変わらないがな」

マードックは葉巻の火をメギドの指に押し付けた。

「ぎゃっ！」

メギドは反射的に右手を離してしまった。

「あばよ、人間兵器。地獄まで落ちて行くんだな」

マードックはメギドの左手を踏みつけながら葉巻の煙を吐き出した。

「くっ！」

メギドは堪えきれず、暗い海に落ちて行った。

トリイステーション

一

一九四五年四月一日、後に〝鉄の雨〟と呼ばれる沖縄の地形が変わるほど激しい艦砲射撃を繰り返していた米軍は満を持して、読谷村、北谷村《ちゃたんそん》（現嘉手納）に上陸した。この時、激しい砲撃の末上陸した海兵隊は残波岬を目印にしたという。

日が昇って間もない午前七時過ぎ、朝日を浴びて読谷村の都屋《とや》漁港を出港したしゅり丸は残波岬の灯台が見える沖合三キロでエンジンを停止した。

波に揺れる甲板から碇《いかり》を降ろした若い漁師大浜《おおはま》は、船縁に白い布が漂っているのを見つけた。だがよく見ると、布の側に肌色の塊が水面から浮き沈みしている。

「うん？　人か……」

布に見えたのはＴシャツで仰向けに水死体が浮かんでいるようだ。大浜の歳は二十一と若いが、海に出るようになって五年経つ。水死体を見るのははじめてのことではないため慌てることもなかった。大浜は先にフックが付いた尺の長い棒を使い、丁寧に水死体を引き寄せた。亡くなっているとはいえ、人であることに変わりはない。彼は人間の尊厳を忘れない海人《ウミンチュ》（漁師）だった。

「どうした？」

船長の島袋《しまぶくろ》が船尾から日に焼けた顔を出した。

「水死体を見つけたんですよ」

「まだ若い男だ。かわいそうに。一人じゃ、引きあげられんどー。わんも手を貸してやろう」

島袋が波間に浮かぶ水死体を見て厳しい表情になった。

「おっ！」

大浜がふいにバランスを崩し、船から転落する寸前で踏みとどまった。

「あぶねーん！　ぬぅそうが」

島袋は怒声を上げた。

「今、引っ張られたんですよ」

「馬鹿なことを言うな！」

「本当ですよ」

「何！」

島袋は目をむいた。死体と思っていた男が大浜の棒を右手で握っているのだ。

「生きているぞ。すぐに引き揚げるんだ！」

「俺、ロープをかけてきます」

大浜は海に飛び込み、若い男の体にロープを巻き付けた。二人はあるだけの力を振り絞り、ロープをたぐり寄せて男を船上に引き揚げた。しゅり丸はすぐさま都屋港に引き返し、助けられた男は港にほど近い島袋の家に収容された。

男は低体温症になっていたものの、暖かい部屋で毛布を幾重にもかけられると、軽い寝息を立てて安定した状態になった。


メギドは灰色のドアが並んだ薄暗い廊下で目覚めた。達也とメギドの人格とさらに移植された脳細胞を具現化したイメージ、〝アパート〟にいるのだ。上体を起こして辺りを見ると、すぐ側で達也が大の字になって倒れていた。

「達也、起きろ！」

メギドは達也の肩口を乱暴に揺り動かしたが、深い眠りについたように意識を取り戻す気配はない。死の直前まで達也は踏ん張っていた。一時的にせよ心拍が停止したショックで思考まで停止状態に陥っているのかもしれない。

メギド自身、四年前の〝エリア零〟で大勢の零チャイルドを相手に闘い疲れ、一時的に何も考えられなくなったことがある。その後、表に出ている達也が争いごとを避けて逃亡生活に入った。闘争本能が強いメギドにとって刺激のない生活は脳細胞を不活性にさせ、金縛りにあったかのように〝アパート〟の自分の部屋から出られなくなっていた。四年間の記憶はもちろんあるが、すべて達也の経験のためにおぼろげではかない夢のようにさえ思える。

「俺が外に出るのか。面倒臭いなあ」

闘うために生まれたようなメギドにとって普通の人間として振る舞うのは億劫《おっくう》だった。通常の生活で達也が表に出ていることはメギドにとっても都合がいいのだ。そういう意味では大島産業が究極の人間兵器を目指して開発していた零チャイルドの完成品こそメギドだった、と言っても過言ではない。

「達也、起きろ！……くそっ！」

メギドは再び達也を揺り動かして反応がないことを確かめると、廊下の端にある専用の黒いドアから外に出た。

体が熱を帯びたように熱く、寝苦しさにメギドは目覚めた。正面にカーテンがかけられた窓が目に入った。柔らかい布団に寝かされ、掛け布団の上に幾重にも毛布がかけられている。熱があるわけではなかった。

見慣れない部屋だが、ホテルというわけではないようだ。残波岬の断崖《だんがい》からマードックに突き落とされたことは覚えている。自力で岸にたどり着いた記憶がないところをみると、海岸に流れ着いたのか、海を漂流しているところを助けられたに違いない。

布団から左手を出し、メギドはにやりと笑った。失った小指は第一関節まで盛り上がっている。この調子なら数時間で元通りになるだろう。メギドが覚醒《かくせい》したために超人的な再生能力が復活していたのだ。そのため二発の銃弾を受けた腹の傷も完治していた。

「腹が減ったなあ」

下着姿で寝かされていたメギドは緩慢な動作で布団から抜け出した。血糖値が極度に落ちているために気怠《けだる》く幾分熱があるような気もするが、体に異常はなさそうだ。とりあえず布団の脇のビニールシートの上に置かれていたジーパンだけ穿《は》いた。湿って磯臭いが仕方がない。血で汚れていたTシャツは海で洗われていたが、銃弾を受けた穴が開き、肩口は崖《がけ》から落ちた時に引っ掛けたらしく破れていた。着たところで仕方がないのでそのままにしておいた。

「誰かいるか？」

部屋から顔だけ出して声を上げてみたが反応はない。飯でも食わせてもらおうかと思ったが、家人は留守のようだ。寝かされていた部屋は玄関のすぐ手前にあった。客間なのかもしれない。反対の奥へ進むと、台所があった。メギドは冷蔵庫を開けてラップが掛けられた大きな器を取り出した。煮込んだ肉の塊がいくつも入っている。すぐさまラップを外して手づかみで一つ頰張ってみた。

「うめえ！」

メギドは思わず舌鼓を打った。冷えているが味が良く染みて、しかも肉が驚くほど柔らかい。豚の角煮で〝ラフテー〟と呼ばれる沖縄の郷土料理だ。器には六切れ入っていたが、瞬く間にすべて胃に収め、流しの蛇口を捻《ひね》って直接口をつけて水を飲んだ。

「うん？……」

玄関の外が騒がしい。メギドは空の器を冷蔵庫に戻し、台所に勝手口があることを確認した。

「すみませんね。駐在さん、呼び出したりして。自殺者かもしれませんが、Tシャツが酷《ひど》く破れているので、ひょっとして誰かに海に落とされたかもしれないいんですよ」

助けた漁師の島袋が心配して警官を呼んで来たらしい。

「あれっ！　うらん。どこにもうらん」

部屋がもぬけの殻になっていることに気が付いた島袋は、家中を捜したがメギドを見つけることはできなかった。

「ユーリーでも拾って来たんじゃねーんか？」

玄関で待っていた警官は亡霊を拾って来たのだろうと笑った。

「縁起でもない！」

島袋は慌てて家中に清めの塩を撒《ま》きはじめた。

メギドは島袋の家の騒ぎを二軒隣の家の陰から聞き、村の外へと急いだ。

二

駐留する米軍基地が本土から撤退縮小する中、沖縄には冷戦を背景に逆に増えるという現象が一九七二年の本土復帰後も続いた。その過程で基地内では賄いきれなくなった軍人、軍属と彼らの家族の住宅は基地の外にも建設されるようになり、民間による外国人専用賃貸物件、いわゆる〝外人住宅（米軍住宅）〟となった。

〝外人住宅〟の建設には、米軍からの要請で土地建物の広さや間取り、建築資材や設備に至るまで様々な条件が付けられるそうだ。現在でも新たに建設される〝外人住宅〟はりっぱなものが多いが、戦後の貧しさから抜け出せない島民が廃材を利用した家に住んでいたような六、七〇年代、コンクリートで建てられた〝外人住宅〟は紛れもない豪邸だったに違いない。

都屋の港に近い漁師の家を出たメギドは、読谷村の漁村を出て海岸沿いの路地を南に進んだ。村を抜ける途中の民家の軒先から、洗濯物のTシャツやトレーナーを盗んで着替えた。足下は漁師の家の勝手口に置いてあったサンダルを履いているが、できれば靴も調達したいところだ。メギドには良心が欠落しているのかもしれないが、本能に刻まれた高い生存意識が罪悪感を上回っているということもあるのだろう。

「やっぱり、あったか」

メギドは平屋の白いコンクリートの住宅を見て感心した。東シナ海を眺望できるビーチを見下ろす少し小高い場所に、庭付きの住宅が沢山建っている。島袋が住んでいた漁村の家とは比べ物にならないほど小ぎれいな〝外人住宅〟だ。

脳に移植されたジェレミー・スタイナーの脳細胞には、十数年前の沖縄の記憶が断片的に残っていた。スタイナーは陸軍のグリーンベレーに所属し、トリイステーションに赴任していた。滞在期間までは分からないが、住んでいた家は基地の北にある海岸沿いにあった。トリイステーションの北側は楚辺《そべ》でそのすぐ北に都屋が隣接する。とすれば、海沿いを南に行けばあるとメギドは歩いて来たのだ。わずか五百メートルほどの距離だった。

「驚いたな」

フェンスに囲まれた庭付きの家を横目で見ながら、メギドは舌を巻いた。

スタイナーの記憶では海岸線沿いに建っている〝外人住宅〟はわずかだったが、まるで別荘街とでも言いたくなるようなコンクリートの家が軒を連ねているのだ。

目の前の家から七三年型のフォードマスタングが出てきた。狭い路地を低いエンジン音を轟《とどろ》かせて左折し、海岸と反対の県道のある東に向かって走り去った。米兵も含めて基地に勤めている者なら少なくとも午前中に出勤するはずだ。午後になって車で出かけるというのは遅く出勤する米兵の可能性もなくはないが、家人が買い物などに出かけたと考えた方が自然だ。とすれば、家は留守ということになる。交差点を車が曲がった反対方向の右に入り、メギドは海岸に出た。

朝方はどんよりと曇っていたが、午後からは気持ちのいい天気になっていた。沖縄は成層圏が近いのじゃないかと思わせるほど美しい紺碧《こんぺき》の空をしている。まるで景色を楽しむかのようにメギドは背伸びをしながら、〝外人住宅〟の白いフェンスに囲まれた庭が続く小道を歩いた。留守になったと思われる家の庭は角から二つ目にある。海岸側のフェンスは景色の邪魔にならないように腰高しかなかった。

芝生の庭にはヤシの木が植えてあり、白い丸テーブルと椅子が置かれている。

「いいねえ」

メギドはフェンスを跨《また》いで庭に侵入すると、ゆったりと椅子に腰掛けた。気温は十八度ほどで、日差しが強いために海風が気持ち良く感じる。くつろいでいるように椅子に座りながら、五分ほど家の中や両隣の家を観察した。

「さて、はじめるか」

五感を研ぎ澄ませて気配を探ったが、少なくとも侵入した家には人の気配は感じられなかった。

庭に面した家の裏口の鍵《かぎ》は閉まっている。米国人が隠し場所として好みそうなドア下に置いてあるマットの裏を調べてみたが合鍵《あいかぎ》はなかった。近くに棚が置いてあり、中を覗《のぞ》くと道具箱が入っていた。

たとえ隣人に見られても怪しまれないように、わざとゆっくりとした動作をしている。道具箱を取り出して調べると工具の他に数種類の釘《くぎ》が入っていた。五センチほどの長いものもある。これならなんとか鍵をこじ開けられそうだ。

「おっと、こんなところに」

釘を取り出すと銀色の鍵が顔を覗かせた。釘に隠れてよく分からなかった。試しに裏口のドアに差し込んでみると鍵は外れた。合鍵を道具箱に隠すとはいい考えだ。

道具箱を元に戻し家に侵入した。大きな窓がある明るいキッチンとダイニングがあり、裏口のすぐ近くにユニットバスがあった。海岸で泳いでそのままシャワーを浴びられるように設計されているのだろう。

壁や天井は白いペンキできれいに塗られ、おしゃれな絵画が壁にかけられて大人の雰囲気を出している。すべての部屋を調べたが、完全な留守宅だと確認できた。

メギドはユニットバスに入り、おもむろに服を脱いで近くにあった洗濯かごに磯臭いジーパンと下着を投げ捨て、シャワーを浴びはじめた。一晩海を漂っていただけに体中がべとべとして気持ち悪かったのだ。シャンプーで念入りに髪を洗い、泡立たせた石鹼《せっけん》で体の汚れを洗い流した。

生き返った心地になったメギドはバスタオルを腰に巻いてダイニングの隣にある寝室に入った。十五、六畳はある広い部屋だ。正面に置いてあるダブルベッドの脇に置かれたナイトテーブルの上に写真立てがあった。三十代後半と見られる白人の男女が写っている。子供はいないようだ。入り口の左はレースのカーテンがかけられた窓で反対の右側は壁一面のワードローブになっている。さっそく扉を次々と開けて中を調べ、男物の真新しいパンツとジーパンを出して穿いてみた。ジーパンのウエストは少し余るが、丈はちょうどいい。そのほかに陸軍の軍服が見つかった。

「いけるね」

メギドは鼻歌交じりにワードローブにあったスポーツバッグに着替え一式と軍服やベル

トを入れた。下の段に靴が沢山置いてある。軍服に合う靴もバッグに仕舞い、素足にデッキシューズを履いた。つま先が少し余る。サイズは二十八センチというところか。

着替えをすませたメギドは、ベッド脇のナイトテーブルの引き出しを調べた。二段目の引き出しの手前に十ドル紙幣が数枚と五十ドル紙幣が一枚、それに百ドル紙幣が二枚入っていた。

「不用心だな」

メギドは舌打ちをしてわざとらしく首を横に振り、紙幣をポケットにねじ込んだ。

「おっ！」

引き出しの奥からガバメントが出てきた。米軍の関係者には護身用に銃を自宅に保管する者が結構いる。もちろん基地外なので日本の法律には触れる。

「これは」

ガバメントの製造番号を見る限り、軍で支給されているものと同じだった。どうやらこの家の住人は勤務で使用する銃とは別に不正に保持しているようだ。

銃の扱いはジェレミー・スタイナーの能力を得ている。メギドは慣れた手つきでマガジンを引き抜き、弾が込められていることを確認すると、Tシャツに包んでスポーツバッグに入れた。銃を盗まれたとなれば、この家の住人は軍にも警察にも届けないだろう。他にも懐中電灯やジッポなど、使えそうな小物もいただいた。

寝室からキッチンに移動したメギドは棚からパンを見つけると、冷蔵庫を覗いてスパムの厚切りを取り出し、マヨネーズをたっぷりかけてサンドイッチを作った。ボリューム満点のサンドイッチを頬張り、牛乳パックに口をつけ牛乳を直接飲み込んで腹を満たした。

「こんなものか」

これ以上長居をしても得るものはない。スポーツバッグを肩にかけ、裏口ではなく玄関に回った。玄関口は二十畳近いリビングになっており、大きなソファーとカラーテレビが贅沢《ぜいたく》に配置されている。窓の下にはローボードが置かれ、車のミニチュアとサングラスが飾られてあった。髪をかきあげ、サングラスをかけた。

「行ってくるよ」

誰もいない家に手を振ってメギドは堂々と表の玄関から外に出た。

三

メギドは読谷村の県道からバスに乗り、沖縄市のコザ十字路で降りた。バスを降りるころには左手の小指は爪の先まで復元され、再生能力は完全に復活していた。

コザに来たのは加藤が拉致《らち》された吉原で調べたいことがあったからだ。達也と違い、メギドにとっては加藤がどうなろうと知ったことではない。だが、あやうく殺されそうになったマードックをこのままにしておけるはずがなかった。それにはトリイステーションになんとか潜り込まなければならない。断片的だが、脳に埋め込まれたジェレミー・スタイナーの記憶で基地に潜入することが簡単でないことは分かっている。何か作戦を練る必要があった。

十字路から国道を少し戻り、狭い路地に入った。時刻はまだ午後三時と日が高いが、吉原では多くの店が昼前から営業している。通りで声をかけてくる女に目もくれずに達也がビールを飲んだ店〝ミモザ〟の前で足を止めた。

メギドはピンクに塗られたドアを開けた。

「いらっしゃい……？」

厚化粧のママはサングラスをかけたメギドを見て首を捻《ひね》った。

「ビール」

カウンターの丸椅子に座り、サングラスを取った。

「やっぱり、お客さん、三、四日前に来たことあるわよね。なんだか感じが変わって分からなかったわ」

「この間の女は？」

「ミサちゃんなら、もうすぐ出勤してくるわよ」

ママはカウンターにグラスを出し、オリオンビールを注いだ。

「今日もビールだけ？」

女は悪戯《いたずら》っぽい目で尋ねてきた。

「どっちでもいいが、聞きたいことがあって来た」

「あらっ、この間と違ってずいぶんとあか抜けたのね。聞きたいことって何？」

ママは怪しい笑顔を浮かべた。

「この辺りを縄張りにしているヤクザを教えて欲しい。できれば、だれか紹介してくれないか」

メギドはビールを飲みながら尋ねた。

「組に就職でもするつもり？　ヤマトンチューじゃ無理だと思うけど」

「大事な用事があるんだ」

「遊んだら教えて上げてもいいけど、どうする？」

ママが意味ありげな視線を投げ掛けてきた。

「ミサっていう女だったらいいよ」

メギドはあっさりと答えた。

背後のドアが開いた。

「いらっしゃい。……あれっ、この間のお客さんじゃないの」

タイミング良く現れたミサがメギドの顔を見て目を丸くした。

「ミサちゃん。お相手よろしくね」

ママはそう言うと親指を立ててみせた。

「えっ、そうなんだ。来たばかりだから、私にもビールちょうだい」

ミサはメギドの隣に座った。もちろんビールは客のツケになる。

「この間は、すごい堅物だと思っていたけど、まともになったのね」

ビールを煽《あお》ったミサは、ハンドバッグから煙草を出した。

「まともになった？　確かにそうかもしれない。俺にも煙草をくれ」

苦笑を漏らしたメギドはミサの煙草の箱から一本抜き取り、外人住宅で盗んだジッポで火を点《つ》け、右手に隠すように握って吸いはじめた。兵士が雨風でも煙草の火が消えないようにする吸い方だ。また夜間狙撃兵に狙われないようにする意味もある。ジェレミー・スタイナーの習慣が移ったに違いない。

「いやだ。煙草吸わないって言っていたくせに。……でも、惚《ほ》れちゃうかも」

ミサはうっとりと目を輝かせた。

メギドはミサに連れられ、店の奥にあるせんべい布団が敷かれた小部屋、いわゆるちょんの間に案内された。部屋に入るなりミサはいきなり服を脱ぎ、メギドのシャツも脱がせて布団に横たわった。ちょんの間のサービスは通常十五分から二十分だ。余計な儀式はない。だが、ミサがメギドを離さずに延長したために三十分間、セックスをした。カウンターがある店に戻ると、ママは上気した顔のミサを見てウィンクをしてみせた。

「教えてもらおうか？」

メギドは何事もなかったかのような様子で席に戻ると、カウンターに置かれていたミサの煙草を勝手に抜き取り、火を点けた。彼に取ってはじめてのセックスだったが、達也やスタイナーの記憶を通し充分すぎるほど経験していた。もっとも暗殺者として育てられたメギドにとってセックスは最高の快楽と呼べるものではなかった。

「この先に〝大和料亭〟という大きな料亭があってね。そこで今日上村一家の会合が七時からあるらしいの。この間、騒動があった時に見回りをしていた兄さんたちは準備のために六時には料亭に入っているから、そこに行けば組の事務所に行くこともないわ。私にもいいことしてくれたら、紹介の電話をしてあげるわよ」

ママはメギドにウインクしてみせた。上客と見たのだろう、商売っけを出したようだ。

「冗談だろう。これで教えてくれ。釣りはいらない」

メギドはポケットからしわくちゃの五十ドル札をカウンターの上に出した。

「まあ！」

二人の女は同時に声を上げ、顔を見合わせた。一九七六年一月のドルのレートは三百六円五十銭だった。単純計算で五十ドルといえば一万五千三百二十五円になる。延長したとはいえたかだか三十分のちょんの間の遊びには充分過ぎる額だった。

「少ないのか？」

メギドは訝《いぶか》しげな顔をした。とりあえず出してみたが、この辺りの相場が分かっているわけではなかった。

「とんでもない。ちょっと待っていてね」

ママは愛想笑いを残し、店を出て行った。小さな店に黒電話はない。ヤクザに連絡をつけに行ったようだ。

「ねえ、また遊びに来てよ」

ミサはメギドにしなだれかかった。

「気が向いたらな」

メギドは煙草の煙をゆっくりと吐き出した。一度抱いた女に興味はなかった。

四

吉原の中程に白壁の塀に囲まれた赤瓦《あかがわら》の立派な建物がある。今は廃墟《はいきょ》となってしまったが、〝大和料亭〟という瀟洒《しょうしゃ》な料亭があった。

メギドは適当にスナック〝ミモザ〟で時間を潰《つぶ》し、着替えを入れたスポーツバッグを店に預け、ガバメントはズボンに差し込んで〝大和料亭〟に向かった。

白い塀に囲まれ、赤瓦の切妻屋根が付いた料亭の棟門はすぐにわかった。塀にもたれかかって待っていると、午後六時を過ぎて白いバンが目の前に停まり、中からいかにもその筋という風体の男が五人降りて来た。そのうちの一人は角刈りの頭をしており、両袖《そで》から龍《りゅう》の入れ墨が見えている。加藤が拉致された夜にちょんの間に通してくれた男だった。だがメギドを見ても首を傾げている。

加藤が拉致された夜から四日も経つということもあるが、前回会っているのは達也である。今は無精髭《ぶしょうひげ》を伸ばし、自《おの》ずと目付きも達也と違っていた。見方によってはまったく別人に見える時もあるほどだ。

「……なんだ、ミモザのママから聞いたのは、おまえか」

ようやく分かったらしく入れ墨の男は鋭い目付きで睨《にら》みつけてきた。

「こっちに来い」

男は店先じゃまずいとばかりに、メギドを料亭の中に入れた。りっぱな門を潜ると沖縄の伝統的な建物の入り口まで飛び石があり、和風の中庭が見渡せた。

「すみません。ちょっと相談したいことがあって」

人に頭を下げるなど最高の屈辱だと思っているメギドは、不本意ながら達也の様に頭を下げた。

「忙しいんだ。さっさと用件を言え」

入れ墨の男は、手下と見られる連中を先に料亭の中に向かわせて言った。

「この間知り合いを拉致《らち》した連中の居所が分かったので、復讐《ふくしゅう》してやろうと思いましてね。手伝ってもらえませんか」

男の命令口調にむっとしながらもメギドは愛想笑いを浮かべた。

「何、どこにいるんだ？」

途端に男の顔色が変わった。相手が米国人だろうと、縄張りを荒らされたという事実に変わりはない。

「トリイステーションの米兵です」

メギドはすました顔で言った。

「なっ！……トリイステーションか。他の基地のアメリカンならまだしも、あそこだけはだめだ。忘れろ」

首を横に振って男は料亭に入ろうとした。

「待てよ。それでも沖縄のヤクザか。てめえの縄張り荒らされたんだろう」

善人面しているメギドに限界が近づいていた。

「誰に口をきいているんだ。おまえは！」

男は真っ赤な顔をしてメギドのTシャツの胸ぐらを掴《つか》んできた。だが、メギドは男の手首を簡単に捻《ねじ》り、後ろ手にして締め上げた。

「手首折ってやろうか。縄張り荒らされたおまえたちに手を貸すと言っているんだ。ありがたく思え」

あっさりとメギドの堪忍袋の緒は切れた。だが、首の骨を折らないというだけ、大人になったのかもしれない。

「あがー。離せ、馬鹿野郎」

「まだ、分からないらしいな。おまえなんか殺すのはわけないんだぞ」

メギドは男の腕を掴んでいる手に力を入れた。

「俺たちを敵に回したら、……シマから生きて出られなくなるぞ」

男は痛みを堪《こら》えながら喚《わめ》いた。

「面白い。おまえの組は何人いる。百人か、二百人か。多ければそれだけ殺しがいがある。喜んで敵になってやるぞ。米兵を殺す前に全員血祭りにしてやる」

メギドは笑いながら言った。明確に殺しの標的を見いだすことは、暗殺者として喜び以外の何ものでもないのだ。

「……分かった。手を貸すから、離してくれ」

男もメギドの常人でない振る舞いが薄気味悪くなったようだ。

「何をしている！」

料亭から、先に入って行った四人の男たちが血相を変えて戻ってきた。争う声を聞きつけたのだろう。

メギドは舌打ちをすると男の腕を放して突き飛ばした。若い男たちは解放した男と入れ違いに一斉に殴り掛かってきた。メギドは体勢を低くし、前方の二人を鳩尾《みぞおち》への目にも留まらぬ左右のパンチで気絶させた。これまでの甲武流の動きとはまた違い、どちらかというとボクシングに似た動きだ。ジェレミー・スタイナーの持つグリーンベレーの戦闘能力が加わっているのだろう。メギドは間髪を容れずに三人目の男の顎《あご》を左の掌底で突き上げ、同時に右にいる男の回し蹴《げ》りを右足でブロックすると、右の裏拳《うらけん》で男の顎を叩《たた》いていた。

四人の男が倒れるのに十秒と掛からなかった。

「止めろ！　分かった。手伝ってやるから、これ以上ことを起こすな」

入れ墨の男に迫ると、男は両手を上げて叫んだ。

「最初からそう言えばいいんだ」

「驚いた。いい腕をしているじゃないか。見くびっていたようだ。俺は狩俣隆弘《かりまたたかひろ》だ。うちの組に入らないか」

狩俣は感心すると、不敵に笑って度量のあるところをみせた。気絶させられた男たちの尻《しり》を蹴って正気に戻すと、男たちに準備をさせるために料亭の中へ追いやった。

「ヤクザに興味はない。基地の中に侵入さえできれば、後は俺が勝手にやる」

メギドはふんと鼻で笑って答えた。

「一人で何ができる」

「こいつがある」

メギドはベルトに差し込んでいたガバメントを抜いてみせた。

「おまえ、いったい、何者だ？　ヤマトのヤクザか」

狩俣はガバメントよりも、銃を握ったときのメギドの好戦的な目を見てたじろいだ。

「侵入だけ、手を貸してくれと言っているんだ」

「さっきも言っただろう。嘉手納基地なら米兵や日本人の労働者にいくらでも知り合いはいるから侵入も簡単だ。だが、トリイステーションは別だ。あそこは畑に囲まれた長閑《のどか》な基地のようでもグリーンベレーやＣＩＤが駐屯している。簡単に入れるわけがない」

狩俣は腕組みをして首を振った。ＣＩＤは米軍犯罪特捜隊のことだ。

「そんなことは知っている。だから、わざわざ来たんだ。身分証を偽造するなり、基地の米兵をたらし込むなり、方法はあるだろう。コザ派のヤクザは基地との絡みがあるはずだ」

コザ派の暴力団は、〝戦果アギヤー〟をルーツにしていると言われている。それだけに基地関係者との結びつきが強いとメギドは睨んだのだ。

「身分証を偽造？　あれは止めとけ。基地で通用する民間人の身分証ならいくらでも作ってやるが、米兵のはだめだ。捕まったらそれこそ二度と帰ってこられなくなるぞ。そもそも軍隊経験のない日本人が軍服を着ても米兵に見えないだろう」

「…………」

メギドは男の言うことに納得させられた。基地に潜入する目的で外人住宅から軍服を盗んできたが、長い髪のままではすぐにばれてしまうのは目に見えていた。

「待てよ。……入るだけなら手はなくもないな」

狩俣は何かひらめいたらしく、にやりと笑って見せた。

「入るだけでいい。後は俺が勝手に基地の外に出るまでだ」

「腕っ節だけじゃなく、度胸も良さそうだな。どうだ、手伝ってやるかわりにしばらくうちの組に客分としてむかえてやるぞ。金も女の心配もいらなくなる」

「勘違いするな。手伝ってもらおうとは思っていない。むしろ、組の後始末を代わってやるんだ。おまえらが手を貸すのは当然だろう。貸しは最初っからないんだ」

メギドは平然と言った。

「口の減らないガキだぜ。気に入った。手を貸してやる」

狩俣は苦笑いをしながら言った。

「ところで、どこか床屋は知らないか？」

メギドは話が決まると唐突に尋ねた。

五

読谷村にあるトリイステーションの面積は千九百八十平米あるが、衛星写真で見ると、敷地内には広大な畑や美しい海岸が広がっていることが分かる。海岸は沖縄戦における海兵隊の上陸地点の一つであり米軍にとっては戦利品という意識が強いのだろう、米軍関係者専用のビーチとして日本人の立ち入りは禁じられている。一方で、基地内の畑は土地の地権者が軍の許可を得て耕作しているという複雑な問題を孕《はら》んでいる。

読谷村にあるような基地内の畑は〝黙認耕作地〟と呼ばれているが、地権者が土地使用料を受け取った上で農作物を栽培し、〝二重の恩恵〟を与えていると米軍当局は恩着せがましく言う。

二〇〇六年に全面返還された読谷補助飛行場跡地について、二〇一一年三月に村と黙認耕作者との間で和解が成立した。土地は戦前に日本軍により問答無用で接収され、戦後は米軍により占領されてしまった。戦後住民は生きて行く上で、基地内の余った土地を地権者が分からないまま農地として使わざるを得なかった。そのため、返還に際し、所有権を回復しようとする村と畑の明け渡しを拒む耕作者との間でトラブルが発生したのだ。

トリイステーションの場合はどうだろうか。住民は自分の畑（〝黙認耕作地〟）や先祖の墓に行くのにゲートで許可を受けなければ立ち入ることはできない。六十年も辛酸を舐《な》めてきた彼らを尻目に、第五十八通信大隊司令部をトリイステーションに移設する（二〇一五年完了予定）らしい。計画に伴い耕作地を更地にするように米軍は村に要請している。土地を奪われた地権者や住民は米軍から恩恵を受けているという意識はない。

読谷村の県道を右ハンドルのオート三輪トラック〝T一五〇〇〟が朝のやわらかな日差しを浴びて走っている。軽四輪トラックに押され、ダイハツが一九七二年に、東洋工業（現マツダ）は一九七四年に生産を終了しているが、小回りが利き、排気量が小型車扱いになるため人気はまだまだあった。

沖縄では一九七八年七月三十日より自動車の通行が右から左側に変更された。交通方式変更は一九七五年の閣議で決定され、二年間の準備作業が設けられた。準備が整ったという意味で一九七〇年代後半から右ハンドル車を〝七三〇車両〟、逆に左ハンドル車を〝七二九車両〟と呼んだ。県道を走る〝T一五〇〇〟は二年後の変更を見越して購入されたのだろう。

真っ黒に日焼けし、麦わら帽子を被《かぶ》った男がハンドルを握っている。助手席には農家としては色の白い三十過ぎの男が乗っていた。荷台には籠《かご》を持ち麦わら帽子を被った割烹着《かっぽう》姿の女が五人乗っている。砂埃《すなぼこり》をさけるためだろう、口元までタオルで覆って頬かむりをしている。〝T一五〇〇〟はトリイステーションの南側にある〝農耕ゲート〟と呼ばれる入り口の前に停まった。このゲートから地元住民は畑や墓参へ〝黙認的〟に立ち入りが許可されている。

「人数が多いな」

検問にあたる米兵は〝T一五〇〇〟の運転席を覗《のぞ》き込んだ。ゲートにはM一六を肩から提げた二人の兵士が立っていた。

「今日は、島らっきょうの収穫ね。親戚《しんせき》に手伝いに来てもらいました」

運転席の男は農耕許可証を見せながら、手振りを交え片言の英語を使った。

「調べるから、二人とも降りろ!」

許可証を見た兵士が銃こそ構えなかったが、大声で怒鳴った。

運転手と助手席の男は車から降りた。するともう一人の兵士が車の中を調べた。

「荷台の女、籠の中が見えるようにこっちに見せろ! 籠だ、籠。分かるか!」

車に異常がないことが分かると兵士は荷台に座っている女たちに命じた。彼女らは戸惑う様子もなく言われるままに籠の中を兵士に見せた。こうした扱いに慣れているのだろう。兵士は大声を出したものの一つ一つ籠を見ることもなく検問を終えた。

「オッケー、入っていいぞ」

許可が下りると運転手は頭を下げて車を出した。〝T一五〇〇〟は一キロほど西に進み海岸に近い畑の横に停められた。周囲は畑ばかりで軍事施設は遠くに白い建物が見えるだけで米兵の姿もない。とても基地の中とは思えない風景である。逆に言えば、それだけ広い土地を接収されているということだ。

荷台の女たちは腰を叩《たた》きながら立ち上がり、トラックから降りはじめた。その中で立とうともせずに、周囲を注意深く見渡している女が一人だけいる。しばらくして安全を確認したのか身軽にトラックから飛び降りた。他の女に囲まれて座っていたので分からなかったが、立つと身長は百八十センチ近くあった。もちろんメギドである。麦わら帽子と頬かむりをむしり取った。肩近くまであったメギドの髪は、いわゆるＧＩカットと呼ばれる米兵の髪型と同じように短く切りそろえられていた。昨日、吉原の料亭でヤクザと話をつけてから近くにある床屋に行って来たのだ。メギドは達也と違い髪型にこだわりがないために未練もなく短髪にしてしまった。

メギドは割烹着と服を脱いだ。するとその下から軍服が現れた。カーキ色のシャツにネクタイ、それにジャケットを着込んでいる。しかもベルトには〝外人住宅〟で盗んだコルトガバメントが収められていた。脱いだ洋服を荷台に投げ捨て、メギドはトラックの荷台の下にぶら下げてあるバケツを取った。中に革靴を隠しておいたのだ。長靴を脱いで靴に履き替えるとどこにでもいそうな陸軍の米兵になっていた。

「大したものさあ。軍服どころか米軍のチャカまで持っている。だれが見ても米兵にしか見えない」

メギドの変身ぶりに感心しているのは、助手席に座っていた上村一家の構成員である狩俣隆弘だった。彼は人づてにトリイステーションにある〝黙認耕作地〟の農耕許可証を持っている農家を紹介してもらい、トラックの手配までしてくれた。メギドは宿泊していた安ホテルにトラックで迎えに来てもらい、トリイステーションに向かう途中で農家の主婦と合流し、大きめの服を借りて変装したのだ。

トラックの手配や農家の女たちの口封じにも狩俣は金を使ったようだ。この先メギドが使えそうな男だと見抜き、親切の押し売りをしているのかもしれない。

「どこに犯人のアメリカンがいるのか分かっているのか？」

「ここは古巣みたいなもんだからな」

メギドは狩俣の質問をはぐらかすように答えた。

「古巣？」

狩俣はわけが分からないと肩を竦《すく》めた。

「俺は行くぞ」

メギドはうるさそうに答えた。

「うまくことが運んだら、教えてくれないか。うちの組で祝い酒でもするさあ」

狩俣は沖縄独特ののんびりとした口調で言った。

「気が向いたらな」

そっけなく答えると、メギドはサングラスをかけて西側にあるトリイビーチに向かって歩き出した。脳に埋め込まれたジェレミー・スタイナーの記憶は古く断片的なものだが、今はそれを頼りに行動するほかない。メギドは夜になるまでトリイビーチの保養施設の隣にある普段は人気のない倉庫に身を隠すつもりだ。

畑から三百メートルほど進んだところで、ステーションを周回する舗装道路に出た。トリイビーチの保養施設である白い建物がすでに見えていた。メギドはポケットからマルボロの箱を取り出し、煙草を口にくわえると左手だけでジッポの蓋《ふた》を開け、フリント・ホイールを膝《ひざ》に擦り付けてさりげなく火を点《つ》けた。

道路の左方向から陸軍のジープが近付いて来た。M一六を肩からかけた兵士が四人乗っている。この基地の警備は他の基地と違いグリーンベレーが担当している。メギドが軽く敬礼をすると、兵士らも敬礼を返して来たが気に留める様子もなく通り過ぎて行った。

六

トリイビーチの東側にある倉庫に半日隠れていたメギドは、夜が更けるのを待って行動を開始した。倉庫はビーチを使用する軍関係者に貸し出すボートなどが収容してあり、十数年前のジェレミー・スタイナーの記憶にもあった。軍の保養所という位置づけのトリイビーチには現在おしゃれなログハウスがいくつも建っており、透き通るような青い海との組み合わせはさながらハワイの高級リゾートを思わせる。もちろん日本人が使用できないのは言うまでもないことだ。

午後十時、ステーションを周回する舗装道路は目立つので、敷地内の畑を縦横に抜ける道を歩いた。街灯はないが、頭上に輝く下弦の月が地表を照らしているため足下の砂利道ははっきりと見える。

トリイステーションの重要施設は北側に集中している。達也がマードックに監禁されていた建物は北の端の海岸寄りにある暗号部隊が使っている建物の隣にあった。平屋のコンクリートの建物だったが、以前はグリーンベレーでも特殊な任務を帯びた部隊だけが使っており、スタイナーが率いる狙撃チームの宿舎もあった。

メギドは脳に埋め込まれたスタイナーの記憶を頼りに彼が宿舎にしていた建物を目指していた。だが、マードックが今は使われていないと言っていたように宿舎は廃墟《はいきょ》のように静まり返り、隣にあった暗号部隊の建物も四階建てのビルに建て替えられていた。

十数年前の記憶だけに期待はしていなかったが、マードックを見つけるには地道に手がかりを見つけるほかないだろう。だが警備の兵士に見つからないように細心の注意が必要だ。警備兵といえどもグリーンベレーだからだ。

玄関となっている入り口は板で厳重に閉ざされていたが、裏口のドアは壊されていた。マードックが気絶させた達也を拘束するために勝手に使ったのだろう。達也の拉致《らち》監禁は、私怨《しえん》だったため軍の施設を無断で使ったに違いない。

裏口から侵入したメギドは外に光が漏れないように、盗んだ懐中電灯で足下を照らしながら奥に進んだ。目的の部屋はすぐに見つかった。床にどす黒く変色した達也の血痕《けっこん》が残っていた。

「…………」

メギドの脳裏に達也が銃で撃たれた瞬間の映像が浮かび、思わず眉《まゆ》をひそめた。達也はたとえ敵でも人を傷つけることを極端に嫌う。メギドから言わせれば自己防衛もできないただのお人好《よ》しであった。だが、普段の生活を嫌う彼にとって社会に順応できる達也はなくてはならない存在だった。達也は瀕死《ひんし》の重傷を負い、マードックに残波岬から投げ落とされた時のショックのためか、〝アパート〟の自室に閉じこもったまま出てくる気配はない。メギドが四年間自分の部屋で閉じこもっていたのと逆の現象が起きてしまったのだ。

部屋に置かれている机や最初に監禁されていたベッドのある隣の部屋も調べてみたが、これといってマードックの所在を知る手がかりはなかった。

「……？」

メギドは耳を澄ませた。裏口が開く微《かす》かな音が聞こえたのだ。何者かが建物に侵入してきたようだ。踵《かかと》から足を下ろして足音を殺している。人数は二人、警備兵かもしれない。かなり訓練を積んでいるようだ。懐中電灯の光が外に漏れたとは思えない。建物に入る以前に姿を見られていたのだろう。月光が明る過ぎたようだ。倒すことはできるだろうが、銃を使われ騒ぎを大きくすることだけは避けたかった。

ポケットからマルボロを取り出し、煙草をくわえ右手でジッポの蓋を開けた。カチンッという独特の小気味いい音がした。フリント・ホイールを親指で回転させて着火し、煙草に火を点けると、机の上に腰を下ろした。

「貴様、そこで何をしている！」

Ｍ一六を構えた二人の兵士が部屋に飛び込んで来て顔面にライトを当てられた。二人とも
メギドの着ている平時の軍服ではない迷彩の戦闘服で、腰のベルトのホルダーにはガバメントと全長約三十センチあるＭ７バヨネット（銃剣）も差している。夜間の警備は訓練も兼ねて、重装備で行っているのだろう。

「脅かさないでくれ。夜中の仕事がきつくて抜け出して休んでいただけなんだ。すぐ部署に戻るから、うるさいことを言うなよ」

メギドは煙草をくわえたまま掌《てのひら》でライトを遮りながら答えた。

「夜中の仕事？……通信諜報《ちょうほう》部隊か。なるほど、敵国の電波はいつでも入ってくるからな。だが、ここは立ち入り禁止になっている。二度と入るんじゃないぞ」

兵士は勝手に解釈してくれたようだ。それにメギドが制服を着ていることで安心してしまったのだろう、ライトと銃を下ろした。大きな基地ではないにも拘《かかわ》らず、トリイステーションに勤務する兵士は機密性の高い任務に就いているために部署が違えば名前や顔も知らない場合が多い。まして所属が違えば赤の他人だ。

「ちょっと質問してもいいか？」

メギドは口から煙草の煙を吐き出しながら言った。

「マードック少佐は今どこにいるか知らないか？　個人的なことで用事があるんだ」

「なぜ、彼の名を知っている？」

マードックと聞いた途端、二人の兵士の態度が変わった。彼らをグリーンベレーだと知った上で聞いたのだが、まずかったようだ。

「なんでもない。私の勘違いだ」

「黙れ！　彼は特殊な任務に就いていることになっている。たとえステーションの人間でも知るはずがない」

二人の兵士は再び銃を突きつけてきた。どうやら、マードックは加藤を逮捕するために軍の闇の仕事をしていたようだ。

「興奮するなよ。古い親友なんだ。似たような人物を見たので基地にいるかと思って聞いただけだ」

「うるさい！　ちゃんと顔を見せろ！」

一人の兵士がメギドの顔に再びライトを当ててきた。

「おまえは！」

二人の兵士が同時に叫んだ。メギドが偶然見つかったというより、マードックの部隊はこの廃屋を作戦上使っているようだ。

「俺の顔を知っているのか？　どうやら達也を拉致した兵士の一味だな」

メギドの表情が一変し鬼のような形相になり、二人の兵士の間に瞬間的に移動してしゃがみ込んだ。

「あっ！」

兵士たちは互いに銃を向けて、動くことができなくなった。撃てば同士討ちになってしまう。彼らの一瞬の動揺を利用し、メギドは右側の兵士の腰からバヨネットを引き抜き、顎《あご》から脳天に突き刺すと、反対側の兵士の喉元《のど》に自分のガバメントを突きつけていた。刺された兵士は、白目を剝《む》いて仰向けに倒れた。M7バヨネットの刀身は百六十八ミリある。血はさほど流れていないが、動脈は傷つけずに脳髄を貫いていたのだ。

「動くなよ。人間ってのはな、簡単に死ぬんだよ。おまえも死にたいか？」

メギドは兵士の肩からM一六を下ろして床に投げ捨てると、左手にガバメントを持ち替え、首に押し当てたまま兵士の背後に回った。左腕を男の肩の上から首を締め上げるような格好になった。

「……死にたくない」

しばらくしてようやく声を出すことができた兵士はかすれた声で返事をした。

「相棒は、答えていれば死ななくてすんだのにな。もう一度だけ聞いてやる。マードックはどこにいる？」

ガバメントの銃口を兵士の首筋に強く押し当てた。

「止めろ！　自宅に帰られた」

兵士は悲痛な声で白状した。

「本当か？」

メギドは兵士のホルダーから右手でバヨネットを抜き、刃を喉元に突き立てた。一筋の血が男の汗に混じりながら流れて行く。

「止めてくれ、第四〇〇弾薬整備中隊のデービッド・ソンダース中佐に会いに行ったんだ」

バヨネットを突き立てたまま、メギドは自分のガバメントをゆっくりとベルトのホルスターに戻した。

「嘘はいけないな。……嘉手納基地か。いつ戻る？」

弾薬整備中隊は、嘉手納基地に駐屯する第十八航空団の指揮下にある。

「今日は戻らない」

「それじゃ、自宅を教えてもらおうか」

「少佐の自宅は誰も知らない。本当だ。あの人は特別任務に就かれているために住んでいる場所を知られないようになっているんだ」

マードックならありえる話だった。

「嘉手納基地に何の用で行っているんだ？」

メギドはバヨネットの刃を再び押し当てた。

「よく知らない。ただ少佐は革の手帳のことで行くと言っていた。これ以上詳しいことは知らない。頼む。殺さないでくれ」

兵士は右手をゆっくりと手を下ろして自分のガバメントに指を伸ばそうとしている。

「いいとも」

左腕を弛《ゆる》めたメギドはバヨネットを床に投げ捨てた。

「馬鹿め！」

兵士は機を逃さずガバメントに手をかけた。だが、メギドは兵士の手の上から右手をかぶせた。兵士が銃をホルスターから抜くこともできないように右手の動きを封じたのだ。

メギドは左腕で兵士の首を締め付けて後ろに引き倒し、左肘《ひじ》を立てた上に強烈に落として首をへし折った。

「何が、グリーンベレーだ」

メギドは床に崩れた兵士を見下ろし冷淡に笑った。兵士の右手を自由にさせ、バヨネットを捨てたのは殺人を行うためのイベントに過ぎなかった。

奪回

一

　午後十時四十六分、三人の兵士を乗せたジープがトリイステーションの第一ゲートを出た。基本的に米兵が基地から出る場合はフリーパスである。検問にあたる兵士は車のナンバープレートの〝Y〟の字を確認しただけで運転手の顔すら見ることもなく、ゲートを開けてメギドと後部座席に座る死体を通した。

　メギドは廃屋となっている建物で二人のグリーンベレーを殺害し、二番目に殺した男の戦闘服に着替え、装備もすべて身につけた。一人目はナイフで殺したが、二人目は血で服が汚れることを嫌い、首の骨を折った。単に彼の趣向で殺害方法を変えたわけではない。装備以外にも身分証や現金も盗んだ。兵舎に停めてあったジープを調達すると死体をまるで居眠りでもしているかのように後部座席に座らせた。

　目的地はマードックがいるはずの嘉手納基地だった。危険を冒してまで彼を追うのは復《ふく》讐《しゅう》心が強いせいもあるが、メギドを知る関係者を闇に葬る必要があるからだ。マードックはメギドが死んだと思っているために今は安全なのだが、将来の不安は拭《ぬぐ》えない。今だからこそ彼を抹殺するチャンスということもある。

マードックをしとめる前にするべきことがあった。後部座席の死体の始末だ。一人で陸軍の兵士二百人に相当すると言われているグリーンベレーの隊員を二人も殺したのだ。犯人がただものでないことはすぐにばれてしまう。メギドが人間兵器であることを知っているマードックに疑われる危険があり、殺害の痕跡《こんせき》を残すことはできなかった。

当初自分がされたように死体を残波岬から投げ捨てようかと思ったが、漁師に発見される恐れがあった。そこでトリイビーチのすぐ南、比謝川河口の渡具知《とぐち》にある立ち入り禁止の洞窟《どうくつ》に捨てることにした。ジープを海岸近くに停めたが、あとは担いで足下が悪い岸壁を降りるほかない。よほど強烈な印象があったのだろう、ジェレミー・スタイナーの記憶にあったのだ。

「ふざけやがって、スタイナーの野郎、生きていたらぶっ殺してやるのに」

死体を担いで降りて行くにはあまりにも険しい場所だった。さすがのメギドも息を切らしたが、それだけに発見される可能性は低いことになる。

「ここか。……なるほど」

やっとの思いで到着したメギドは、懐中電灯で内部を照らし感心した。

洞窟は戦時中に人工的に掘られたもので、幅三メートル、奥行きが十六メートルある。同じようなものが他にも三つあり、旧陸軍海上挺進《ていしん》戦隊の発進基地だった跡だ。ベニヤ板で作られた小型艇に大型爆雷を積み込み、敵艦に体当たりするか、爆雷を敷設するというもので、米軍は〝自殺艇〟と呼んでいたそうだ。挺進戦隊はフィリピン・沖縄・台湾に展開し、敵船を数十隻撃沈したが、隠密部隊ゆえに世に知られることもなく千六百三十六名の若き尊い命が失われた。

　同様に旧海軍でも〝震洋〟というベニヤ板で作った特攻艇をフィリピン・沖縄・日本本土に多数配備しており、約二千五百人の隊員が戦死したと言われているが、部隊が全滅してしまうことが多かったため、その詳細を知ることは難しい。

　一時間半近くかけて洞窟に死体を埋めたメギドは五十八号を南下し嘉手納基地にぶつかると左折して県道七十四号を進んだが、一番近い第三ゲートを通り越し、基地に沿って南に進み、やまなか通りへ右折した。

　零時四十四分、ゲート通りにぶつかる第二ゲートに到着した。深夜にも拘《かかわ》らず、数台の車がゲートに入るために並んでいた。コザの社交街で遊んで来た米兵が帰って来たのだ。あらかじめ、酔っぱらった米兵が帰還する時間も計算に入れていた。メギドは煙草を吸いながら待った。

　前の車がようやくゲートに入った。二人の白人兵士が警備にあたっている。一人は身長百九十センチ近く、もう一人も百八十センチほどあるのだが相方の体格がいいために小柄に見える。

「身分証をちゃんと見せろ！」

大柄な警備兵の怒鳴り声が聞こえる。

車の中には奇声を上げる五人の白人が乗っており、身分証を手に持っている者もいればふざけて口にくわえている者もいる。かなり酔っぱらっているのは確かめるまでもない。沖縄では米兵による自動車事故が多く、ひき逃げという悪質な運転者も後を絶たない。米兵のモラルが低いだけでなく、飲酒運転の日常化が原因だろう。

警備兵は車の中を覗《のぞ》き、兵士の数と身分証の数を合わせただけで車を通した。酔っ払いの身分証を確かめてトラブルになるのを避けているのだろう。

メギドはゲートに車を進め、警備兵に敬礼をし、盗んだ身分証を見せた。案の定警備兵は身分証を確かめることもなく、敬礼を返してきた。検問では何よりも堂々としていればいい。不審者は書類云々《うんぬん》ではなくその態度に表れるものだ。

名刺サイズの陸軍の身分証は中央に二十八ミリ角の白黒の顔写真が貼ってあり、裏には本人の指紋が押印されている。顔写真が小さいためよく見ないと本人と判別できない場合もある。他人の身分証やフェイク（偽造）が見つかれば厳重に処罰をされるが、よほど大きな事件でもない限りチェックされることもないだろう。

むろんこれは米兵の場合で、日本人の基地労働者の場合は身分証明書や車検証、時には自賠責や連絡先などの提示を求められ、厳しくチェックを受ける。一般人はエスコートと呼ばれる基地関係者が同伴でなければ入ることはできないが、運悪く日本人嫌いの警備兵だった場合、取り次ぎを断られる場合もあるらしい。

「私は陸軍のメイソン・ハンター少尉だ。第四〇〇弾薬整備中隊のデービッド・ソンダース中佐に火急の用事があって来た。中佐の所在を教えてくれ」

トリイステーションで二番目に殺害した米兵をメギドは騙《かた》った。下っ端に見られないように、グリーンベレーと所属も言わずにわざと高圧的な態度を取った。

「少尉、こんな時間に言われても……」

警備兵は苦りきった表情をした。深夜に働く兵士はいないと思っているのだろう。それに確認するためには電話をして相手から文句を言われるのを覚悟しなければならない。

「今すぐ会わなければならないのだ。さっさと調べろ！」

メギドは早口でまくしたてた。

不服顔の警備兵はゲートのボックスに戻り、内線電話をかけた。しばらくして男は驚いた表情をしてボックスの中にある小さなテーブルの上に受話器を下ろした。

「ソンダース中佐はまだ基地にいらっしゃいました。直接お話をされたいとのことです」

「わかった」

メギドは車を下りてボックスに入り、受話器を取った。

「グリーンベレー所属のメイソン・ハンター少尉です」

――ソンダースだ。こんな夜中にグリーンベレーが何の用だ。

受話器からしわがれた低い声が響いてきた。それが元から低いのか、疲れて声が潰《つぶ》れているのかは分からない。少なくとも機嫌が悪いことだけは分かる。

「そちらにマードック少佐はいらっしゃいますか？」

——なんだ。マードックに用があって来たのか？

「少佐は現在作戦中なので、失礼ながら中佐の名を出しました」

トリイステーションでのミスで、マードックの名前を出せばかえって疑われると思ったのだ。

——賢明な判断だ。少佐は席を外している。何か連絡事項でもあるのか？

ソンダースはマードックが不在なのか、戻るのか曖昧《あいまい》な返事をしてきた。

「手帳の件で直接お伝えしたいことがありますので、駆けつけて参りました」

——何！　川島の手帳のことを言っているのか？

餌に引っかかったソンダースの声が裏返った。

「そうであります」

——すぐに私の執務室に来い。Nの七十号棟だ。場所は警備兵に聞け。

「了解しました！」

メギドは受話器を置くと、警備兵にソンダースの執務室の場所を尋ねた。兵士は基地の見取り図を出したが、指先で場所を示しただけで説明しようとしない。メギドのせいでゲートの前が混雑してきたせいもあるのだろうが、高圧的な態度に腹を立てているようだ。だいたいの場所さえ分かれば、聞き返すまでもないと思い、兵士の態度を鼻で笑って無視をした。

「少尉、もう一度身分証を見せてもらえますか？」

ボックスを出ようとすると、対応していた大柄な警備兵から背中越しに聞かれた。すでにソンダースから許可が下りているのに調べるというのは、嫌がらせのつもりなのだろう。もう一人の警備兵が止めろと首を振っている。

「俺の軍服に縫い付けられたマークが見えないのか」

メギドは迷彩服の腕にあるワッペンをわざと見せた。〝SPECIAL FORCES〟の特殊部隊を示す刺繍《ししゅう》タブの下に一本の剣に三本の稲妻が描かれたワッペンだ。これは陸海空どこでも闘うという意味で、グリーンベレーのマークだ。

「少尉がグリーンベレー所属だということは分かりますが……」

兵士は口ごもったが、それでも引き下がろうとしない。

「ジャングルを偵察中に遭遇したベトコンの首をはねて記念撮影をしたことがある。人を殺すことは好きだが、くだらないことを二度も強要されるのは、俺は嫌いなんだ」

メギドは底知れぬ闇を映す両眼で兵士を睨《にら》みつけて迫った。人は殺人を犯せば目付きが変わるという。メギドはこれまで何人も殺している。彼の目が常人と違うのは当然だろう。

「……失礼しました。お通りください」

警備兵は脂汗を流し、視線を外して言った。

「命拾いしたな」

メギドはボックスを出る際、後ろ向きにガバメントを兵士に投げ渡した。警備兵は両手で銃を受け取り呆然《ぼうぜん》としている。

「銃を粗末に扱うなよ」

人差し指を立ててホルスターに入れる仕草をしてジープに乗り込んだ。

「いつの間に！」

警備兵は自分の銃だと気付き、慌てて腰のホルスターに突っ込んだ。兵士に迫り、すばやく抜き取っていたのだ。

「Have a nice evening!《よい夜を》」

メギドは固唾《かたず》を飲んで見守っていた別の警備兵にわざとらしく言うと、ジープを出した。

二

第四〇〇弾薬整備中隊は、太平洋に展開する米空軍全体に供給する武器弾薬の貯蔵、整備、輸送など重要な任務を持つ。彼らは戦時体制に入った場合に備え、即座に兵器や弾薬を供給できる態勢をいつでも整えている。そのため基地としている嘉手納弾薬庫地区だけでなく、飛行場のある嘉手納基地でも彼らは働いている。

中隊の上級指揮官であるデービッド・ソンダース中佐の執務室は、軍の建物が集中する基地中央部から北のはずれ、嘉手納弾薬庫地区に近い場所の平屋の倉庫のような建物にあった。メギドはジープのライトを途中で消し、教えられた建物の二つ手前にある駐車場に車を停めた。

侵入する前に入り口以外に出入り口があるか調べるために、目的の建物の周囲を念入りに調べた。人間兵器として訓練を受けていた〝エリア零〟では、ベトコンと闘うためのゲリラ戦法ばかりでなく、敵の要人を暗殺するためのテクニックや建物に侵入するための訓練も受けている。また、ジェレミー・スタイナーの脳細胞にも一流のグリーンベレーとしての知識や技術が残っていた。

建坪は百十平米ほどだろう、大きな建物ではない。出入り口は正面とほぼ反対側に裏口があった。入り口の明かりは消えていたが、ドアは施錠されておらず、廊下の蛍光灯は点《つ》けられている。しばらく神経を集中させたが、人の気配は感じられない。それでも臆病《おくびょう》なまでにゆっくりと進み、一番奥の部屋のドアをノックした。

「入れ！」

ゲートの内線電話で聞いた声が響いてきた。

メギドは腰のホルスターに収められているガバメントの安全装置を外し、バヨネットの柄を触り、その感触を確かめた。もしマードックがいたら、即座に殺害するつもりだ。

ドアを開けて中に入り、敬礼した。執務室は二十平米ほどで大きなスチール机の横に星条旗が立てかけてある。五十前後の白みがかった金髪の男が椅子に腰掛け、机の上の書類に目を通していた。部屋には他に誰もいない。メギドは舌打ちをした。

「メイソン・ハンター少尉、参りました」

戻ることもできず、軍人らしく声を上げた。

「ご苦労。少尉、手帳のことで何か分かったようだな。さっそく報告したまえ」

ソンダースは書類から目を離すこともなく尋ねてきた。机の端には川島大の残した革の手帳が置かれている。

「お言葉ですが、マードック少佐に報告するように命令されております」

マードックがいないのであればここに用事はなかった。適当に言い繕って退散するつもりだ。

「少佐のチームに与えられた命令は、弾薬整備中隊の秘密漏洩《ろうえい》事件の調査だ。その責任者は私だ。マードックではなく私に報告しても問題はない。分かっていると思うが、これはあくまでも特殊な事例だ。私を直属の上官と思え」

メギドはなるほどと頷《うなず》いた。

軍内部の事件ならCID（米軍犯罪特捜隊）が担当する。また外部の者が関われば、MP（憲兵隊）か、CIC（米軍防諜《ぼうちょう》部隊）が捜査するはずだ。本来の捜査機関に頼らずグリーンベレーの一チームに任せているとなると、軍内部でも公にしたくないのか、あるいは失態を隠すために個人的にソンダースがマードックに依頼している可能性もある。

「もちろん、了解しております。報告した後、マードック少佐と行動をともにするように命令されておりますので、お聞きしました」

「マードックは三十分前に帰ったよ」

相変わらず目を伏せたままソンダースは言った。

「しかし、先ほどお電話で席を外しているとお聞きしましたが」

「おまえから直接話を聞くためにそう言ったまでだ。はやく報告しろ」

ソンダースは苛立《いらだ》ち気味にテーブルを叩《たた》き、顔を上げた。だが、すでにメギドの姿はドアロになかった。

「なっ！」

メギドは素早くソンダースの背後に足音も立てずに回り込み、首に腕を絡ませていた。

「死にたくなかったら、マードックがどこにいるか教えろ」

「気がふれたのか……」

ソンダースは首を絞められて真っ赤な顔になり呻《うめ》き声を上げた。

「さっさと白状しろ！」

「知らない。自宅に帰ったのか、トリイステーションに戻るのかも聞かなかった」

「使えない野郎だぜ」

メギドはソンダースを絞め落としたが、殺しはしなかった。中佐クラスを殺せばすぐに大規模な捜査がなされ、動きが取れなくなる。もし、ソンダースが軍の中で秘密裏に動いているとしたら、暴漢に襲われたことなど報告はしないという計算が働いたのだ。

机の上にある回転式のアドレス帳を見たが、マードックの名前はなかった。机の端に置かれた川島の手帳を軍服のポケットに入れた。手帳を使ってマードックをおびき寄せることができるかもしれない。ソンダースから情報を得られない以上、長居は無用だ。顔を見られなかったことがせめてもの救いと言えよう。

メギドは部屋を出たところで足を止めた。隣の部屋から物音がしたのだ。このまま入り口に向かい背中から襲われる可能性もある。ベルトのホルダーからバヨネットを抜き、右腕に隠すように逆手に持ち、ドアを開けた。

部屋の照明は落とされている。だが、人の気配がする。

「助けてくれ……」

弱々しい声が部屋の奥から聞こえてきた。

メギドは部屋の電気を点けた。

「おまえか」

十平米ほどの狭い部屋の片隅に加藤淳一が椅子に縛り付けられていた。酷《ひど》く殴られたらしく右の瞼《まぶた》が腫《は》れて目を塞《ふさ》ぎ、左目の回りも赤黒く痣《あざ》になっていた。

「……達也君！　助けに来てくれたのか」

米兵に扮《ふん》したメギドをしばらく見ていた加藤は驚きの声を上げた。

「俺はメギドだ。残念だったな」

加藤に興味はなかった。それに足手まといになるだけだ。メギドは振り返って部屋を出ようとした。

「頼む、助けてくれ」

加藤が悲痛な声を出した。

「むっ！」

軽い目眩《めまい》を覚え、メギドは壁に手をついた。眠っていた達也が反応したに違いない。

「こんな時に、くそっ！……待てよ」

舌打ちをしたものの、加藤を使ってマードックをおびき寄せることができるかもしれない。それに達也を目覚めさせるにはこの男を使うのが得策であるとメギドは考えた。加藤を椅子に縛り付けてあるロープをバヨネットで切断した。

「助けてやる。俺に従え」

肩で担ぐように加藤の腕を持って立たせた。

「すまない。恩に着るよ」

「うるさい。黙っていろ！」

人に礼を言われるほど胸くそ悪いことはない。メギドは加藤を連れ出し、ジープの後部座席に押し込めるように乗せて嘉手納基地を脱出した。

三

厚い雲に天空の星を奪われた夜の闇は、東の空を淀んだピンク色に染めはじめた。雲はなおも居座り、鈍色《にびいろ》の朝が訪れることだろう。

メギドは小高い丘に建てられた勝連城跡の高い石垣の上に立ち、夜明け前の海を見つめていた。眼下に見える中城《なかぐすく》湾から吹き付ける海風は冷たいが寒いとは思わない。むしろ肌に刺す冷気が気持ちよかった。メギドは自分を殺害しようとした敵を持っている。それゆえ気力がみなぎり、生きている喜びを感じているのかもしれない。

四年間外に出なかったのは、逃亡生活があまりにも退屈で、命をかけるほどのものではないからだった。人間兵器として生まれ、暗殺のテクニックを子供の頃から厳しく訓練されたメギドにとって、非日常にこそ生活の場があった。

十三、四世紀に築城された勝連城は現在のうるま市にあるグスク（城）で、沖縄では一番古いと言われる。クーデターを起こして地方の按司《あんじ》となった阿麻和利《あまわり》が最後の城主となった。琉球統一を目指して首里《しゅり》城まで侵攻した阿麻和利だったが、一四五八年に琉球王府の軍に攻められて落城した。一九七二年に国の史跡に指定され、二〇〇〇年に琉球王国のグスク及び関連遺跡群として世界遺産に登録された。現在は首里城や他のグスクのように復元工事が進み、往時の姿を取り戻しつつある。

メギドが立っている一の曲輪《くるわ》にいたる石段は崩れており、常人では登ることはできないし、また危険であった。人目を避けるためにジェレミー・スタイナーの記憶に従いここまでやって来た。彼は沖縄を愛していたのだろう、頭に埋め込まれた脳細胞にはグリーンベレーとしての軍事的な知識や技術だけでなく、沖縄各地の美しい風景の映像が残されていた。スタイナーは暇を見つけては各地を旅して回ったに違いない。

怪我をした加藤を連れて街のホテルに泊まるのは危険であり、米軍の戦闘服を着たメギドとの組み合わせでは通報される危険があった。また上村一家の狩俣隆弘から首尾よくことが運べば頼ってくれと言われていたが、ヤクザに借りを作る気はなかった。

メギドは石垣を飛び跳ねるように降りると、近くの林に隠してあるジープに戻った。後部座席を覗《のぞ》いたが、加藤はまだ眠っている。とりあえず軍服は着替えたかった。どこかで服を盗むことも考えられたが、吉原のスナック〝ミモザ〟で働くミサの姿が頭に浮かんでいた。着替えや靴を入れたスポーツバッグを店に預けたままになっていたからだ。だが、吉原は地元民の街である。米兵の格好をしたメギドが立ち入るのは危険だ。

「おい、いい加減に起きろ！」

後部ドアを開けて、加藤の肩を揺すった。

「乱暴は止めてくれ……君は、メギドなのか？」

加藤は腫れた瞼を開けて座席から頭をもたげた。

「そうだ」

「達也君は、……表に出てこないのか？」

顔色を窺《うかが》うように加藤は尋ねてきた。

「黙れ！　俺に質問をするな」

「……」

メギドの剣幕に加藤は口を閉ざした。

「助けてやったんだ。手伝え」

幾分口調を和らげてメギドは言った。

「君は命の恩人だ。できることなら協力する。だが、米兵に殴られて体中が痛いんだ。しかも腹が減って動けない。第一、街に出たら、また米兵に捕まってしまうよ」

加藤は情けない声で答えた。

「死にたくなかったら言う通りにしろ。俺はおまえをこんな目に遭わせたやつらを皆殺しにしてやろうと思っている。そうでもしなければ沖縄からは脱出できないぞ」

「馬鹿な。米軍を相手に勝ち目はない。それより、どこかで漁船をチャーターしてこっそりと九州に脱出するほうが現実的だ」

加藤は首を振って否定した。

「考えが甘いぞ。おまえは弾薬整備中隊の秘密漏洩《ろうえい》事件に関わっているそうじゃないか。海外にでも逃亡しない限り、やつらは追ってくるぞ。達也をまるめこんで沖縄に調査しに来たようだが、隠していることがあるんだろう。どうなんだ」

メギドは激しい口調で聞き返した。

「君は鋭いね。確かに達也君には取材の真の目的を黙っていた。迷惑をかけたくなかったからね。信じて欲しいが、沖縄に彼を伴ったのは君たちの安全を図ることができると思ったからだ」

「俺は達也と違って秘密は絶対許さない。命を狙われているんだぞ。すべて話せ！」

メギドは加藤を睨《にら》みつけた。その眼光の鋭さに加藤は息を呑んだ。

「実は昨年の沖縄取材で四年前に米国で失踪《しっそう》していた川島大に偶然に出会ったんだ。再会を祝して飲み明かしてね。彼もルポライターになり、沖縄の米軍基地を調べていると言っていた。なんでも米国で米軍基地を取材するうちに現地の反戦運動に共感して朝読新聞を退社したようだ。フリーの記者として働き、現地の新聞社にネタを売っていたらしい。沖縄の取材も米国の新聞社の依頼だと聞いたよ」

「世間話はいい。手短に話せ」

記憶を辿《たど》る加藤の話し方にメギドは苛立《いらだ》った。

「怒らないで聞いてくれ。すべて話さないと分からなくなるから。それから一ヶ月ほどして彼から連絡があってね。切羽詰まった声で、もしものことがあったら、メモ帳を渡すから自分の代わりに取材を続けて欲しいと言われてしまったんだ。米兵から得た秘密情報の裏を取って公表すれば大スクープになるというものだ」

加藤は話を区切ると苦しそうに咳《せ》き込んだ。監禁されていた間、満足に食事や水の補給を受けていなかったようだ。

「続けろ」

加藤の咳《せき》が収まるとメギドは冷淡に言った。

「彼は沖縄における米軍の化学兵器を追っていたのだ。それで彼は辺野古や金武村で網を張り、海兵隊の弾薬中隊に所属するマイケル・オブライエンと接触し、彼に麻薬を与えてていたのは、川島と同じく彼らと接触して情報を得るためだったようだ。

「麻薬を与えて聞き出したのか。ジャーナリストにしてはずいぶんと合理的な手段を使ったものだ。海兵隊の弾薬中隊ということは辺野古の弾薬庫か。それで達也と辺野古の弾薬庫を覗いて山羊がいることを確認したのか」

メギドは皮肉った。

化学兵器を扱っていた二六七化学中隊は辺野古の弾薬庫で毒ガス漏れ探知用として山羊を弾薬庫の近くで飼っていた。インコなどの小動物の方が効果的だが、山羊なら雑草対策の家畜として誤魔化せる。また放っておいても死なないということもあったのだろう。

一九六九年に知花弾薬庫でサリン漏洩事件が起きたのを機に一九七一年に沖縄からすべての化学兵器が撤去移送されたことになっている。だが、化学兵器の撤去とともに二六七化学中隊が米国に撤退した後も辺野古の山羊は飼われ続けた。疑問に思った市民グループ〝平和資料協同組合〟が米国の情報公開法を駆使し、一九九三年に辺野古弾薬庫に〝CS（催涙）毒ガス〟と〝白リン〟が貯蔵されていることを突き止めた。

「辺野古にはCSや白リンが貯蔵されているようだが、川島はオブライエンから第四〇〇弾薬整備中隊に所属するジェーソン・ボッグスを紹介され、取材方針を変えたんだ。というのも嘉手納弾薬庫にはCSや白リンとは比べ物にならないほどの危険な化学兵器が貯蔵されていることを聞き出したからだ」

「ジェーソン・ボッグスにも薬をやったんだな。まあ、殴って拷問するよりましか」

メギドは皮肉っぽく笑った。

「確かに非合法な手段であり、ジャーナリストとしてはあるまじき行為だ。私もそれを聞いた時は彼を非難した。だが、彼は米国で活動するうちにたびたび暴行され考えを変えたようだ。もっとも私も拉致《らち》されたから、分かる気はするよ」

加藤は肩を竦《すく》めてみせた。

「聞き出したことはいいがよく潜入できたな」

「川島はボッグスから侵入方法まで聞き出し、しかも警備が緩くなる台風の日を狙ったようだ。彼とはコザのホテルで落ち合うことになっていたが、ホテルには彼の手帳と愛読書が預けられていただけで姿を現さなかったよ」

「消されたんだろうな」

「手帳には弾薬庫の機密が記載されていたはずだが、肝心のページは破り捨てられたのかそれらしきメモはなかった。手帳はやつらに奪われてしまった。確かめることもできない。スクープにして米軍に一泡吹かせてやろうと思ったが、それもできなくなった」

加藤は大きな溜息《ためいき》をついた。

「これのことか？」

メギドはポケットから手帳を出してみせた。

「こっ、これは……」

驚いた加藤は手帳を取ろうと右手を伸ばした。

「米軍に一泡吹かせるのか、面白い」

加藤の手を払いのけ、メギドは怪しく目を光らせた。

四

メギドは加藤をジープに乗せ、夜が明けて間もないコザの美里まで走り、雑草が人の背丈まで伸びている空き地を見つけるとジープをバックで突っ込んだ。

「俺のスポーツバッグを取って来い」

「分かっている」

加藤は力なく返事をして後部座席から降りた。右瞼《まぶた》の腫《は》れは引いて青い痣《あざ》になり、左目の痣と釣り合いが取れるようになったが、パンダのような情けない顔になっている。目立つかもしれないが、米兵の格好をしたメギドよりはましだ。

「歩くんじゃないぞ。さっさと行って来い」

〝ミモザ〟は朝の五時半までの営業だと聞いている。午前六時八分、閉店時間は過ぎているがまだママはいるかもしれない。仮に誰もいなかったら、ドアを壊してバッグを取って来るように加藤には言ってある。そのためにドライバーも持たせた。

「達也君と違って人使いが荒いなあ」

加藤はぶつぶつと文句をいいながらも吉原に向かって走って行った。店の場所は教えてある。吉原には土地勘があるらしく、すぐに分かったようだ。

嘉手納基地から加藤を救い出して四時間近く経つ。気絶させた第四〇〇弾薬整備中隊の中佐であるデービッド・ソンダースは、誰かに起こしてもらうまでは気絶しているはずだが、すでに目覚めている可能性もあった。最悪マードックが率いるグリーンベレーのチームが捜索活動を開始していることも考えられた。だが、すでに彼の部下を二人も倒している、秘密の作戦をしている以上、マードックも大勢の兵士を使えず、ましてMPに通報することはないだろう。それでもメギドは車を降りて近くの廃屋に身を隠した。彼は攻撃的な人間だが、同時に異常なまでに防衛本能が強い。だからこそ攻撃的なのかもしれない。

二十分ほど待っただろうか、いい加減痺《しび》れを切らした頃に加藤は二人の男に挟まれて怯《おび》えた様子で戻って来た。一人は二十代でパンチパーマ、もう一人は角刈りで服の両袖から腕に彫られた見事な龍《りゅう》の入れ墨がのぞいていた。

「馬鹿が」

舌打ちをしてメギドは廃屋から出た。

「水臭いですよ。声をかけてくだされればよかったのに」

上村一家の狩俣とメギドが叩《たた》きのめしたことがある若い男だ。

「朝まで縄張りを見回りとはご苦労なこった。よくその男が俺の連れだと分かったな」

メギドは皮肉を言った。

「まさかこの間さらわれたヤマトンチューとは思いませんでしたが、この格好でしょう、普通じゃないさあ。問いただしたら、〝ミモザ〟にバッグを取りに行くだけだと言うもんでね、ぴんときましたよ。それにしてもよくご無事で」

狩俣はのんびりと答えたが、米兵に縄張りを荒らされた一件から、監視を強化したのかもしれない。

「米兵の身分証と車を手に入れたからな、怪しまれなかったよ」

「車！　まさか、乗って来たんですか？」

狩俣の顔色が変わった。

「そこだ」

メギドは空き地を指差した。雑草をなぎ倒して停めたので正面に回らないとジープは見えない。

「まずいですよ。ジープはこちらですぐに処理をします。よろしいですか？」

「どうするつもりだ」

「顔見知りの車の修理工場で解体させます。今頃MPが血眼になって探しているでしょう」

確かに軍用の車だけにナンバープレートを換えるだけでは見つかってしまう。

「M一六もついでに始末してくれ」

アサルトライフルだけに持ち歩くことはできない。

「了解しました」

メギドが素っ気なく指示すると、狩俣は手下にジープを片付けるように命令した。

「着替えをわざわざ取りに来られたようで」

「早く軍服を脱いで、ホテルで休みたい」

眠くはなかったが、汗を流したかった。

「分かりました。ご案内します」

慇懃《いんぎん》に答えた狩俣はバッグが置いてある〝ミモザ〟ではなく〝大和料亭〟にメギドと加藤を案内した。狩俣が顔を覗《のぞ》かせると、店の女将《おかみ》らしい中年の女に奥座敷へ案内された。縁がない琉球畳が敷かれた十二畳ほどのこぢんまりとした部屋だ。南国風にアレンジされた枯山水の庭が見える縁側が気持ちいい。

「こちらでちょっとお待ちいただけますか」

狩俣は座布団を勧め、庭が見えるように気を遣ったのだろう、座敷のふすまを開けたまま部屋を出て行った。

「あの男は地元のヤクザなんだろう。顔見知りなのかい？」

わけも分からず連れ回されていた加藤が、狩俣が消えると小声で尋ねてきた。

「おまえを助けるということはヤクザに代わって意趣返しをしたことになる。だから基地に潜入する時に手を借りたんだ」

「驚いた。地元のヤクザを利用したのか。正直言って君は凶悪な殺人鬼だと思っていたが、どうやら相当な策士のようだ」

加藤は首を振りながら唸《うな》った。

「馬鹿野郎、凶悪は余計だ。俺には殺人の美学があるんだ」

メギドは人を殺すにも自分なりの法則、いわばポリシーを持っていた。殺人鬼ならまだしも、凶悪という言葉はいただけない。

「すまない。以前の君はぎらぎらとして恐ろしかったが、今は片鱗《へんりん》も感じない」

「当たり前だ。おまえと会ったのは四年前のことだ。俺もガキだった」

子供の頃から攻撃的な性格でいつも喧嘩《けんか》をする口実を見つけていた。だが、四年ぶりに外に出てみると不思議とそういう感情は抑えられるようになっていた。大人になったと言えばそれまでだが、新しく覚醒《かくせい》したジェレミー・スタイナーの能力が影響しているようだ。暗殺者は何よりも冷静でなくてはならない。メギドは感情をコントロールすることができるようになったのかもしれない。

「お待たせしました」

狩俣が座敷に戻り、メギドの隣に座った。するとすぐ後から着物を着た女が膳《ぜん》を運んで来た。

「お腹が空いたでしょう。朝食を用意しました」

ご飯に味噌汁《みそしる》、モズクの酢の物、島豆腐、味付け海苔《のり》、メインは鮭ではなく、赤魚の塩焼きだ。隣に座る加藤の生唾《なまつば》を飲み込む音が聞こえた。

「言っておくが、俺はあんたの組に借りを作る気はないぞ」

メギドはご馳走《ちそう》に目もくれないで言った。

「よっぽどヤクザが嫌いとみえる。コザじゃ名の売れた上村一家ですよ、朝飯ごときで貸しを作ろうなんて思わないさあ。お召し上がりください」

狩俣が頭を掻《か》きながら答えた。

「食べていいそうだ。加藤、食べろ」

メギドはそう言って、飯に食らいつく加藤を横目で見ながらも箸《はし》を取らなかった。

「お腹はすいてないんですか？」

狩俣は自分の膳の箸を取ろうとして首を傾げた。

「そっちの焼き魚の方がおいしそうだ。膳を換えてくれ」

「疑り深い人だ。毒なんか入れていませんよ」

さすがに気を悪くしたようで狩俣は舌打ちをした。

「青酸カリなら○・二グラム、トリカブトに含まれるアコニチンなら○・一グラム、ボツリヌス毒素なら○・○○○○○一グラムで人は簡単に死ぬ。もっとも青酸カリはよほど味を誤魔化さないと殺せない。安物のドラマのようにワインや紅茶に入れれば、ばれてしまうからな」

殺しとなればメギドは饒舌《じょうぜつ》に語った。

「……そっ、そうなんですか」

狩俣は膳を換えながら感心してみせた。

「俺はめったに死なないがな」

メギドは箸を取ると、ゆっくりと食べはじめた。腹が減っていたが、がつがつとして他人に弱みを見せるような真似をするつもりはない。

食事を終えると見計らっていたように狩俣の手下が〝ミモザ〟に預けていたバッグを持って座敷に現れた。メギドはさっそくTシャツとジーパンに着替え、軍服と腰のガバメントやバヨネットは丸めてバッグに入れた。

「それにしても、トリイステーションから監禁されていた人を助け出し、軍服とジープを盗んで帰ってくるとは大胆でしたね」

食事中は黙って二人を見ていた狩俣が食後のお茶を手に尋ねてきた。

「こいつは嘉手納基地にいたんだ」

メギドはさりげなく答えた。

「どういうことで？……」

「トリイステーションでグリーンベレーに自白させた」

「なっ、何と。あの米軍最強の兵隊を締め上げたんですか。よく白状しましたね」

狩俣は手を叩いて喜んだ。

「見せしめに一人殺したからな」

メギドは片方の唇の端を上げてにやりと笑った。

「……グッ、グリーンベレーを殺した。……白状した兵士は？」

狩俣の表情が一変し、険しい表情になった。

「むろん殺した。顔を見られたからな」

「馬鹿な。米兵を二人も殺《や》っちまったんですか」

「現場に血の跡も残さなかった。それに死体はあるところに埋めた。見つかる心配はない」

二人の兵士が行方不明になっても軍では失踪《しっそう》なのか事件なのか判断がつかないはずだ。

「米兵殺しは、米軍すべてを敵に回したようなものです。困ったことになりましたね」

「別にこれがはじめてじゃない。四年前にも四人殺している。そういえば、やつらもグリーンベレーだったたな」

メギドは鼻で笑った。

「まっ、まさか」

狩俣が驚いて加藤を見ると、事実を知っている加藤は大きく頷《うなず》いてみせた。

「正直言って、うちの組に来てもらうつもりだったが、グリーンベレーを六人も殺しているとなると話は別だ。島で生活するかぎり米軍を敵にまわせば俺たちでも生きては行けない。悪いがコザというより、沖縄を早く出てってもらいたい」

狩俣の口調ががらりと変わった。

コザ派の暴力団は〝戦果アギヤー〟上がりで、返還前は酔っ払いの米兵からAサインバーなどを守るための用心棒をすることで次第に勢力を伸ばした。一見米軍を敵に回しているようだが、風紀を乱す米兵をMPの代わりに取り締まっていたようなもので、米軍と対《たい》峙《じ》しているわけではなかった。もっとも行き過ぎた暴力や勢力争いで治安を乱し、一般市民からは怖れられていた。

「言われなくてもそのつもりだ」

メギドは吐き捨てるように言った。

「飛行機は危ない。台湾あたりに船で高飛びするか、奄美経由で本土に逃げるのがいいだろう。方法は教える。だが手伝うのは勘弁してくれ」

よほどとばっちりを喰《く》らうのを怖れているのだろう。

「那覇に身を隠してから行動するつもりだ。タクシーを呼んでくれ」

「おやすいご用だ」

狩俣が座敷を出て行くと、すぐさまメギドはバッグからガバメントを出してジーパンの後ろに入れ、バヨネットはホルダーごとベルトに差し込んでTシャツで隠した。

加藤はお茶を啜《すす》っていたが、メギドのただならぬ様子に慌てて尋ねてきた。

「どうしたんだね？」

「やつらは米兵を殺した俺と関わりたくない。その事実も知られたくないはずだ。とすれば、消される可能性がある。ここを力ずくで脱出することになるかもしれないぞ」

メギドは素足で庭に降りて脱出口を確認すると座敷に上がった。

油断なく待ち構えていたが、二十分後にタクシーが来たと狩俣が座敷に戻って告げた。表に出ると料亭の門前にタクシーが横付けされていた。余計な心配だったようだ。

「これを持って行ってくれ。組長からの餞別《せんべつ》だ」

加藤に続いて乗り込もうとすると、狩俣から封筒を渡された。メギドの話は組長まで行っていたようだ。これまでの彼の行動は組長の意志もあったに違いない。

「おっ！」

分厚いので中を覗《のぞ》くと、数十万は入っている。さすがのメギドも思いがけない大金に目を丸くした。

「少しばかりだが、組で面倒を見られない悔しさをこれで汲《く》んでくれ」

狩俣が複雑な表情を見せた。口封じや手切れ金というわけでもなさそうだ。

「遠慮なく受け取っておく」

メギドはバッグに入れてタクシーに乗り込んだ。

「ん？……」

バックミラーに料亭から出て来る数人の男が映った。振り返ると狩俣が手下の男たちを並ばせ、全員で頭を深々と下げていた。

「彼らも憎しみを秘め、米軍と折り合いをつけているということか。ここは沖縄なんだね」

隣に座る加藤がしみじみと言った。

五

一九七六年当時、高速道路である沖縄自動車道は石川市（現うるま市）の石川インターチェンジから名護市の許田までのみ開通しており、現在の那覇空港自動車道に繋《つな》がる那覇までの開通は二〇〇〇年まで待たねばならない。したがって石川より南にあるコザから那覇までは一般道を通るほかない。

メギドらはなるべく米軍基地を避けるために沖縄の中央を走る国道三三〇号や西側を通る五十八号は使わずに、大回りではあるが東側の海岸線沿いの県道を選んでタクシーを走らせた。行き先は那覇港寄りの街、辻だ。加藤の知っている安ホテルがあるらしい。

加藤には旅行鞄《かばん》のことは教えていない。達也の彼女であるマキエに接触するつもりはメギドにはなかったからだ。別に達也に気を遣っているわけではなく、単純に興味がなかった。それに弟の啓太は熱血漢のために会えばややこしいことになることは予測できた。

メギドはポケットから川島の残した革の手帳を取り出し、暗号と思《おぼ》しき英数字が書き込まれたページを見つめていた。謎を解くことにより、マードックをおびき寄せる方法が見つかるかもしれないからだ。

最後の数ページに〝六／五、金、M※S、※8〟、〝七／十九、コ、M※D〟などと書き込まれていたテキストは、川島が海兵隊の弾薬中隊に所属するマイケル・オブライエンと空軍の第四〇〇弾薬整備中隊のジェーソン・ボッグスを辺野古や金武村で張っていた際のメモ書きであったことはすでに分かっている。加藤が彼らを追っていたのは川島と同じように彼らに接触すれば何か分かるかもしれないと思ってのことだ。

問題は一番後の白紙ページにうっすらと写り込んでいた〝三／十八※十一・十六、三／二十※十五・十二、四／二十一※三十八・二、四／三十※二十八・七、五／二十二※三／二十、五／二十三※七十四・四〟という意味不明の文字列だった。これはメギドでなく達也が鉛筆を擦《こす》って発見したもので、加藤の言うように嘉手納弾薬庫地区に潜入するための方法を示すものかもしれなかった。

「メモ帳をいくら見ても無駄だよ。私も何度も見たんだ。最後の数ページの英数字を気にしているようだったら、それは川島が辺野古と金武村の社交街でオブライエンとボッグスを見張っていた時のメモだ。暗号でもなんでもない。彼からは二人の顔写真も預かっている。私も同じように二人を達也君と捜したよ」

隣に座る加藤が疲れた様子で言った。

「川島はボッグスから聞き出したことを、どうして潜入する前に全部おまえに教えなかったんだ」

「彼は非常に用心深かったんだ。私とは古い付き合いなんだが、それでも情報が漏れることを怖れていた。彼から最後に電話をもらった時に嘉手納の〝バフォメットの扉〟を調べると言っていた。おそらく弾薬庫地区にある特定の場所を示すコードネームなんだろう。彼が失敗した際は調べ上げてスクープにして欲しいと私に言っていた。だから手帳に潜入方法が書き込まれていたはずなんだ。ホテルのフロントに預けられていたので、他人に知られないように暗号化してあると思ったが、それらしきものは見あたらなかった。破り捨てられたのか、書き込む暇もなかったのかもしれない」

加藤は欠伸《あくび》をしながら答えた。腹一杯食事ができたために眠くなったのだろう。

「これを見ろ」

メギドは達也が鉛筆で浮かび上がらせたページを開いて加藤に見せた。

「何だ。これは？」

近眼の加藤はメガネがないためにメモ帳に顔を近づけてきた。メギドがメモ帳を離すと擦り付けたらしく鼻の先が黒くなっていた。

「達也が見つけたんだ。まだ意味は分かっていない」

「なくしたメガネは度が合わなくなっていたんだ。それで見逃したんだな。それにしてもさっぱり意味が分からない。もし乱数だとしたら、解き明かすのは大変だぞ」

眠気が飛んだらしく、加藤は腕を組んで唸《うな》った。

「手帳はいつ手に入れたんだ？」

「電話をもらった二日後だよ。落ち合う約束が二日後だったんだ。川島は侵入に失敗した直後にホテルに戻って手帳と彼の愛読書だけ残して出て行ったらしい。対応してくれたホテルのフロント係は、川島の手が震えて非常に怯《おび》えた様子だったと心配していた。川島ほどの男が恐ろしくて震えていたとしたら、よほど怖いものを見たのかもしれないな」

加藤は首を捻《ひね》った。

もしこれが乱数というのなら、極めて短時間で作成したことになる。あるいは事前に知っていた情報を暗号化し、潜入して事実を確認した上でメモに記載したのかもしれない。いずれにしても加藤が対応する乱数表を持っていなければ意味はない。とすれば乱数ではないのだろう。

「ひょっとすると川島はわざとページを破ったんじゃないのか」

「まさか？」

「おまえは乱数表を持っていない。それほど複雑なものじゃないのかもしれないぞ」

川島本人がフロントにメモ帳を預けたのなら、第三者が肝心なページだけ破棄したとは考え難《にく》い。暗号を短時間で作成し、さほど複雑でないために文字が直接見えないように苦肉の策としてページを破棄したのではないか。

「簡単？……そうか。最初のスラッシュはやはり日付を示しているんだ。メモ帳の同じ日付の取材記録の中に言葉が隠されているに違いない。ちょっと貸してくれないか」

メギドは加藤にメモ帳を渡した。

「まずは〝三／十八※十一・十六〟と書かれている。おそらく三月十八日のメモの十一番目と十六番目の文字を抜き出せばいいんだな」

加藤は夢中になってメモ帳をめくりはじめた。

「〝三月十八日（火）晴。キャンプ・シュワブにて軍用トラック五台出入りするも弾薬庫からの搬出はなし。〟……待てよ。括弧や句読点は一文字と計算するのかな。それにメモには※印がある。日付の後から数えるのか頭から数えるかも分からないな。とりあえず書き留めてみるか。運転手さん、何か書くもの貸してくれる？」

メモを読み上げて加藤はしきりに首を捻り、何も書かれていないページをメモ帳から外すと、タクシー運転手からボールペンを借りて書き留めはじめた。システム手帳だけにページを破る必要がないので便利だ。

「日付も入れて抜き出すと、〝キ〟、〝ュ〟、〝し〟、〝と〟、日付の後からだと小さい〝ュ〟からはじまってしまう。どっちも文章や単語になりそうにないなあ」

最初の一行目ではやくも躓《つまず》いた加藤は、書き留めた六穴のメモ用紙を睨《にら》みつけながら溜《ため》息《いき》をついた。

「俺に貸せ」

メギドは加藤からメモ帳を取り上げ、一々開くのが面倒くさいために鉛筆で擦りだしたページを本体から外し、三月十八日のメモが書かれたページを開いて並べて置いてみた。

「うん？」

メモ用紙の六つの穴を通してメモ帳の文字が見えた。メギドは穴から文字が見えるようにメモ用紙を動かしてみた。だが、文字は升目に書かれているわけではないので、規則性はない。

「穴がヒントかと思ったが、違ったか」

「ちょっと、待ってくれ！」

メギドの手元を見ていた加藤が突然耳元で声を上げた。

「大きな声を出すな。馬鹿野郎！」

「すまない。分かったんだ。乱数表は簡単に作れたんだ」

「声を出すなと言っているだろう」

メギドは加藤の口を押さえ、頭を叩《たた》いた。タクシーの運転手が何事かとバックミラーで見ている。

「暴力反対！　教えないぞ」

自由にしてやると、加藤は睨みつけてきた。

「死にたいのか」

メギドは低い声で脅し、加藤の瞳《ひとみ》を見つめた。睨みつけたわけではないが、メギドの底知れぬ暗闇を映す瞳は見る者に恐怖を与える。

「すみません。乱数表はひょっとしたら、彼の愛読書ではないかと思います」

メギドの恐ろしさを心底知っている加藤は言葉遣いも改め、あっさりと白状した。

「愛読書だと、どんな本だ？」

「彼から受け取ったのは、レイモンド・チャンドラーの〝プレイバック〟というポケット・ブックです。待てよ。私の旅行鞄と本はコザのホテルにまだあるのかな?」

ポケット・ブックは縦十八・四センチ、横十・六センチで新書判とほぼ同じサイズのものだ。

「ホテルにはもうない。別のところにある」

メギドは答えたが、どうしたものかと頭を悩ませた。

「別のところとは?……」

加藤が恐る恐る尋ねてきた。メギドが眉間《みけん》に皺《しわ》を寄せて考え込んでいるからだ。

「夜になるまで待て」

しばらくしてメギドは答えたが、気が重かった。加藤の旅行鞄はマキエのところに預けてある。それに反応したのだろう、頭の中で達也が動きはじめたのが分かった。マードックを殺すまでは体の主導権を渡したくなかった。達也は復讐《ふくしゅう》を拒むに決まっているからだ。

六

那覇の西、那覇港を望む辻にはかつて遊郭が存在した。だが戦後には姿を消し、米兵相手のホテル街を経て沖縄人向けの社交街に姿を変えた。

加藤が知っているというホテルは辻のはずれにある〝海人〟と言う船乗りが利用する旅館ともホテルともつかない安宿だった。人目をしのぶには都合がいい場所と言えたが、すぐ側には宮古島出身者が居住するバラックが軒を並べる街の中の村があった。

沖縄には近年まで奄美大島、宮古島など周辺諸島出身者を差別する風潮があった。今でもなくなったとは言い切れないが、かつて本土の人間が意味もなく沖縄人と差別したようにその歴史は琉球王朝時代にまで遡《さかのぼ》ることができるらしい。

富や権力が集中する場所に住む人間は奢《おご》り、そうでない場所を蔑《さげす》む。人は人の上に立ちたがり、蔑まれた人間は下に人を作る。米国独立宣言の一節の意訳と言われている福澤諭吉《ふくざわゆきち》の「天は人の上に人を造らず、人の下に人を造らずと言えり」という理想めいた言葉は、裏を返せば人の世は、人の上に人が立つピラミッド構造であるということを物語っている。人間の矮小《わいしょう》な性癖は簡単に消し去ることはできないということだ。


午後十時、人通りのない農連市場の裏にある食堂〝まさ〟の裏口のドアを加藤は遠慮がちに叩いた。

「すみません。夜分恐れ入ります」

加藤の声に反応し、厨房《ちゅうぼう》に電気が点《とも》り、窓から漏れる光が狭い路地を照らした。

「誰だ？」

運天啓太がドア口に立ったようだ。

「加藤淳一と申します。根岸達也君の友人です」

「何！　根岸さんの！」

ドアが音を立てて開き、下着姿の啓太が顔を覗《のぞ》かせた。

「加藤さんって、ひょっとして米兵に拉致《らち》されていた人？」

啓太は痣《あざ》だらけの加藤の顔をまじまじと見て尋ねた。

「そうです。達也君に助けられたことはいいが、彼とははぐれてしまってね。とりあえず、君たち姉弟《きょうだい》に私の旅行鞄《かばん》を預けてあると聞いたから取りにきたんだ」

加藤はメギドに命じられたままに嘘をついた。夜遅く訪ねたのはもちろん、メギドは達也を通して、運天姉弟が午後九時以降でないと家にいないことを知っていたからだ。

「根岸さんは無事なのか？　教えてくれ」

啓太は必死に尋ねてきた。だが、加藤は返事もできずにただ曖昧《あいまい》に首を捻《ひね》った。

「啓太、誰？」

二階からマキエの心配げな声が聞こえてきた。

「それが、根岸さんの知り合いの加藤さんなんだ」

「達也さんの！」

マキエは階段を転げ落ちるかと思うほど慌ただしく裏口まで駆け下りてきた。

「達也さんはどこ？　どこにいるの！」

声を裏返らせたマキエは加藤の両肩を激しく揺さぶった。

「離してくれ、体中怪我をしているんだ」

加藤はよろけて後ずさりした。

「ごめんなさい。達也さんのことが心配でたまらないの」

頭を下げたマキエは長い髪をかきあげた。その目には涙がうっすらと溜《た》まっていた。

「こんなところじゃ話ができないから、中に入ってくれる？」

啓太が興奮する姉に代わって気を利かした。

「実はまだ米兵に追われているんだ。近くにタクシーも待たせてある。悪いがすぐに鞄を返してくれないか」

加藤は裏口から動こうとしなかった。

「分かった。待っていて、すぐに持ってくるから」

啓太は二階に上がって行った。

「本当に達也さんがどこにいるのか分からないのですか？」

マキエは加藤を覗き込むように尋ねてきた。

「すまない。本当に分からないんだ。私も彼が帰ってきてくれることを願っているんだ」

加藤の演技とも思えない切実な言葉は本音だったのだろう。

「……待てよ。私は達也君とあなた方姉弟の関係を聞かされていない。僕が監禁されている間に何があったのですか？」

メギドからは詳しい事情を聞かされていない加藤は、達也のことを本気で心配する二人を訝《いぶか》しく思ったようだ。

「実は私たち姉弟は親の残した借金を少しずつ返していたのですが、お金を借りていた金融業者が債権を暴力団に売ってしまったんです。それを聞きつけた達也さんが暴力団の事務所に行って話をつけてくれたんです」

マキエは言い難《にく》そうに答えた。

「なるほど、彼は甲武流の達人だ。ヤクザの五人や十人あっという間に片付けてしまったんだろうな」

「違います。彼はヤクザに殴られるままにされた上に小指を詰めて土下座までしてくれたんです」

マキエは堪《こら》えきれず、口元を手で覆って涙を流した。

「なんということだ。暴力を嫌う達也君らしい」

大きな溜息《ためいき》を漏らし、加藤は首を振った。

「それだけじゃないんだ。達也さんはお姉ちゃんと結婚の約束をしてくれたんだ」

いつの間にか二階から下りてきた啓太が、マキエの背中を優しく叩《たた》きながら言った。

「けっ、……結婚」

加藤は目を見開き、声を失った。

「……達也さんも米兵に連れて行かれたんですか？　もしそうだとしたら俺は何がなんでも助け出すよ」

啓太が拳《こぶし》を握りしめた。

「私は恥ずかしいよ。自分の命が惜しいばかりに言いなりになっていた。君たちなら達也君を救えるかもしれない」

加藤は大きく頷《うなず》いた。

メギドは農連市場の裏にある食堂〝まさ〟が見えるガーブ川の対岸に生い茂る木陰に立っていた。もちろん川島の愛読書を取りに行かせた加藤を見張るためである。命令に背けば殺すと脅しておいたが、自由にすれば逃げ出す恐れがあったからだ。

加藤が店の脇にある通路に入って行ったのは確認したが、メギドがいる場所からは食堂の閉ざされた表の入り口しか見えない。だが、これ以上近付けば達也が覚醒《かくせい》する恐れがあった。

解離性同一性障害、いわゆる多重人格と似てはいるが、二人は一つの肉体に生まれた時から別々の人格を有していた。科学的な表現ではないが、二つの魂があるというのだろう。脳を共有しているが、正反対の性格のために互いに理解できない場合が多かった。

メギドには他人に親切にする達也の気持ちが分からなかった。暗殺者は冷酷でなければならない。ましてや感情など不要だ。幼い頃から軍事訓練を受けて、暗殺テクニックを覚えることに達也は反発していた。

「うっ！」

時折酷《ひど》い頭痛が襲ってくる。達也がメギドの行動を抑えようとしているのは分かっていた。頭痛に屈して気絶しようものなら達也に体を乗っ取られる危険性があった。

――達也、大人しくしていろ！

メギドは歯を食いしばり、頭の中で叫んだ。これまでと違い、達也は〝アパート〟の自室から出てくる気配はない。だが、激しく抵抗していた。

「馬鹿が、何やっているんだ！」

二十分以上待たされたあげく、路地から出てきた加藤が手招きをしている。

メギドもこっちに来るように手を振ったが、加藤は両腕を交差させてできないと合図を送ってきた。

舌打ちをしたメギドは、仕方なく加藤が立っている路地の入り口まで歩いて行った。だが、不思議に頭痛は減り、代わって達也の不安ともとれる落ち着きのない感情が伝わってきた。

「どうした？」

「それが、達也君の顔を見たら鞄を渡すと言われてしまって、困っているんですよ。ちょっとでいいですから達也君の振りをしてもらえませんか。私がうまく言い繕って返してもらいますから、……くっ！」

メギドは右手だけで加藤の首を絞めて体を持ち上げていた。

「本当に殺すぞ。もう一回行って来い」

「止めろ！」

振り返るといつの間にか隣の布団屋の前に啓太が立っていた。気付かれないように布団屋の裏口から表に抜け出していたのだろう。

「やあ、啓太君」

メギドは慌てて加藤を突き放して笑ってみせた。

「おまえが、メギドで達也さんじゃないことは加藤さんから聞いたよ。達也さんを返せ」

「加藤め、余計なことをしゃべりやがって」

メギドの表情が一変し、鬼の形相になった。加藤は悲鳴を上げて路地の奥へと逃げた。

「おまえはこれが欲しいんだろう。俺から奪ってみろよ」

啓太はジーパンのポケットから本を取り出した。

「殺されたいのか、貴様」

メギドは啓太を睨《にら》みつけた。

「来い！　今度は達也さんに代わって俺が体を張る番だ」

啓太は本をポケットに仕舞い、拳を握って構えた。

メギドは構えることなく啓太の前に立った。

啓太が左右の正拳からコンパクトに右下段の蹴《け》りと左中段の蹴りをみせた。鋭い攻撃だがメギドは軽く受け止め、下がることなく前に出て右裏拳を繰り出し、啓太にかわされると不意に体を沈め、左のアッパーを突き上げた。裏拳はフェイントだった。

「なっ！」

啓太は寸前で首を振って避けたものの、強烈なパンチを右顎《あご》に受け倒れた。

「俺がおまえを殴りつけたら、達也が蘇《よみがえ》るとでも思ったのか馬鹿者が。本を貸せ」

メギドは啓太のポケットから本を抜き取った。だが、それは週刊誌を小さく切ったもので本ではなかった。

「騙《だま》したな！　本は、どこにある？」

メギドは啓太の胸ぐらを摑《つか》んで引き起こし、右拳を振りかぶった。

「止めて！　本はあげるから啓太を殴らないで！」

女の金切り声に思わずメギドは振り返った。マキエが本を持って立っていたのだ。本を奪おうと手を伸ばした瞬間、落雷したかのような強烈な衝撃が脳から全身を貫いた。

「……マキエ……」

メギドは白目を剝《む》いて尻餅《しりもち》をついた。

白い光に包まれたメギドは〝アパート〟に吸い込まれた。

「達也、邪魔するな！」

廊下の反対側の端に立っている達也にメギドは怒鳴った。

「許さないぞ、メギド！」

達也はメギドに近寄り、その胸ぐらを摑んだ。

「おまえは見知らぬ女と寝て僕の体を汚したばかりか、あの二人を傷つけようとしている。絶対許さないぞ！」

メギドが覚醒してからの行為は達也にとって許しがたいものだった。だが、心拍停止まで自分を追い込んだために自信喪失となり、メギドを止められなかった。それゆえ自分を責め続け、部屋に籠《こも》っていたのだ。

「分かったぞ。おまえが表に出て来なくなった理由が。おまえがマキエと仲良くなりたいのなら言うことを聞け、さもないとおまえが寝ている間に女を犯してやる。それともひと思いに殺してやろうか」

達也の顔面が蒼白《そうはく》となり、メギドから手を離した。

「大人しくしていろ」

メギドは達也を突き放し、黒いドアから飛び出した。白い光に包まれたメギドは目覚めた。気を失って尻餅をついたのは一瞬の出来事だった。立ち上がると、マキエの持っている本を取り上げ、中身を確認するとジャケットのポケットに仕舞った。

「達也さんを返して！」

立ち去ろうとするメギドの背中越しにマキエが叫んだ。

「…………」

一瞬立ち止まったメギドは振り返ることなく走り去った。

悪魔が守る扉

一

嘉手納基地の北側には沖縄本島中部の水源となる広大な森林地帯があり、その大半が米軍の嘉手納弾薬庫地区となっている。恩納村《おんなそん》、石川市（現うるま市）、読谷村、嘉手納町、沖縄市にまたがる総面積約二十七平方キロもある広大な敷地に弾薬庫を有する基地である。基地は空軍地区と海兵隊地区があり、管理する主要部隊は第十八航空団の第四〇〇弾薬整備中隊のようである。中隊は太平洋地域に展開する米軍が使用する通常弾薬の貯蔵や整備をしており、沖縄は米軍の海外における最大の弾薬庫ということになる。

元朝読新聞の記者で反戦運動に身を投じたルポライター、川島大の命がけで残したメモ帳には嘉手納弾薬庫地区の秘密が記載されているらしい。加藤の話では〝バフォメットの扉〟と呼ばれるコードネームに関係しているようだ。秘密を暴けば、軍事機密漏洩《ろうえい》を防ごうとするグリーンベレーのウイリアム・マードックと再び交わる可能性がある。残波岬からマードックに投げ捨てられた屈辱を片時も忘れることができないメギドにとって、復《ふく》讐《しゅう》するチャンスがなんとしても必要であった。

メモ帳の謎を解くために運天姉弟《きょうだい》が持っていた川島の愛読書を盗み出したメギドは国際通りでタクシーを拾い、普天間基地とキャンプ・フォースターに挟まれた普天間の社交街で車を降りた。国道三三〇号から二百メートルほど西に入った夜の街には他の地域の社交街と違い、正式な名称はなく、看板もない。地元では社交街の中央に五叉路《ごさ》があるために〝ゴシャロ〟と単に呼ぶようだ。タクシーの運転手にコザの手前で遊ぶ場所と言ったら案内してくれた。

週中ということもあり、たむろする米兵が少ないためなのか、やり手婆がすぐに声をかけてきた。五十代後半と見える女にメギドは袖《そで》を引かれるままに小さなスナックに入った。店にはフィリピン系の女が二人座っていたが、メギドは首を横に振った。悪くはないが、抱くのならとびっきりの美人に限る。それにやたらとニコニコと笑っているのが気に入らない。原色の花柄のワンピースを着ているのもいただけなかった。

「いらっしゃーい」

髪の長い四十代前後と思《おぼ》しき厚化粧のママにオリオンビールを勧められた。東南アジア系の顔をしている。言葉遣いもどことなくオリエンタルだ。煙草を吸いながら待っていると、隣の席にミニの黒いドレスを着た女が座った。

「吸うか?」

マルボロを勧めると、女は首を振って自分のバッグからミントの香りがするセーラム・

ボックスを出した。彫りが深く欧米人の血が少し混じったアジア系の美人だ。メギドがジッポで煙草の火を点《つ》けてやると、口元をわずかに上げておざなりの営業スマイルをみせ、アーリータイムズのストレートを注文した。話しかけて来るでもなくバーボンのグラスを傾け、メギドを見ようともしない。へつらわないところがいい。

「フィー、もっと愛想良くしないと商売にならない。いい男じゃないか」

驚いたことにママは女にベトナム語で話しかけた。

「いいでしょう。私は、米兵が嫌いなんだから。沖縄人の客ならいいのに」

フィーと呼ばれた女もベトナム語で答えた。ベトナム戦争が終わって南ベトナムから引き揚げる米軍について国外逃亡したのだろう。二人はメギドが分からないと思って使っているようだが、英語とベトナム語は〝エリア零〟で日常的に使っていた。

「俺も会話に交ぜてくれないか」

メギドがベトナム語で話すと二人は啞然《あぜん》とした表情になった。

「勝手に米兵と決めつけないことだな。俺はこの女で構わないぞ」

「あなたはベトナム人なの？」

フィーが尋ねてきた。

「生憎《あいにく》日本人とドイツ人のミックスだ。だがベトナム語は話せる」

「私と遊ぶ？」

フィーの態度が変わった。笑うと愛嬌《あいきょう》のある顔になる女だ。

メギドは女と近くの連れ込みホテルに入った。米兵が利用するホテルなのだろう、狭いながらもシャワーとトイレが完備され、ベッドも広めだった。二日ぶりの熱いシャワーを浴びて、女が疲れ果てるまで激しくセックスをした。

フィーがベッドで軽い寝息を立てはじめると、下着姿のメギドはジャケットのポケットに入れてあったレイモンド・チャンドラーの本を手に取った。抽象画が描かれた表紙に〝プレイバック〟と書かれている。背表紙には著者の写真とあらすじが書かれていた。私立探偵フィリップ・マーロウが活躍する物語らしい。

スポーツバッグから川島のメモ帳を取り出し、鉛筆で文字を浮かび上がらせたページを外した。〝三／十八※十一・十六、三／二十※十五・十二、四／二十一※三十八・二、四／三十※二十八・七、五／二十二※三／二十、五／二十三※七十四・四〟と白く浮き出ている。

メモ帳には昨年の三月六日から七月二十八日まで毎日ではないが簡単な取材メモが記されており、／の数字が日付とすれば、示された日付はすべてあった。五月二十二日だけ他と違い※印の後は〝三／二十〟と書かれているのは、おそらく三月二十日で示したものと同じだという意味に違いない。

加藤が言うように小説が乱数表として使われたのなら、日付は単におとりで※印から後の数字が重要なのだろう。とすれば十一ページの十六行目ということか。

「だめだな」

実際に小説のページを開いてみると、二段組みになっており、上下どちらの段を使うのか、指定されていなければ意味がない。

三月十八日のメモを改めて見てみる。〝三月十八日（火）晴。キャンプ・シュワブにて軍用トラック五台出入りするも弾薬庫からの搬出はなし。〟とたわいもない内容だ。文章の中に文字を特定するような記載はない。

「簡単に分かると思っていたが」

メギドは擦《こす》りだしたページを持って、団扇《うちわ》のように煽《あお》った。

「うん？……」

タクシーの中で加藤と謎解きをしている時、メギドはメモ帳の六つの穴を使おうとしたが、うまくいかなかったことを思い出した。

最初から日付順にメモ帳をめくってみた。

「ひょっとして……」

メギドはバッグからボールペンを取り出し、白地のメモ紙を一枚新たに抜き取り、上から二番目の穴の横に三／十八※十一・十六と書き込んだ。三月十八日の記事は二番目の穴のすぐ横から記載されていたのだ。次に三月二十日は三番目穴の横に記載されているために、穴の横に三／二十※十五・十二と書き込んだ。

同じ法則で四月二十一日は一番上、四月三十日は四番目、五月二十二日は五番目、五月二十三日は六番目の穴に符合しており、すべての記号を書き写すことができた。

「さてと」

四月二十一日が一番上の穴になったので、小説の三十八ページを開き、メモの一番上の穴を二行目の一番上の文字に合わせた。するとその穴から〝一部〟という言葉が見える。

「〝一部〟ねえ」

首を捻《ひね》りつつメギドはメモ書きの一番目の穴の横に〝一部〟と書き込み、同じ方法でメモの穴を当てると、三月十八日の二番目の穴には〝二枚〟と抜けた。この調子でメモ用紙を次々と当てて行くと四番目の穴である四月三十日まですべて一桁《ひとけた》の数字を含む単語が小説の文章から抜き取ることができた。

「〝一部〟、〝二枚〟、〝。七〟、〝三番〟、五番目は三月二十日と重複するから〝。七〟、最後は〝十四〟か」

抜き出した単語を並べてみても文章にはならない。特に三番目は〝。七〟と句点が入るため他の単語とバランスが悪い。

「待てよ。数字だけ抜き出すのか。一、二、七、三、七、十四、……十四」

最後の六番目の五月二十三日の穴だけ二桁《ふたけた》の〝十四〟という数字になっている。川島は暗号を作る際に二桁の数字を見つけるのに苦労したのだろう、他は割と冒頭のページだが、このページだけ七十四ページと小説の中盤までめくることになった。

「そうか……なるほど。とりあえず潜入してみるしかないな」

最初の五つの数字の意味は不明だが、最後の〝十四〟の数字を見てメギドは一桁と二桁の数字が別の意味をなすものと分かった。というのも嘉手納《かでな》弾薬庫地区の倉庫には〇一からはじまる通し二桁の番号が振ってある。その十四番目の弾薬庫を意味するに違いなかった。ひょっとするとその弾薬庫自体を〝バフォメットの扉〟というコードネームで呼ばれているのかもしれない。

服を着るとメギドは女の枕元に気前良く五十ドル札を投げ捨てるように置いて部屋を出た。女を抱いたのは達也を自責の念で封じ込めるための手段だった。

二

メギドは普天間の社交街でタクシーを拾い、金武村の西にある伊芸区で降りた。

国道脇の暗闇でグリーンベレーの戦闘服に着替えて私服をバッグに詰め、腰のホルダーにガバメントとバヨネットを差し込んだ。これでM一六とヘルメットがあれば訓練中の米兵に紛れることもできるが、M一六は持ち歩くことができずにコザで手放している。

国道から雑木林を北に進み、沖縄自動車道をも乗り越えてさらに雑木林を越えると東西に果てしなく続くかと思われる有刺鉄線が張られた二メートルのフェンスが現れる。金武村のキャンプ・ハンセンだ。このあたりはジャングル戦用実弾射撃訓練場であるレンジ5Fで、訓練がなければただの静かな森林に過ぎない。それゆえ侵入するにはもってこいの場所と言えた。もっとも沖縄はどこにいっても基地があり、広大な敷地の隅々まで監視の目を行き届かせることは不可能なため、侵入できるポイントは探せばどこかにある。逆も真なりで、酒に酔って基地からフェンスを乗り越え、凶悪な事件を起こす米兵は後を絶たない。

午前三時四十分、真冬の空っ風が森を吹き抜ける音だけが聞こえる。メギドはバッグをまずはフェンスの向こうに投げ入れた。バッグが雑草の上に落ちる音は風の音にかき消された。次にフェンスの上部に手をかけ一気に飛び越した。有刺鉄線の針が掌に刺さったが、気にするほどの怪我ではない。

バッグを拾って東に向かった。ジェレミー・スタイナーの記憶によれば、隣の射撃場には武器庫があるはずだ。二〇〇九年に近隣住民の再三の要求により移転された都市型戦闘訓練施設であるレンジ4がレンジ5Fの東隣にあった。メギドは嘉手納弾薬庫に潜入する前に武器を調達するつもりだった。

「あれっ？」

森が切り開かれた射撃場はスタイナーの記憶よりもさらにりっぱになっていたが、武器庫はなかった。おそらく住民が侵入する可能性があるということで撤去したに違いない。もっとも武器庫の存在は軍関係者しか知らないことだった。

メギドは迷わず東に向かって歩きはじめた。三キロ曲がりくねった林道を進めば、兵舎や武器庫がある基地の中央部に行くことができる。

一キロほど進んだところで前方から車のエンジン音が近付いてくることに気が付いた。

メギドは雑木林に入り息を潜めた。間もなく兵士を乗せたジープが五台通り過ぎて行った。どの兵士も顔面に迷彩ペイントを塗っていた。海兵隊がレンジ5Fで夜間訓練をするのだろう。

再び歩きはじめたメギドは無人の射撃場を通過し、沖縄自動車道にかかる陸橋の手前で足を止めた。基地が自動車道を跨《また》いでいるために主要施設がある中央部に行くには陸橋を渡らなければならないが、向こう側に三台のジープが停まっているのだ。先ほど夜間訓練に向かった連中と同じ部隊と思われるが、何かのトラブルなのかもしれない。

先頭のジープから四人の兵士が降りて後ろに停められている二台の車に分乗した。やはり車の故障だったらしく、先頭車を置いて二台の車は走り出した。メギドは道路脇の木の陰に隠れて車をやり過ごすと、陸橋を渡った。

残されたジープを覗《のぞ》き込んだが、ダッシュボードに迷彩ペイントをするための金属製の筒に入ったフェイスペイントが乱雑に置かれているだけで、武器の忘れ物はなかった。だめもとで運転席に座り、差し込んだままになっているキーを回してみた。スターターが一瞬だけ唸《うな》ったがすぐに停まった。ガソリンも満タンなのでバッテリーが上がったのか、あるいはスターター自身が故障しているのかもしれない。

「うん？」

故障車にかまっていたらバックミラーに車のヘッドライトが映った。ダッシュボードのフェイスペイントを使い迷彩柄に顔を塗った。顔の凹凸を利用し、ライトグリーンとサンドベージュの二色をうまく塗り分けるのがコツだ。メギドは鏡を見ることもなく、あっという間に完璧《かんぺき》な迷彩柄を顔面に描き上げた。

通り過ぎるかと思ったら、ジープはメギドのすぐ横で停められ、懐中電灯を持った兵士が一人降りてきた。四十代前半で南米系の顔をしている。メギドの戦闘服を照らして階級を確認したのか、慌てて敬礼をしてきた。

「少尉。故障と聞いてきましたが、訓練に行かれたのじゃないのですか？」

男は丁寧な言葉遣いをしてきた。顔面の迷彩柄を見れば訓練中の兵士だと思わない者はいない。

「バッテリーかスターターの故障だと思う。すまないが軍曹、一度君のジープのバッテリーを繋《つな》いでみてくれ、それでだめなら諦《あきら》めるよ」

メギドも男の階級章を見て判断した。おそらく陸軍の補給部隊などで車両の整備を担当しているのだろう。乗っているジープが使えないようなら、男を襲って車を奪うまでだ。

「了解しました」

男は自分のジープを故障車と対面する形に移動させ、ブースターケーブルを持って降りてきた。そして、二台の車のボンネットを開け、ケーブルで互いのバッテリーを接続した。

「エンジンかけますよ」

男は運転席に座りエンジンをかけた。メギドもキーを回し、アクセルを踏んだ。スターターは悲鳴を上げることなく、車体が一度だけブルッと大きく震えてエンジンがかかった。

「助かったよ。軍曹」

メギドは車から降りると、男がケーブルを仕舞うのを見ながらポケットからマルボロを出して吸いはじめた。新兵のように若いが、仕草はまるで古参の兵士のような脱力感を漂わせている。

「またなんかあったら、呼んで下さい」

男は気さくな笑顔を残して立ち去った。煙草を吸いながら男の車の中を覗いたが、めぼしい武器はなかった。M一六でも持っていたら迷わず襲うつもりだったが残念だ。メギドは右手に隠し持っていたバヨネットをホルダーに戻した。

車をUターンさせて基地の中央部へと向かった。とりあえず、足ができたことは上出来と言えよう。

この基地の兵舎は一九六二年に完成している。スタイナーの記憶では、部隊がベトナムに出撃する前に兵舎の近くにある武器庫から銃を選んで銃撃訓練をしたようだ。基地内の道は舗装されて快適だった。記憶にあった兵舎も少々古びてはいたがまだ存在した。

「やっぱりな」

兵舎のワンブロック東に武器庫はあった。普段は厳重な鍵《かぎ》がかけられているが入り口の前には二人の兵士がM一六を構えて立っている。海兵隊が夜間訓練で武器を使用しているために警備をしているのだろう。個人装備以外の重火器を持ち出したに違いない。

メギドは二人の前にジープを停めて車から降りると、面倒くさそうに敬礼した。兵士らもすぐに敬礼を返してきた。二人とも百八十センチ近くあり、基地の警備をしている部隊の兵士でブラックベレーを被《かぶ》っている。

「狙撃銃を使いたい。中に入れてくれ」

「海兵隊の訓練と聞いておりましたが、グリーンベレーも参加されるのですか。失礼ですが、身分証を確認させて下さい」

二人とも上等兵だが、警備を担当しているだけあって少尉の階級章を見ても臆《おく》することはない。しかも袖《そで》の所属を示すワッペンもすばやく確認している。

「キャンプ・ハンセンのブラックベレーは優秀だと聞いていたが、本当らしい」

メギドが身分証を渡すと、兵士は苦笑を漏らし、懐中電灯を取り出した。

「メイソン・ハンター少尉ですか……」

身分証に添付されている小さな顔写真と迷彩ペイントを施したメギドを比べることはできない。だが、兵士はさりげなく同僚の顔を見て頷《うなず》くと、いきなりM一六を突きつけてきた。

「少尉。申し訳ありませんが、あなたは隊から行方不明と報告されています。あなたを脱走兵として逮捕します。武装解除しますので、後ろを向いてください」

メギドが殺した二人の兵士の死体はまず見つからないだろう。警備兵らも偽者だとは思っていないようだ。

「そういうことか。俺はこれから仲間と大きな仕事をするつもりだったんだ。捕まるわけにはいかないんだがな」

　肩を竦《すく》めてみせると、両手を上げて二人の兵士に背を向けた。

　右側にいる兵士がガバメントをホルスターから抜き取ろうとグリップを握った。メギドはすばやく右手で兵士の手を押さえ、体を左に回転させながら強烈な蹴《け》りを左にいる兵士の鳩尾《みぞおち》に決めた。体を勢いよく捻《ひね》ったために体勢を崩した右手の兵士は滑り込むように転んだ。すかさずメギドは回転させた体をジャンプさせながら左の肘《ひじ》打ちを転んだ兵士の後頭部に叩《たた》き込んだ。そしてすばやく立ち上がると、最初に倒した兵士が立ち上がろうとしているので首筋に手刀を当てて気絶させた。

　メギドは二人の兵士から武器と懐中電灯を取り上げてジープに投げ入れ、兵士らを武器庫に運んだ。銃のスリングを外して二人の手足を縛り、近くにあったぼろ布を猿ぐつわの代わりに口の中に突っ込んだ。彼らを生かしておくのは、もちろんメギドが殺したグリーンベレーの仕業と見せかけるためだ。

　武器庫は広い。懐中電灯で照らしながらライフルが置かれているエリアに向かった。

「これは……」

　スタイナーが愛用していたウィンチェスターM七〇ではなく、棚にはM四〇が並んでいた。ベトナム戦争の後期にM七〇はM四〇に置き換わっていたのだ。スコープとバイポッド（二脚）も取り付けてある。手に取ってみると、ダークグリーンのボディーはシンプルでバランスがいい。ボルトを引いて動きを確かめてみたが、実にスムーズで、銃本体も意外と軽い。

メギドはこの時、M四〇が海兵隊でレミントンのM七〇〇をベースに改良され、木製ではなく環境に左右され難《にく》いファイバーストックが採用されていることを知らなかった。陸軍は海兵隊よりかなり遅れて一九八八年にM七〇〇をベースに改良したM二四を採用することになる。

「気に入ったぜ」

メギドはM四〇を肩にかけ、棚から弾丸を探し出し、箱ごと持ち出した。

武器や装備を調達して弾薬庫の入り口に戻ると、肘打ちを喰《く》らわせた兵士が体を芋虫のように動かして移動していた。メギドは無言で兵士の腹を蹴り上げて気絶させた。

武器庫を出たメギドはジープに乗り込み、沖縄自動車道にかかる陸橋を渡り、都市型戦闘訓練施設であるレンジ4で車を停めた。すでに隣のレンジ5Fで海兵隊による射撃訓練がはじまっていた。夜中の四時というのに凄《すさ》まじい騒音である。場所によっては沖縄自動車道を挟んで近隣の村までは百メートルと離れていない。騒音どころか流れ弾が民家や路上に着弾することもあるそうだ。

メギドは誰もいない射撃場に入った。二百メートル先にターゲットを載せる白い杭《くい》が何本も突き出ている。懐中電灯の光が杭に当たるように置くと、射撃位置に戻り、M四〇に弾丸を込めて銃を構えスコープを覗いた。引き金を引いて着弾を確認した。わずかに左にずれている。ヴィンテージ・ノブ（調整ツマミ）でスコープを調整した。十発撃って微調整を終えると、急いでジープに乗った。軍用の銃は出荷時に〝ゼロイン〟と呼ばれる照準の調整がなされているが、メギドはスタイナーの経験上、使用前の調整を欠かさなかった。

「ちょっと時間を取りすぎたな」

何事もなかったかのようにジープに乗り込んだメギドはアクセルを踏んだ。

三

嘉手納弾薬庫地区は広大な森林地帯に二十七平方キロもの敷地面積を持つ。東京ドームの約五百八十三個分の広さだ。上空からカモフラージュするために多くの弾薬庫は半地下式となっており、弾薬庫を繋ぐ道が縦横無尽に森の生態系を寸断している。

管理する主要部隊である第四〇〇弾薬整備中隊は通常弾頭を扱うとされているが、実際は〝NBC〟兵器も扱うことができるらしい。〝NBC〟とはNuclear（核）、Biological（生物）、Chemical（化学）の頭文字を取った略称で、大量破壊兵器をも意味する。米国のブッシュ大統領が二〇〇一年の米国同時多発テロ事件後に、国民の目を外に向け、同時にイラクの石油をぶんどる目的で大量破壊兵器があるとイラクに難癖をつけて開戦したのは記憶に新しい。

沖縄では現在においてなお嘉手納弾薬庫地区で第四〇〇弾薬整備中隊が中心的役割をしていることから、弾薬庫にサリンやVXガスやマスタードガスなどの化学兵器が貯蔵されているのではないかとの懸念が持たれている。

午前五時五十分、夜明け前の国道を飛ばしたメギドは石川で右折し、米軍が作った天願《てんがん》ダム（現山城《やましろ》ダム）の脇を越え、さらに三キロほど山の中に入ったところで車を停め、ヘッドライトを消した。途端に周囲は鼻先すら見えない闇に包まれた。

昨日から曇り空のために星明かりもなく、夜目が利くメギドでさえ、街灯もない山道では懐中電灯に頼らざるを得なかった。

嘉手納弾薬庫地区は、恩納村、石川市（現うるま市）、読谷村、嘉手納町、沖縄市にまたがるために基地敷地には黙認耕作地があり、周辺の農地も入り組んでいる。基地内部に近い場所で侵入できるポイントを探して山道に入ったのだ。すると案の定、弾薬庫地区の方角に向かう農道があった。

メギドは農道の入り口を確認すると、舗装もされていない砂利道にジープを進めた。道はおよそ百五十メートル先で行き止まりとなり、農機具を入れておく小さな小屋がちょっとした広場にあった。メギドは車をUターンさせて停車させた。

M四〇とM一六の二丁を肩にかけ、弾薬庫で見つけたタクティカルポーチの中にM一六の予備のマガジンとM二六手榴弾《しゅりゅうだん》を二発詰めて、たすきがけにした。手榴弾は最悪の場合を想定し、弾薬庫を爆発させ、混乱に乗じて逃走するつもりだ。他にもポケットに懐中電灯やペンチなどの道具を入れ、空いているポケットにM四〇の七・六二ミリ弾を詰めた。

装備を身につけた後、金や着替えが入ったスポーツバッグは小屋の後ろの草むらに隠した。ジープはもちろん逃走用に残しておくのだが、誰かに発見される可能性があった。せめて軍資金は安全な場所にと計算が働いたのだ。

午前六時二十八分、厚い雲に覆われた空の東側は赤みを帯びはじめた。メギドは林の中を進み、基地のフェンスに突き当たると、ポケットからペンチを取り出して金網を切断し、通り抜けるだけの穴を開けた。

切断したフェンスを持ち上げて針金で固定して穴を潜り、林を駆け下りて弾薬庫を繋《つな》ぐ道に出た。M一六を肩から下ろして安全装置を外した。油断なく道を進み、再び林の中に入った。しばらく進み、腹這《はらば》いになって腰の高さまである雑草の隙間から前方二百メートル先にあるナンバー十四の弾薬庫を見た。メギドのいる場所より数メートル低い。

高さ三メートルほどのかまぼこ状の倉庫は半地下になっており、アールがついた屋根の上には土が被《かぶ》せられて草木が生い茂っている。入り口は頑丈そうな鉄の扉だ。屋根が二メートル近くせり出しているため、上空から入り口は見えないだろう。

「ナンバー十四は、やはり〝バフォメットの扉〟だったのか」

弾薬庫の前の道にジープが停めてあり、二人の兵士がフル装備で銃を構えている。しかも二人ともマードックの部下だ。車の中や近辺に他の兵士はいない。マードックは弾薬庫の中にいるのかもしれない。

気付かれずに道を渡ることは不可能だろう。それに彼らのいる場所はすり鉢状の底の様になっているために周囲が見渡せるはずだ。背後から襲うには相当遠回りをしなければならない。空はすでに明るくなっている。時間はなかった。

メギドはM一六を地面に置き、膝立《ひざだ》ちになりM四〇を構えてスコープを覗《のぞ》いた。できればバイポッドで地面に固定し、腹這いになって撃ちたいところだが、草木が邪魔だ。だがメギドには自信があった。

まずは右側のジープの近くにいる兵士をスコープの照準に収めた。十字が刻まれた照準を兵士の頭にあわせる。軽く息を吐き、トリガーに右指をかけ、迷わずに引いた。

命中したのを確認すると、すばやくボルトを引き、左の兵士に照準を合わせた。相方がいきなり殺されたためにパニックになっているようだ。ジープの陰に隠れるべきなのに腰を落として銃を構え、近場の茂みに狙いを定めている。狙撃銃で撃たれたと思っていないのだろう。

すかさず男の側頭部を撃ち抜くと、M四〇を置き、M一六だけ持って走った。腰を落とし灌木《かんぼく》や雑草の間を抜け、弾薬庫まで駆け下りた。周囲に変化はない。とりあえず、兵士の死体を引きずってジープの陰に隠した。弾薬庫の扉は厚い。扉のすぐ後ろにいても銃声は聞こえなかっただろう。とはいえ、内部構造が分からない建物に迂闊《うかつ》には入れない。さすがにこればかりは元米兵の脳細胞にも情報はなかった。

「……！」

車のエンジン音が聞こえてきた。銃声を聞きつけたのだろう。

メギドは道を渡って茂みに隠れた。

二台のジープが別々の方角からやって来た。弾薬庫の前に停められていたジープの正面に右側からやって来た車が停まり、三人の兵士が下りてきた。遅れて左からやって来た車が停車している車の尻《しり》に付ける形で停まると、運転席と助手席から二人の兵士が飛び降りてきた。

「来やがった」

メギドはほくそ笑んだ。

二台目のジープの後部座席からマードックが姿を現したのだ。彼らは特に機密が漏れると不都合な場所に分散して警備に当たっていたに違いない。男たちはジープを盾にして四方に応戦できる位置についた。さすがグリーンベレーのチームだ。隙がない。迂闊に銃撃すれば間違いなく蜂の巣にされる。

マードックは二人の部下を見張りに立たせ、弾薬庫に入って行った。部下の死体を見てメギドが内部に侵入したと思ったのだろう。

M一六を肩にかけた。相手が二人ならM一六で簡単にしとめることはできるが、弾薬庫に近いために銃声を内部にいる連中に聞かれる可能性があるのだ。メギドはタクティカルポーチから手榴弾を一つ出し、安全リングを外さずに二人の監視がいる奥の方に投げた。

「レモン！」

兵士が叫んだ。レモンとはM二六手榴弾の俗称だ。数秒で爆発する手榴弾が投げ込まれて安全リングが付いているかなどと確認できるものではない。兵士らは慌ててジープの反対側に飛び出してきた。

メギドは風のごとく木陰から抜け出し、兵士の胸にバヨネットを突き刺した。

「シット！」

二人目の兵士が驚愕《きょうがく》の表情でトリガーに指をかける直前に右腕を男の首に絡ませ、勢いよく前に出た。兵士はバク転するように両足を上げて後方に飛んだ。その瞬間メギドは体を捻《ひね》り、兵士の首をへし折った。相手に反撃のチャンスは一切与えなかった。

最初に倒した兵士の胸からバヨネットを引き抜き、兵士の戦闘服で血糊《ちのり》を拭《ぬぐ》った。一瞬激しい頭痛に見舞われ、膝をついた。達也が抵抗しているのだ。

「もう少し我慢していろ、達也。これは安全をはかる上で重要な作業なんだ。俺たちの命を狙う者は消さなきゃならない。殺《や》られるまえに殺るしかないんだ」

メギドは内なる達也に向かって呟《つぶや》いた。バヨネットにうっすらと残った血を見てにやりと笑い、腰のホルダーに仕舞った。

四

午前六時五十九分、夜は明けたが空は相変わらず厚い雲に覆われ、空気が重い。

路上で倒した兵士をジープの裏側に引きずって隠した。隠密で活動をするマードックたちよりも弾薬庫地区を警備する兵士に発見された場合、事態は深刻になるからだ。基地全体に警戒網を敷かれ、周囲に非常線を張られたらメギドでも脱出は難しくなる。

鋼鉄製の扉に耳を当てて中の様子を探り、注意深く扉を開けて中に入った。

ナンバー十四の弾薬庫の内部は赤いライトに怪しく照らし出されている。半地下になっている地上部には地下に通じる階段の入り口とその隣に弾薬を運ぶためと思われるリフトはあるものの弾薬は貯蔵されておらず、広さは十メートル四方というところか。

M一六を構えながら階段を覗き込んだ。人の気配はしない。先に入ったマードックらと距離があるのだろう。地下に伸びる通路はかなり深いようだ。一段一段踏みしめるように階段を下りた。地下五、六メートル、建物にしてみれば二階分はある。

地下はむっとするような湿気があり、なぜか獣のような匂いがする。四十メートル近くある通路の突き当たりに弾薬庫本体の扉があるようだ。マードックらは中を捜索しているに違いない。

二十メートルほど進むと、左手に奥行き、幅ともに一メートルほどの窪《くぼ》みがあり、垂直に地上へと続く鉄製のハシゴがあった。地下の弾薬庫だけに緊急時の脱出口なのだろう。ここで待ち伏せされていたら、やっかいだったに違いない。

さらに二十メートル先で通路は行き止まりになっており、両開きの頑丈そうな扉があった。しかも右手の隅に煤《すす》と泥で汚れた山羊《やぎ》が踞《うずくま》っている。毒ガスを検知するために飼われているのだろう。弾薬庫に化学兵器が貯蔵されているということだ。

「なるほど」

メギドは扉のノブの下に〇から九まで数字が付けられた金属製のボタンを見て唸《うな》った。米軍だけに最新の機械式暗証番号錠が取り付けられているようだ。川島の残した暗号の意味が分かった。メモに書かれていた数字はこの扉を解除するための暗証番号だったに違いない。とすればこれが〝バフォメットの扉〟なのだろう。コードネームの由来は、山羊の頭を持った悪魔と毒ガス検知の山羊をかけた、低俗なアメリカンジョークに違いない。

「むっ！」

地上部の扉が開く微《かす》かな音がした。警備兵に外の死体を見つけられたのかもしれない。メギドは銃を構えた。こんなところで銃撃戦になったら勝ち目はない。非常口がある拡幅部まで通路を戻って隠れた。

固い金属が転がる音がした。

途端に凄《すさ》まじい爆発が起こった。手榴弾《しゅりゅうだん》を投げてきたのだ。階段の上から転がすように投げているために距離が稼げないのだろう。もし、足下で爆発したらメギドでも確実に死ぬ。

「くそっ！」

メギドはM一六を担ぎ、非常階段を上った。天井にマンホールのような蓋《ふた》があり、鍵《かぎ》を開けたがびくともしない。外から何か重いものが載せてあるに違いない。

チュイン！

壁に銃弾が跳ねた。下から狙い撃ちされている。メギドは咄嗟《とっさ》にホルスターからガバメントを抜き、狙撃してきた兵士を撃った。

ダッ、ダッダッ！

通路から別の兵士が銃だけ出し、上に向けて撃ってきた。狙ったわけではないが、連射されればそのうち当たる。

メギドは手榴弾の安全リングを口で外し、起爆クリップを親指で弾《はじ》いて下に落とした。手榴弾は床で弾んでうまいことに通路の方に転がって行った。爆発と同時にメギドは階段を下りて撃ち殺した兵士を跨《また》いだ。

通路を覗くと二人の兵士の残骸《ざんがい》が転がっていた。倒した兵士は三人ともマードックの部下だ。

「いつの間に？」

彼らはメギドがいる脱出口から外に出たのか、あるいは弾薬庫本体の中にも別の脱出口があるのかもしれない。いずれにせよ、マードックも含めてあと三人倒さなければ、ここからは出られないということだ。

「来たか」

通路の階段の上で物音がした。半身だけ通路に体を出して銃を構えた。この距離なら足のつま先でも撃つことができる。

「うん？」

階段の上の方から消火ホースのようなものがまるで生きた蛇のようにずるずると伸びて

きた。階段下まで先が伸びると、なぜか上から火が点《つ》いた火炎瓶が投げ落とされた。

「まさか！」

メギドの予感は当たった。ホースの先から放出されたのは水ではなく揮発性のガスで、火炎瓶の火を拾って高温の炎となった。だが、火炎放射器の炎には指向性がある。脱出口の窪みに隠れていればなんとかやり過ごすことができた。

「何！」

上の方で音がしたと思ったら、天上の脱出口の蓋が開いて火炎放射器のノズルが顔を出した。頭の上から炎をばらまかれたらひとたまりもない。

「ちっ！」

メギドは脱出口から飛び出し、炎の先端をかいくぐり、最後の手榴弾を階段下に向けて投げながら全力で走った。右袖《そで》が焼かれて火が移った。通路の行き止まりに向かってヘッドスライディングをするように体を投げ出した。軍服の炎を消し止めた直後に後方で爆発があり、無数の破片が飛んできた。

「うっ！」

太ももに手榴弾の破片が刺さった。M二六ならば二、三十メートルの範囲で殺傷能力がある。片隅の山羊を見ると血まみれになって息もしていない。二発の手榴弾をまともに受けて息絶えたのだろう。

最後のM二六で正面の火炎放射器のホースを破壊できたようだ。攻撃は止んだ。メギドは立ち上がって扉のノブの下にある暗証番号錠を前に川島のメモから得た数字を思い浮かべた。だが、右手は焼けただれて使いものにならない。

「一、二、七、三、七」

左手で順にボタンを押して行くと、扉は微かな音を立てて開いた。

メギドは分厚い扉を開け、足を引きずりながら中に入ると扉を閉めた。弾薬庫の内部なら銃撃戦はできない。肉弾戦なら勝機がある。右手は十分もすれば動くようにはなる。左足の傷も三十分以内には治るはずだ。だが敵が来る前に脱出口があるかどうか確かめなければならない。メギドは弾薬庫の奥に向かって歩きはじめた。

「これは、……」

棚に大量の金属製のカプセルが置かれており、〝VX〟と表示されている。ナンバー十四の弾薬庫には化学兵器である〝VXガス〟が貯蔵されていたのだ。川島が確かめようとしたのはこれだったのだ。

「……？」

メギドは棚に触った負傷していない左手の指先が痺《しび》れていることに気が付いた。

「しまった！」

自分の汗の臭いで気が付かなかったが、微かにアーモンド臭がする。青酸ガスだ。無味無臭の〝VXガス〟とは違う。ほかにも青酸ガス系の毒ガスを貯蔵してあるカプセルがあり、それが漏れ出しているのかもしれない。

メギドは必死に脱出口を探したが、三十メートル四方のコンクリートの壁があるだけだった。

「くっ、そう……」

目が霞《かす》み、近くの棚に摑《つか》まろうとしたメギドは前のめりに倒れた。

五

気を失ったらおしまいだとメギドは歯を食い縛り、体を引きずるように出入り口に向かった。だが再び倒れてしまった。このまま〝アパート〟に行けば、達也に罵《のの》られるだろう。やつに無様な姿を見られるのはなんとしても避けたかった。

〈……だめか〉

扉が開き、全身白い三つの化け物に囲まれた。幻覚を見るようでは命も落とすかもしれない。

「扉を開けてから三十秒後に自動的に青酸ガスが充塡《じゅうてん》される。入り口にある停止ボタンを押すことまでは知らなかったようだな」

マードックの声に似た化け物が言った。

「コードネーム、〝バフォメットの扉〟が意味する悪魔が、まさか青酸ガスだとは誰にも分かりませんよ」

隣の化け物が品のない笑い声を出した。

バフォメットの扉とは悪魔である青酸ガスに守られた弾薬庫を意味していたらしい。

「死んだのか？」

「換気が遅れたので、どうでしょうか」

化け物の一人がメギドの瞼《まぶた》を乱暴に開けて、瞳《ひとみ》にペンライトの光を当ててきた。だが、体が痺れているため抵抗ができない。

「瞳孔《どうこう》が反応しました。まだ生きています。殺しますか」

化け物はガバメントを抜いてメギドのこめかみに当てた。

「止めろ、ベケット中尉。〝一〇一〟からメギドを捕獲せよと、新たに命令を受けた」

マードックの声は悔しげだ。

「くそっ！　こいつに七人の仲間を殺されたんですよ。リトルペンタゴンは何を考えているんだ」

リトルペンタゴンとは神奈川県にあるキャンプ座間《ざま》の米陸軍司令部のことで、〝一〇一〟は司令部のある建物の名前であり、通称として使われる。

「〝一〇一〟は四年前に大島産業で特別に訓練を受けた少年兵を大量に買おうとしたが、訓練が失敗したとかで大島産業から納入が見送られた。もっともベトナム戦争も終わろうとしていた。軍としてもタイミングが悪く、大島産業のキャンセルで話は立ち消えになった。だが、今回の事件でメギドが生きていることが分かると、〝一〇一〟は本国にこの男を送って研究するために捕獲するように命令してきやがった」

「そのために仲間は犠牲になったんですか」

ベケットと呼ばれた化け物は諦《あきら》めきれないようだ。

「換気完了です」

別の声がした。すると化け物たちは着ている物を脱ぎはじめた。青酸ガスで思考能力が鈍っていたようだ。マードックと部下が防護服と防毒マスクを着けていたに過ぎなかった。体を動かすことはできなかったが、目で彼らの動きを追うことはできた。青酸ガスはシアン化水素であり、生体の細胞内呼吸を阻害し、死に至らしめる。半数近くの体内細胞が機能停止状態に陥っているが、メギドなら時間が経てば復活する。

「少佐。こいつ、我々のことを監視していますよ。青酸ガスでも死なないなんて、いったい何者ですか？」

ベケットはメギドの目の動きを注視していたようだ。

「俺もよく知らない。薬を飲まされて特別な訓練を受けて鍛え上げられた兵士とだけ聞いている。しかも同じタイプの兵士が何人もいるようだ」

マードックはメギドが人間兵器であることを部下に隠しているようだ。もっとも彼もメギドに超人的な再生能力があることは知らない。自分が残波岬から突き落としたメギドは別人と思っているようだ。二発の銃弾を受け、三十メートルの崖《がけ》から海に突き落とされて生き返ったとはマードックでなくても想像することはできないだろう。

「とするとメギドというのは個人名でなく、コード名なのですか？」

「かもしれない。小指がないこいつの仲間は俺が殺した。それ以上俺に質問をするな。〝一〇一〟からは詳しく教えてもらっていない。軍のトップと大島産業は未《いま》だに繋《つな》がりがある。彼らは知っているはずだがな」

マードックは忌々しげに言った。

「それにしても、メギドが軍の機密を暴くために働いていたとなると、社会主義国がバックにいるんじゃないですか？ ここに貯蔵されている兵器が暴露されたら、我々の沖縄での立場は悪くなりますよ」

「それも含めて〝一〇一〟は調べるそうだ。我々はスプートニクショック以来、ソ連に巻き返しを図り、アポロ計画で追い越したはずだが、連中の科学技術力は凄《すさ》まじい。何があってもおかしくない」

スプートニクショックとは、一九五七年、ソビエト連邦が人類初の人工衛星〝スプートニク一号〟の打ち上げ成功により、宇宙開発のリーダーを自認していた米国をパニックに陥れたことを意味する。以来、ソビエト連邦は戦略弾道ミサイル搭載潜水艦を米国に先駆けて配備するなど、宇宙開発は裏を返せば、軍事ミサイルの開発を意味している。冷戦は核とミサイル開発、そして全世界を滅ぼしても有り余るほどの核弾頭を搭載した大陸間弾道弾の米ソ間の配備競争に突き進むことになる。

「とにかくこいつを嘉手納基地に運んで、今日中に本国に移送するように手配しなければならない」

「横田を経由せずに、直接送るんですか？」

「あの基地には大島産業の関係者がたくさんいる。やつらに知られてはまずいのだ。ハワイのヒッカム空軍基地を経由させて送ることになる。死体袋をくれ。時間がない。あと三十分もすれば警備兵が巡回してくるぞ」

マードックは苛立《いらだ》ち気味に命令すると、ベケットとのやりとりを見ていた兵士は敬礼して弾薬庫から出て行った。

「仲間の死体はどうするのですか？」

ベケットはまだ動こうとしなかった。

「別の部隊に〝一〇一〟が命令を出した。もうすぐ到着するはずだ。とりあえず、外の死体は上部倉庫の中に入れるのだ。おまえは軍人だぞ。個人的な復讐《ふくしゅう》心に囚《とら》われるな」

マードックが声を張り上げた。

「了解しました」

ベケットは敬礼して立ち去った。

「個人的な復讐心に囚われるな、か」

メギドは口の端を引き攣《つ》らせながら笑った。ようやく口を動かせるようになったが、傷めた細胞を修復するのと違い、細胞の機能不全を回復するには時間がかかるようだ。

「貴様、口がきけるのか」

マードックは目を見開いた。

「残念だが、動かせるのは目と口だけだ。おまえは四年前に部下を殺された恨みで俺の仲間を殺したんじゃないのか」

メギドはマードックの錯覚を利用し、自分が複数いるように話した。もっとも完全に嘘とも言えない。

「部下には上官の命令に従えと教えたのだ」

マードックは苦笑を浮かべてそう言うと、メギドの体を起こし、床の上に座らせた。抵抗しようにも体は動かなかった。

「これから弾薬を運ぶ台車におまえを乗せて移送する。だがストレッチャーとはわけが違う。乗り心地も悪いだろうが、人を乗せるためのものじゃない。コンクリートの床に落ちてしまうかもしれない。酷《ひど》い怪我をするだろうな」

マードックは独り言を呟《つぶや》きながら肩からかけていたM一六を降ろし、銃身を持ってまるで野球のバットを振るようなスイングをはじめた。

「何をする!」

メギドが叫んだ次の瞬間、M一六のストックが顔面に炸裂《さくれつ》した。

「しぶとく生きていたら、本国に送ってやる。死んだら……そうだな。おまえも残波岬から投げ捨ててやる」

マードックは床に仰向けに倒れて血を流すメギドを見て、腹を抱えて笑いはじめた。

両目を見開いたままメギドはぴくりとも動かなかったが、やがて頭をがくりと倒し目を閉じた。

六

メギドは白い光に包まれ、四角い穴に吸い込まれた。

「くっ……」

頭を起こすと〝アパート〟の床に倒れていた。心音が太鼓の音のように響いていた。

「いかん。このままでは心拍が停止する」

メギドは廊下の端にあるグレーのドアまで走った。

「達也、外に出ろ！　心臓が止まってしまう」

「おまえが外に出ればいいじゃないか。そもそもメギドが米兵相手に戦争ごっこをはじめたんだぞ。自業自得だ。なんで今更僕が外に出て痛い思いをしなければならないんだ」

達也は部屋から出ようとしなかった。

「馬鹿野郎！　俺は気を失ってここに来たんだ。体が目覚めなければ俺は外に出られない。おまえは違う。おまえが自分のドアから出て行けば体も目覚める。気を失った状態では再生能力が落ちるんだ」

メギドはドアを叩《たた》きながら叫んだ。

「僕はおまえより、再生能力が劣っているんだ。そんなことができるはずがないだろう」

「俺たちは双子なんだ。二人で一人なんだ。確かに俺の再生能力が上回っているように見えるが、それは俺の闘争本能がおまえより強いからだ。だがどちらかが冬眠状態に陥ると、再生能力が極端に落ちる。この四年間、再生能力が鈍ったのはそのためだ」

心音の間隔が長く弱々しくなってきた。

「達也、死んでしまうぞ。マキエに会えなくなっても、いいのか！」

メギドはドアを叩きながら全身から力が抜けて行くのを感じた。

「頼む、達也……」

心音が止まり、メギドは腰が抜けたように後ろ向きに床に倒れた。

目の前のグレーのドアが開いた。

「たっ、達也」

メギドは達也に向かって右手を伸ばした。

達也は無言でメギドの掌《てのひら》を叩くと白いドアから外に飛び出した。だが、白い光に包まれた後に両目を開けても、眼前は闇に包まれていた。

「どうだ。まだ生きているか？」

マードックの声が聞こえてきた。

闇を裂くようにファスナーが開かれ、まぶしさに目を閉じた。死体袋に入れられているらしい。薄目を開けて様子を窺《うかが》うと、車に乗せられているようだ。

ベケットと呼ばれている男が覗《のぞ》き込み、指先で達也の頸動脈《けいどうみゃく》を押さえた。

「ちゃんと生きています。ここまでしぶといと尊敬できますよ。少佐は台車から誤って落としてしまったんですよね」

ベケットは皮肉っぽく言うと鼻で笑った。

「俺も歳だな。うっかりしていた」

マードックは笑って答えた。

「予定通りに嘉手納基地に行くんですか」

「そういうことだ」

「しかし、こいつがナンバー十四に忍び込んだということはすでに機密は漏れている可能性があるんじゃないですか？」

「心配するな。あとは第四〇〇弾薬整備中隊の仕事だ。すぐにあの弾薬庫は空にするそうだ。もちろん秘密裏に移動させることになる。どうせ、ジョンストン島に送るんだろう」

マードックは気がない返事をした。

一九七〇年六月、生物化学兵器の実験・貯蔵・輸送を厳重に制限するグラハム法が米上院で可決された。この法案の成立により、沖縄に備蓄されていた化学兵器は米国本土への持ち込みは禁止された。だが、沖縄の官民あげた激しい抵抗運動を受けていた米軍は、翌七一年に知花弾薬庫から化学兵器の移送を決行した。

数度に亘《わた》る作業でマスタードガス二千八百六十五トン、サリン八千三百二十二トン、V

Xガス二千五十六トンの移送を完了させたと米軍はその後発表している。移送先をジョンストン島の米軍基地にしたのは、グラハム法の規定である米国本土でないとして、五十番めの州であるハワイを選んだのだ。ハワイは植民地であって米国ではないということだ。琉球政府は、沖縄には化学兵器はなくなったという米軍の発表を受けて、基地に化学兵器が残存しないか確かめようとしたが、知花弾薬庫以外の弾薬庫への査察を米軍に拒絶された。

達也は嘉手納基地の倉庫に運ばれても、ひたすら体が回復するのを待ち微動だにしなかった。メギドの言う通りだった。達也が表に出た途端、止まりかけた心臓は動き出し、体の細胞も再生に向かって躍動をはじめた。再生能力はメギドだけに与えられた能力ではなかった。

「スリーカード。俺の勝ちだ」

「やられた！」

十分ほど前から近くでベケットともう一人の部下がポーカーをしているようだ。

「むっ！」

体が弾むような振動を感じた。達也はまだ死体袋に入れられたままなので、どこにいるのかも分からない。だが、嘉手納基地に着いて車から降ろされ、台車で何度か場所を移動させられた。振動からすればトラックにでも載せられているのかもしれない。

激しい揺れの後に体が浮き上がるような感覚を覚えた。

〈違う！〉

いつの間にか飛行機に乗せられていたのだ。体はまだ完全ではないが、もたもたしていると米国まで運ばれてしまう。

達也は音を立てないようにファスナーを下ろした。幸い瀕死《ひんし》の重傷と思われているために体を拘束されていない。輸送機の貨物室に寝かせられているようだ。すぐ隣にはパレットに固定されたジープのタイヤが見える。ゆっくりと顔を起こしてみると、足下から二メートル後方で木箱をテーブル代わりにしてベケットたちがトランプをしていた。

ベケットと目が合った。すかさずベケットは立ち上がりガバメントに手をかけた。

達也は跳ね起きて背を向けていたもう一人の兵士の背中に飛びつき、男のガバメントを抜いてベケットの太腿《ふともも》を撃ち抜いた。

「あっ！」

銃を抜き取った兵士に背負い投げで床に叩き付けられた。達也は思わず連射し、兵士の胸を撃ち抜いていた。立ち上がると、すばやくベケットの銃を蹴《け》り飛ばし、眉間《みけん》にガバメントを当てた。

「マードックはどこにいるんだ？」

「別便で先にハワイの基地に向かった。……俺たちだけ〝スターリフター〟に乗ったんだ」

太腿を押さえてもがき苦しむベケットは脂汗を流しながら答えた。C一四一、通称〝スターリフター〟はベトナム戦争で活躍したロッキード社製米空軍の長距離大型輸送機である。二〇〇六年に退役するまで改良を重ねて使用された。

「本当か！」

達也はガバメントを押し付けた。

「嘘じゃない」

ベケットは必死に首を縦に振った。

だが、正直にいってマードックのことなどどうでもよかった。ここから逃げる方法を考えていたのだ。

「それしかないな」

達也はベケットをガバメントの銃底で殴りつけて気絶させると、銃を捨ててパラシュートを探した。C一四一は一九六四年から配備されているためにスタイナーは乗ったことはないが、旧型のC一三〇〝ハーキュリーズ〟からは何度も降下訓練をした経験があった。見つけたパラシュートを担ぐと、輸送機の後部ハッチを開けるスイッチを押した。警報音を鳴らしながら、後部ハッチは開きはじめた。

ハッチの先端に立った。後ろでがたりと音がした。振り返ると積載されているジープの後方にベケットが銃を構えて立っていた。

達也はジープに抱きつくように隠れた。ハッチさえ開いたら、このまま後ろに飛び降りればそれでおしまいだ。ハッチの隙間から青い海が見えてきた。

ガタッ！

すぐ近くから今度は音がした。

「まずい」

パレットに固定されていたジープがハッチの傾斜角が増して動きはじめたのだ。ベケットがパレットを固定していた金具を外したに違いない。このままではジープと開きかけたハッチに挟まれてしまう。

達也はジープのボンネットによじ上った。

バッン！

銃声とともに左腕に激痛が走った。前方からベケットに撃たれたのだ。

「くそっ！」

達也は滑り出したジープの屋根の上を走った。すぐ後ろには二台目のジープも動き出している。貨物室には三台のジープが格納されていたが、パレットが繋《つな》がっているために動きが止まらないのだ。

バッン、バッン！

ベケットが左手で開きはじめたハッチに掴《つか》まり、至近距離から銃撃してくる。だが、落ちないように必死に掴まりながら撃っているために銃弾はあらぬ方向に飛んで行く。

達也は二台目のジープに飛び移り、屋根の上からハッチにしがみついているベケットに飛びかかった。ベケットの右手首を左手で掴み、右手を伸ばして滑り落ちる三台目のジープを固定しているロープを掴んだ。体が恐ろしい勢いで後方に引っ張られ、ベケットを道連れに空中に投げ出された。三台のジープは高高度から海へと落下して行った。

機外に飛び出した瞬間にロープから右手は離れていた。だが左手はベケットの右腕を摑んだまま放さなかった。

「銃を捨てろ！　そうすれば助けてやる」

「俺を放せ、そうすればおまえを撃つことができる」

ベケットは達也を殺してパラシュートを使うつもりなのだろう。

「僕を撃てば、死ぬぞ」

達也は右手でパラシュートのリップコードを摑んだ。

「試してみろよ」

ベケットの目は憎しみに燃えていた。

リップコードを引く瞬間に左手を同時に放した。達也の体は上空に引っ張られるようにパラシュートで制動がかかった。

バッン、バッン！

ベケットは急速に落下しながらも執念で銃撃してきた。だが、彼が達也に狙いを定めた時点で射程距離を過ぎていた。

――結局、二人とも殺《や》っちまったな。おまえらしくもない。

頭の中でメギドが皮肉めいて話しかけてきた。

「死にたくなかったんだ。だけどマードックを追って米国まで行く気はないよ」

――当たり前だ。米国は広い。捜しているうちに歳を食っちまう。

「確かに」

達也とメギドは同時に笑った。

ナンバー十四の弾薬庫に貯蔵されていたＶＸガスは数日後に第四〇〇弾薬整備中隊により極秘に具志川市（現うるま市）の天願桟橋からハワイのジョンストン島に移送された。だが、それを知る者は米軍の一部の者だけで歴史に上がるようなことはなかった。

一九八三年に後の国防長官になるラムズフェルドがレーガン大統領の特使としてイラクのフセイン大統領と会談し、その際ボツリヌス菌、マスタードガスなどの生物および化学兵器がイラクに売却されたと二〇〇四年のワシントンポスト紙では報じられている。またほぼ同時期に米国はイラクと敵対するイランに青酸ガスを売りさばいていた。これらの兵器が米国内で貯蔵できないため、ジョンストン島から輸出されたことは容易に想像がつく。

二〇〇一年、〝九・一一米国同時多発テロ事件〟が勃発《ぼっぱつ》し、ジョージ・Ｗ・ブッシュ大統領はアルカーイダによる自爆テロであると断定した。そして翌年にテロを支持しているとしてイラクに対して大量破壊兵器を隠し持っていると決めつけ、二〇〇三年三月、開戦に踏み切った。

イラクに大量破壊兵器を作る工場などはなかった。だが、ブッシュはかつて自国が売りさばいた化学兵器や細菌兵器が証拠になると思っていたに違いない。

エピローグ

二週間後、マキエはいつものように中華料理店で皿洗いのバイトを終え、迎えにきた啓太とともに家に帰った。

「やだ、鍵《かぎ》が壊されている」

マキエは裏口の鍵を開けようとしたが、ノブがだらしなくドアにぶら下がっているのを発見した。

「姉ちゃん、どきなよ。泥棒なら、俺が叩《たた》きのめしてやる」

啓太は油断なく、家に入った。すると食堂の方から煙草の煙がただよってきた。厨房《ちゅうぼう》から覗《のぞ》いてみると、無精髭《ぶしょうひげ》を生やした男が新聞片手にビールを飲みながら煙草を吸っている。勝手に冷蔵庫から出したに違いない。

「誰だ！」

「大きな声を出すな。近所迷惑だ」

男は新聞を畳んでテーブルの上に置いた。

「あっ、根岸さん。……違う。おまえはメギドだな」

啓太は足を組んで煙草を吸っている姿勢もさることながら、その鋭い目付きからメギドだと判断した。

「なんで達也はさん付けで、俺は呼び捨てなんだ。生意気だぞ」

メギドは煙草の煙を吐き出しながら言った。

「うるさい！　何の用だ」

啓太は身構えながら食堂の入り口までにじり寄って来た。とても敵《かな》わないことは分かっているためだろう、啓太の顔は引き攣《つ》っていた。

「そう突っ張るな。また叩きのめされたいのか。マキエはいるんだろう。呼んでくれ」

「偉そうに言うな！」

「啓太！」

厨房にマキエが入って来た。

「姉ちゃん、こいつ何するか分からないぞ」

「どいて、私もこの人と話があるの」

啓太の制止も聞かずに、マキエは食堂に入って来た。

「何の用なの？」

マキエは気丈に振る舞っているがその声は震えていた。

「達也を連れて来てやったんだ」

「どういうこと？」

「達也は自分の部屋に引っ込んだまま出て来ようとしないんだ」

そう言ってメギドは自分の頭を指差した。

「どうして？」

「やつは俺が街の女を抱いたからって、おまえに合わせる顔がないらしい」

「女を買ったの！」

マキエの目が吊《つ》り上がった。

「おまえに偉そうに言われる筋合いはない。この体は達也だけのものじゃないんだ。俺は好きなように女と寝る」

「止めて！」

マキエはメギドの左頬を平手でぶった。

「そう言うお前たちは俺に気を遣ったのか。俺はな、おまえのような生意気女は嫌いだ。にも拘《かかわ》らず達也は断りもなくおまえを抱いたんだぞ」

メギドは眉間《みけん》に皺《しわ》を寄せてまくしたてた。

「馬鹿！」

マキエの右手が再び伸びた瞬間、メギドは左手で彼女の手首を握りしめていた。

「おまえは達也とどうしたいんだ？」

メギドはマキエの手首を持ったまま立ち上がった。

「どうって？」

マキエは困惑した表情になった。

「俺は啓太から、達也はおまえと結婚するつもりだと聞いた。たとえ達也が表に出ていたとしても、俺は頭の中で生きている。俺たちは双子の兄弟だからな。そんな化け物と付き合う覚悟はできているのか？」

メギドの目は地獄を映し出すかのようにどこまでも暗かった。

「お願い。達也さんを返して」

マキエは悲痛な声を出した。

「姉ちゃん、だめだよ。メギドの言う通りだ。達也さんはいい人だけど、こいつは違う」

啓太はなだめるように言った。

「メギドさん。お願いだから達也さんを返して、……お願い」

マキエの目に大粒の涙が溜《た》まった。

「まだ言うか。俺は人を何人も殺して来たんだぞ。それでも平気か？」

「彼を愛しているの」

頬を伝ったマキエの涙が、メギドの手にも溢《あふ》れた。メギドは思わず舌打ちをした。

「達也の未練を断ち切ってやろうと思ったが、あてがはずれた」

そういうとメギドは白目を剥《む》いて床に倒れた。

「……マキエさん」

達也は目覚めるとマキエを見つめた。

「戻って来てくれたのね」

「君に合わせる顔がなくて、戻りたくても戻れなかったんだ。だけど、さっきメギドの言った言葉で改めてこの肉体は自分だけのものじゃないと分かった。こんな僕でも君は愛してくれるのかい？　正直に言ってくれ」

パラシュートで達也は沖縄から三百六十キロ東の南大東島《みなみだいとうじま》の沿岸に降下していた。三日前に南大東島からの貨物船で沖縄の泊《とまり》港に戻ったのだが、マキエに会う勇気はなかったのだ。

「あなたのことはもちろん愛しているわ。でもメギドになった時は別よ。彼はよく表に出て来るの？」

「めったに出て来ないと思うけど、命を狙われたときは彼が主人公になる。結構頼りになるんだ」

メギドの闘いぶりは達也にはとても真似ができない。毛嫌いするマキエにちょっとは弁護したかった。

「これからも狙われることはある？」

マキエが不安げな顔になった。

「農連市場の裏にある小さな食堂のコックだったら、命は狙われないと思うよ」

「小さな食堂って、まさ食堂のこと？」

達也が立ち上がるとマキエが抱きついて来た。

「あーああ。見ちゃいられないよ。馬鹿馬鹿しくて」

啓太は呆《あき》れた顔をして二階に上がって行った。

「ところで加藤さんはどこにいるの？」

照れくささを隠すために話題を変えた。

「まだ那覇のホテルにいるけど、はぐらかさないで。家に来てくれるんでしょう？」

マキエが首に両腕を絡ませてきた。

彼女の大きな瞳《ひとみ》に魅せられた。絹のような長い黒髪をすくように指を通した。マキエのすべてが愛《いと》おしく感じられる。

「ねえ聞いているの？　私……」

彼女の艶《つや》やかに熟れた果実のような唇を、達也は唇で塞《ふさ》いだ。


本書は書き下ろしです。

参考文献

『沖縄現代史』　新崎盛暉著　岩波新書
『沖縄「戦後」ゼロ年』目取真俊著　生活人新書
『沖縄の歴史と文化』　外間守善著　中公新書
『沖縄の日本復帰後20年』第1巻　一九七二年〜一九七六年　屋宜宣仁著　沖縄県
『沖縄における米軍の犯罪』　福地曠昭著　同時代社
『沖縄は基地を拒絶する　沖縄人33人のプロテスト』　高文研＝編　高文研
『ルポ　軍事基地と闘う住民たち』　琉球新報社編　NHK出版
『誰も書かなかった沖縄』　恵隆之介著　PHP研究所
『これが沖縄の米軍だ』石川真生・國吉和夫・長元朝浩著　高文研
『検証「沖縄問題」』百瀬恵夫・前泊博盛著　東洋経済新報社
『拒絶する沖縄　日本復帰と沖縄の心』　大田昌秀著　近代文芸社
『沖縄　だれにもかかれたくなかった戦後史』佐野眞一著　集英社インターナショナル
『沖縄の米軍基地』　平成二十年三月　沖縄県知事公室基地対策課
『沖縄の米軍及び自衛隊基地（統計資料集）』　平成二十一年三月　沖縄県知事公室基地対策課

『写真報告　オキナワ　1961～1970』栗原達男著　朝日新聞社
『写真集沖縄《百万県民の苦悩と抵抗》』沖縄革新共闘会議編　新時代社
『観光コースでない沖縄』第四版　新崎盛暉・謝花直美・松元剛・前泊博盛・亀山統一・仲宗根將二・大田静男著　高文研
『図でみる沖縄の経済』山里将晃監・著　新報出版印刷
『戦後をたどる──「アメリカ世」から「ヤマト世」へ』那覇市歴史博物館編　琉球新報社
『沖縄タイムス』縮刷版　昭和五十一年版　沖縄タイムス
『プレイバック』レイモンド・チャンドラー著　清水俊二訳　早川書房

漆黒《しっこく》の異境《いきょう》
暗殺者《あんさつしゃ》メギド

渡辺《わたなべ》裕之《ひろゆき》

角川文庫 17035

平成二十三年九月二十五日　初版発行

発行者—井上伸一郎
発行所—株式会社角川書店
東京都千代田区富士見二—十三—三
電話・編集　(〇三)三二三八—八五五五
〒一〇二—八〇七八
発売元—株式会社角川グループパブリッシング
東京都千代田区富士見二—十三—三
電話・営業　(〇三)三二三八—八五二一
〒一〇二—八一七七
http://www.kadokawa.co.jp

印刷所—旭印刷　製本所—BBC
装幀者—杉浦康平

定価はカバーに明記してあります。

わ 12-2　ISBN978-4-04-394470-5　C0193